W0344550

Nuova Narrativa Newton

111

Titolo originale: *Beware the Leaven*
© 1999 by James Vanore
This edition published in agreement with the Author's Agents
through Piergiorgio Nicolazzini Literary Agency
Traduzione di Gianni Pilo

Quarta edizione: dicembre 2008
© 2008 Newton Compton editori s.r.l.
Roma, Casella postale 6214

ISBN 978-88-541-1063-2

www.newtoncompton.com

Realizzazione a cura di verso
Stampato nel dicembre 2008 presso Puntoweb s.r.l., Ariccia (Roma)

James Vanore

Il vangelo dei vampiri

Newton Compton editori

A papà, che diceva sempre: «Non scherzare con il mostro»

PARTE PRIMA

CAPITOLO 1

Gerusalemme, 1229 d.C.

«È sicuro il portale, Demitri?».

Il vecchio osservò l'arida distesa davanti a sé, senza guardare il suo interlocutore. Ascoltò la risposta che gli venne data con tono calmo e pacato, seppure apprensivo.

«Sì, Magister».

Si girò lentamente per guardare in volto il suo giovane assistente.

«Demitri», disse il vecchio con un tono che sembrava di scuse, «questa potrebbe essere l'ultima volta in cui sarò in grado di governare questi...», guardò il terreno arso in cerca del termine più appropriato, e quando lo trovò pronunciò bruscamente, «...questi possedimenti, così come sono».

«Comprendo, Magister».

Il vecchio si voltò nuovamente e guardò quel vasto deserto. Ora le sue spalle erano curve, niente a che vedere con la forza e il vigore che avevano quando si era assunto quell'incarico, quasi quarant'anni prima.

"Quanto tempo è passato?", pensò tra sé. "Per quanto tempo sei rimasto qui, Alastair: un'intera vita? Forse".

Il giovane si affiancò al suo mentore e seguì il suo sguardo lungo l'immensa regione selvaggia. Anche lui era invecchiato nel corso di quella campagna. Non era che un ragazzo quando Alastair l'aveva strappato dalle grinfie della schiavitù superando l'offerta di un ricco commerciante musulmano.

Era accaduto quindici anni prima, e allora Alastair era uno studioso pieno di vigore e di salute, da appena due anni nella settima decade della vita e completamente invischiato nel fermento che all'epoca permeava la Terra Santa. Adesso il vecchio si avvicinava agli ottant'anni, e ovviamente le forze cominciavano a venir meno. Appoggiò con delicatezza il braccio intorno alle spalle del giovane mentre parlava.

«Ma ancora una volta potremmo verosimilmente avere la pace», disse, rivolgendo un cauto sorriso al suo assistente. «Che cosa ne pensi, Demitri?». Vi era un accenno di ingenua speranza negli occhi cerulei del vecchio.

Il giovane mise un braccio intorno alla vita del suo maestro e lo sostenne fermamente. Il suo sorriso era sincero. «Non è forse quello per cui ci siamo battuti?», chiese.

Il vecchio avvicinò a sé il compagno e gli diede un leggero bacio sulla guancia.

«Sì, Demitri, è quello per cui abbiamo tribolato». Poi abbandonò la presa e disse serio: «Ma non dimenticare mai per quale motivo la pace è così fuggevole». Si voltò a fissare l'ingresso della grotta dalla quale si erano appena allontanati.

«Nessuno, passando di qui, potrebbe mai immaginare che c'è una grotta dietro quel muro di terra». Si girò facendo cenno al suo assistente. «Hai fatto un ottimo lavoro, Demitri».

«Grazie, Magister».

Un'evidente preoccupazione emerse dalla domanda successiva del vecchio, che piegò indietro la testa e parve scrutare la cima del monte davanti a loro.

«Sei sicuro che la luce riesca a filtrare fino in fondo?».

Il giovane trasse un profondo respiro e parlò lentamente mentre faceva qualche passo in avanti.

«Ah, sì». Indicò la cima di quel rilievo. «L'apertura è troppo piccola per uno sciacallo», poi, volgendosi per guardare in faccia il vecchio, continuò: «Ma larga a sufficienza da permettere alla luce del sole di raggiungere ogni giorno il pavimento della caverna». I suoi occhi scuri irradiavano intensità mentre pronunciava le parole inglesi con quell'accento marcato, così consueto per chi non era nato parlando quella lingua.

Alastair fece un cenno di soddisfazione col capo canuto, sempre intento a osservare la cima di quella ripida parete.

«E vi sono ben pochi motivi per cui qualcuno dovrebbe tentare di scalare un picco tanto ostile», affermò con sicurezza. «Sì. Sì, penso che siamo al sicuro». Poi afferrò distrattamente il gomito di Demitri e aggiunse: «Almeno per un po'».

Il sole stava tramontando nella metà occidentale del cielo mentre i due intraprendevano il viaggio per tornare al loro accampamento. Demitri camminava più lentamente di quanto avrebbe voluto, rallentando per la crescente difficoltà del suo maestro. Il vecchio riusciva ancora a spostarsi sorprendentemente bene per la sua età, ma non era più il personaggio pieno di vita che attraversava con passo deciso quella regione desertica, sollecitando di continuo il suo protetto rimasto indietro.

Quei giorni adesso sembravano distanti mille anni. Sperava solo che fosse prossima un'epoca di pace. Aveva lavorato a lungo e con diligenza nei decenni passati. Ben presto avrebbe potuto riposare. Demitri avrebbe proseguito. Alastair confidava molto nel giovane, ed era certo che la sua fiducia non fosse mal riposta.

Demitri apparteneva a quella moltitudine ingannata che all'inizio del secolo aveva marciato verso sud attraverso il Sacro Romano Impero durante la sfortunata Crociata dei Fanciulli. La seconda ondata di quei giovani fanatici aveva avuto origine in Germania, e Demitri si era unito a loro mentre attraversavano l'Asia Minore. Era accaduto solo quindici anni prima e, per quanto ne sapeva Alastair, Demitri era il solo membro della marcia a vivere come schiavo non musulmano in Terra Santa.

Gli unici altri giovani crociati che erano giunti a sud del Principato di Antiochia l'avevano fatto come schiavi dei musulmani. La ricchezza e la sua consolidata posizione di non-belligerante avevano permesso ad Alastair di fare un'offerta per ottenere i servigi del giovane dalla carnagione scura. Aveva visto negli occhi di Demitri la convinzione e il fervore. Aveva capito subito che lui era il suo Pietro, la roccia sulla quale costruire, il suo forte braccio destro.

Persino adesso riusciva a ricordare con chiarezza come avesse condotto il ragazzo, ancora in catene, lontano dal circolo dell'asta, liberandolo definitivamente dai legacci una volta arrivati alla sua tenda appena fuori Gerusalemme. La residenza stabile di Alastair era ad Acri, una città centocinquanta chilometri a nord controllata dai cristiani.

Benché a quel tempo Gerusalemme fosse ancora musulmana, ai pellegrini cristiani era concesso di entrare liberamente, soprattutto in virtù del potere di persuasione del Re d'Inghilterra Riccardo Cuor di Leone. Il valore militare di Riccardo aveva reso possibile la conquista di Acri nel 1192, ma Gerusalemme si era dimostrata inaccessibile alle sue armate. Si era dovuto accontentare di un accordo in base al quale Gerusalemme restava una roccaforte islamica, ma aperta ai cristiani che desideravano visitarla e studiare il luogo di origine del loro patrimonio dogmatico. Alastair "studiava" in quella terra fin dall'inizio della Terza Crociata nel 1189. Ora, quarant'anni dopo, Federico II, giovane imperatore d'Italia e di Germania, aveva negoziato un trattato estremamente vantaggioso con Al-Kamil, il capo dell'esercito saraceno.

«Dimmi, Demitri», chiese il vecchio mentre si avvicinavano al loro campo, «che cosa ne pensi di questa concessione?»

«Federico è un abile negoziatore», rispose il giovane senza lasciar trapelare alcun sentimento. «Deve esserlo. Per far sì che i musulmani ci concedano Gerusalemme senza una battaglia...», scosse la testa lentamente, guardando dritto davanti a sé mentre camminava, «...questo è il progresso».

«È vero», replicò il suo mentore. «Ma sono più interessato a sapere cosa pensi della durata di un simile patto». Guardò il suo compagno; i suoi tratti segnati dalle intemperie tradivano un'impercettibile nota di cinismo.

Demitri si fermò. «Magister, io non sono tipo da credere che adesso vada tutto bene e che sarà sempre così. Sono tempi difficili. Gli uomini hanno poca tolleranza e ancor meno amore per coloro che non condividono il loro credo. Ritengo che ci sia ancora molto da fare».

Il vecchio sorrise e appoggiò teneramente il palmo di una mano sulla guancia ben rasata di Demitri. Il suo volto non era ancora indurito e rovinato dagli anni trascorsi a vagare per quella terra inaridita. Un giorno sarebbe senz'altro accaduto. «Demitri, finché saremo consapevoli di queste cose, e finché riusciremo a trovare altri uomini che continuino l'opera, avremo compiuto il nostro destino».

Demitri annuì in silenzio. Il tacito accordo tra i due era stato siglato. Entrambi ora comprendevano che la missione di Alastair volgeva al termine e quella di Demitri stava per cominciare.

«Vieni, Demitri», disse il vecchio con entusiasmo mentre esortava il giovane a precederlo. «Dobbiamo smantellare il campo e andare in fretta ad Acri. Sono ansioso di raccogliere i nostri effetti per trasferirci definitivamente a Gerusalemme. Finirò i miei giorni come cittadino del paese del nostro Salvatore».

Poco dopo smontarono la loro piccola tenda e radunarono le loro cose. Il vecchio prestò particolare attenzione nel riporre un oggetto nella sua custodia di legno. Una volta che il suo contenuto fu al sicuro, la cassa venne serrata. Vi avvolse intorno lunghe cinghie di pelle prima di legarne insieme le estremità con tutta la forza di cui era capace. Issò quella custodia lunga e stretta sulla spalla. Non era più larga di una gamba, e alta quasi quanto un uomo, ma per lui conteneva il più prezioso tra gli oggetti inanimati che si trovavano sulla faccia della terra. Perderlo avrebbe causato una catastrofe dalla quale l'umanità non si sarebbe mai più ripresa.

CAPITOLO 2

USA, 1993

Il sergente Myers sedeva da solo nella sua macchina di servizio. La città era silenziosa: nulla d'inusuale per le 4:30 di un mattino d'autunno. Quasi tutti gli ubriachi avevano già abbandonato i locali aperti fino a tardi per tornarsene a casa o trascorrere la notte in cella. Un continuo e quasi impercettibile velo di pioggia aveva cominciato a cadere.

Myers approfittò di quei momenti di calma per aggiornare il foglio delle assegnazioni del giorno seguente. La vettura era parcheggiata sotto un lampione, con il motore al minimo e la luce interna accesa, mentre scriveva i nomi e i numeri di matricola per il turno della notte successiva. Il suo santuario silenzioso venne ben presto violato quando la radio della polizia tornò in vita.

«Due-sei-cinque».

«Procedi, due-sei-cinque», rispose il centralino.

«È disponibile il venti-sei-A?».

Il sergente Myers mugugnò tra sé, gettando sul cruscotto la penna e la cartellina.

«Attendi, due-sei-cinque», proseguì il centralino. «Venti-sei-A, Andy, sei disponibile?».

Myers prese il ricevitore. «Venti-sei-A, sono disponibile», rispose senza troppo entusiasmo. «Cosa avete?»

«Due-sei-cinque, il sergente è disponibile. Dove lo vuoi?»

«Potete mandarlo da me in servizio attivo tra State e Riverside Street?».

Myers non attese che il centralino riferisse il messaggio. Ignorando il protocollo radio rispose semplicemente: «Venti-sei-A, ok». Buttò il ricevitore sul sedile passeggeri, spense la luce interna e partì, lasciando una macchia asciutta sotto il lucente lampione ai vapori di sodio. Azionò i tergicristalli, e fece sparire il sottile velo di umidità dal parabrezza. Il suo era l'unico veicolo in movimento per strada.

Il manto stradale si stava facendo sempre più scivoloso e Myers guidò con prudenza. Era un uomo controllato, orgoglioso dei suoi dodici anni di servizio senza neanche un parafango ammaccato nel proprio dossier. Inoltre, pensò tra sé, non c'era fretta. Johnson lo aveva richiesto in servizio attivo. Questo di solito significava che non si trattava strettamente di questioni di polizia. Probabilmente voleva una notte libera, pensò.

Myers percorse tutta State Street fino a Riverside, una zona esclusivamente industriale proprio sulla riva del fiume. Si fermò e cercò la vettura due-sei-cinque. Non vi erano cenni di vita da nessuna parte, e i fasci di luce dei suoi abbaglianti attraversavano Riverside Street fino al fiume, anch'esso privo di vita. Si stava accingendo a prendere il ricevitore per chiedere la posizione di Johnson, quando una luce gli illuminò il lato sinistro del volto. Abbassò il finestrino e vide l'ombra di un uomo a circa trenta passi di distanza. Accendeva e spegneva la torcia.

«Johnson, idiota», bofonchiò, girando a sinistra e avvicinandosi alla figura ferma in un vialetto che conduceva sul retro di una fabbrica. L'agente indossava un impermeabile giallo e si dirigeva a passo svelto verso la macchina del sergente.

«Dove diavolo è la tua vettura?», chiese Myers mentre l'agente si avvicinava al finestrino aperto.

«È là dietro», rispose l'agente, indirizzando il fascio della torcia verso il vialetto.

«E cosa diavolo ci fa là dietro?»

«Stavo… ehm… controllando le banchine di carico in cerca di effrazioni, sergente».

«Uh-huh. L'ultima volta che ti ho trovato a controllare banchine alle quattro del mattino, Larry, ti stavi anche riposando gli occhi».

Johnson sorrise timidamente, poi aggiunse in fretta: «Sergente, l'ho chiamata in servizio attivo perché c'è una cosa di cui non volevo parlare via radio».

«Ah sì?», rispose Myers. La pioggerellina gli bagnava il viso attraverso il finestrino aperto. «Be', allora suppongo che debba salire e raccontarmi tutto».

Johnson passò in fretta davanti alla vettura e balzò sul sedile passeggeri. Per poco non si sedette sul cappello del sergente.

«Cristo Santo, Larry», stridette Myers tirandolo via appena in tempo. «Stavi per schiacciare il mio stramaledetto cappello». Lo gettò sul cruscotto, che adesso era decisamente affollato. «Allora cosa diavolo c'è di tanto misterioso?»

«Vada là dietro», fu tutto quello che disse Johnson mentre indicava la strada.

Myers fece manovra in quello spazio angusto. Si poteva definire strada solo perché era larga quanto bastava per far passare una vettura. Su entrambi i lati, si ergevano minacciosi palazzi di mattoni alti tre piani. Molti di questi vecchi edifici sulla riva del fiume risalivano al periodo precedente la Grande Depressione e non consentivano una comoda viabilità.

«Questo è il magazzino di distribuzione della Bartronic, giusto?», chiese Myers mentre guardava verso l'alto attraverso il parabrezza. Adesso le luci della vettura investivano la macchina di Johnson parcheggiata in fondo alla strada vicino ai moli di carico merci. Myers notò che Johnson era entrato a marcia indietro, la sua auto era ferma con il motore al minimo e le luci di posizione accese.

«Già», fu tutto ciò che disse Johnson.

Myers si fermò proprio davanti alla radiomobile di Johnson. «Bel posto per fare un maledetto pisolino», disse con sarcasmo.

Johnson ignorò l'affronto e aprì lo sportello. «Meglio che venga a dare un'occhiata a questo, sergente».

Uscì e accese la torcia, camminando verso il retro della sua macchina. Myers, prima di scendere, si mise il cappello e sollevò il bavero della divisa per proteggersi dalla pioggia.

Seguì Johnson su per i gradini di un vecchio molo di carico. Johnson attraversò una porta ben nascosta e proiettò la luce in un angolo. Non disse nulla, si limitò a puntare la torcia su una figura maschile a terra, vestita, con la schiena appoggiata contro una porta di acciaio.

«Dammi quell'affare». Myers si allungò e prese senza troppe cerimonie la torcia dalla mano di Johnson. Poi si chinò sul corpo e afferrò l'uomo per la mandibola, puntandogli la luce dritta sul volto.

«Sembra proprio un codice cinque-due-nove-due, sergente», dichiarò Johnson alle sue spalle.

«Grazie tante, Sherlock», disse Myers mentre, come di routine, cercava di sentire le pulsazioni dell'uomo sotto la mandibola. «Questo qui è morto stecchito».

Il corpo aveva un colorito pallido visibile persino nella debole luce della torcia a tre pile. Sembrava un uomo vicino alla mezz'età, vestito con moderni abiti casual. Non indossava la giacca, ma i suoi pantaloni di cotone grigio e il maglione girocollo erano appena umidi. Aveva costose scarpe nere e spessi calzini di lana grigia.

«Questo tipo mi sembra familiare», disse Myers bruscamente mentre si alzava. Poi, porgendo nuovamente la torcia a Johnson, aggiunse: «Lo riconosci?».

Johnson prese la torcia e indirizzò il fascio di luce sul volto cereo dell'uomo. «Nicky Costello», rispose Johnson, mentre fissava il cadavere.

«Dici quell'imbecille che chiamano Nick Coltello?», chiese Myers incredulo.

«Sì».

«Be'», disse Myers mentre si piegava nuovamente sul cadavere, «doveva avere centinaia di nemici che avrebbero...». Ebbe un'esitazione mentre si muoveva con naturalezza accanto all'uomo, per controllare se vi fossero ferite evidenti. «Mmm. Non vedo alcun segno di spari, coltellate o percosse. Passami di nuovo quella torcia, Larry».

Johnson si protese e porse la luce al sergente. «Non era esattamente un tipaccio, sergente. Voglio dire, a parte il fatto che era sempre coinvolto in qualche imbroglio, non ha mai davvero fatto del male a nessuno. Era solo un teppista da quattro soldi che gestiva un piccolo bar, faceva qualche scommessa...». Johnson, nascosto nell'oscurità, scrollò le spalle. «...vendeva qualche televisore rubato... Roba del genere. Ma andava d'accordo con la gente del quartiere».

Myers si girò e guardò l'agente, puntandogli la torcia in faccia. «Allora perché diavolo gli hanno dato quel nome?».

Johnson strizzò gli occhi e si mise una mano davanti al volto. Myers notò il suo fastidio e distolse il raggio di luce. Adesso ognuno dei due vedeva l'altro come un'ombra.

Johnson rise piano.

«Non ci crederà, ma quel tipo stava sempre a mangiar mele...».

«Mele!», lo interruppe Myers.

«Già, gli piacevano le mele, e aveva sempre uno di quei coltelli svizzeri attaccato al mazzo di chiavi. Ci tagliava la mela e se la mangiava. Non le mordeva mai. Dicevano che lo facesse fin da quando era bambino».

Myers puntò nuovamente la luce sul viso di Johnson.

«Mi stai prendendo per il culo», disse.

«Affatto, sergente. Quel tipo non ha mai accoltellato nessuno in vita sua. Lo vedevo sempre in giro. Era un losco bastardo, ma alla gente di solito piaceva».

Myers tornò ad ispezionare il corpo, ma si rialzò e porse di nuovo la torcia a Johnson dopo un breve esame.

«Be'», disse, sfregandosi le mani per togliere la polvere, «forse il tizio è andato in overdose o qualcosa del genere. Non vedo nessuna ferita. Ad ogni modo, Larry, non mi è capitato spesso di incontrarlo, ma mi pare di ricordare che fosse di altezza media e corporatura molto robusta, no?».

Johnson fece cenno di sì con il capo anche se il sergente non poteva vederlo.

«Proprio così. Sarà stato un metro e mezzo di larghezza per uno e ottanta di altezza». Puntò la luce sul cadavere mentre parlava.

«Allora deve aver perso un po' di peso», replicò Myers, «perché è accasciato su se stesso come una bambola di pezza. E comunque», il sergente si voltò per guardare il profilo di Johnson, «perché diavolo non potevi comunicare tutto via radio stanotte?».

Una scrollata di spalle, anch'essa non vista.

«Sa sergente... I giornali. Alcuni dei loro inviati notturni ascoltano i nostri canali. Probabilmente sarebbero arrivati qui prima di lei. E volevo chiederle una cosa prima che arrivasse chiunque altro».

«Che cosa?», mugugnò Myers.

«Quante possibilità ho di avere il venerdì libero?».

CAPITOLO 3

Il sergente Myers sedeva sul sedile passeggeri nell'auto di Johnson, intento a compilare il foglio di pattuglia mentre Johnson chiamava un furgone per far trasportare il corpo all'obitorio.

«Digli che per prima cosa voglio qui una squadra della Scientifica», disse Myers senza sollevare lo sguardo dal foglio. «Almeno possono illuminare l'area e scattare qualche foto prima che quel tizio venga spostato».

Johnson riferì la richiesta al centralino che rispose immediatamente: «Resta in attesa, due-sei-cinque».

Meno di un minuto dopo, dal centralino arrivò una nuova comunicazione. «Due-sei-cinque, ritenete si tratti di un delitto?».

Nel debole chiarore della luce di cortesia, Johnson si girò per guardare il suo superiore con aria interrogativa.

«Da' qua», scattò Myers mentre si protendeva per prendere la radio dalle mani di Johnson. «Qui è venti-sei-A», iniziò, «fate in modo che due-sei-cinque resti fuori dal servizio di pattuglia finché il furgone della Scientifica non viene a fare qualche scatto. Sembra si tratti di un'overdose, ma voglio comunque delle foto, non si sa mai. Una volta che i tecnici avranno finito e isolato la zona, potranno tutti tornare al loro consueto servizio».

Myers risistemò il ricevitore nel suo alloggio mentre la radio gracchiava di rimando: «Ok, venti-sei-A».

Il sergente raccomandò a Johnson di non creare più disordine di quanto non fosse necessario. Scese dall'auto, tornò alla sua, e lasciò quell'angusta stradina, ma non prima di aver concesso a Johnson il venerdì libero.

***

Tutto sommato, quella settimana col turno di mezzanotte era trascorsa piuttosto lentamente, e quando la squadra di Myers tornò al lavoro dopo due giorni di riposo, il sergente si fece forza in previsione di una ben più affaccendata settimana di servizio dalle quattro alle dodici. Entrò nella sala operativa della stazione e prese dalla cassetta della sua squadra tutte le pratiche arretrate. Erano le tre e trentacinque del pomeriggio, ed era in maniche di camicia, con la giacca dell'uniforme su un braccio. I telefoni già suonavano a ripetizione, e gli agenti correvano avanti e indietro sul lucido pavimento di marmo, alcuni appena arrivati, altri pronti ad andarsene una volta fatto rapporto. Myers gettò quella manciata di scartoffie su una scrivania libera, e si sedette su un'instabile poltrona girevole. Aveva venticinque minuti per sistemare tutto prima dell'appello.

Per le quattro e dieci, Myers aveva ispezionato la sua squadra, assegnato gli incarichi per la notte, e comunicato quali agenti si sarebbero dovuti presentare in tribunale l'indomani mattina. Doveva anche consegnare un promemoria.

«Johnson», esclamò mentre la sua squadra rompeva le righe, «chiama la Scientifica prima di andare in pattuglia». Porse a Larry Johnson una piccola cedola gialla con un messaggio prestampato che diceva *prego richiamare*. Seguivano un nome e un numero di telefono. Nell'angolo in alto a destra c'era il riquadro del mittente, e al suo interno si leggeva *scientifica*.

Johnson si servì del telefono sul bancone accanto all'uscita che conduceva al parcheggio sul retro. Quando rispose una voce femminile si identificò, chiese della persona segnalata sul memo, e attese circa quindici secondi prima che una voce maschile rispondesse.

«Salve, Johnson? Sì, sono Phil Cronin. Ho cercato di contattarla venerdì, ma non l'ho trovata, e il suo telefono di casa squillava a vuoto».

«Ero in montagna», rispose Johnson, in modo disinteressato. «Sono riuscito a fare un week-end di tre giorni. Allora, che c'è?»

«Il tizio morto nel magazzino mercoledì scorso... quello a cui ho scattato le foto...».

«Nicky Costello?», replicò Johnson.

«Sì. Be', il medico legale mi ha chiamato venerdì. Aveva appena terminato l'autopsia e mi ha chiesto se il rapporto era completo. Ha detto che le immagini non mostravano molto».

«Già», disse Johnson, guardando l'orologio.

«Gli ho detto che non c'era un granché da mostrare. Oltre a quello che ha visto nelle foto e che ha letto nei rapporti non c'era altro. Mi sembrava si trattasse di un'overdose».

«Quindi?», aggiunse Johnson con indifferenza.

«Quindi non avete notato proprio niente d'insolito quando avete esaminato quel molo?»

«Ad esempio?»

«Mah, qualsiasi cosa, amico. Qualcosa che potreste aver dimenticato di dirmi».

«Diavolo, no, Phil. Vi ho detto tutto quando siete venuti. Avete visto ciò che abbiamo visto il sergente e io. Ho capito subito che quel tizio era morto. Ma in giro non c'era nulla e nessuno quando l'ho trovato. Perché, qual è il problema?».

Johnson continuò a dire più volte «Uh-huh» al telefono, riagganciò e si recò dal sergente Myers. Myers era fuori, pronto a salire sulla pattuglia.

«Ehi, sergente», esclamò Johnson mentre camminava velocemente verso di lui.

Myers si fermò con una mano sullo sportello aperto. «Per questo venerdì non se ne parla, Larry».

«No, sergente», Johnson sorrise timidamente. «Si tratta di Cronin, della Scientifica. Vuole vederci».

«Adesso?», disse Myers ad alta voce, con la mano sinistra sul fianco e la destra pronta a richiudere sbattendo lo sportello della sua auto vuota.

«Già. Ha dovuto integrare il rapporto investigativo su quel caso della settimana scorsa, Nicky Costello». Johnson fece una pausa e notò che Myers si accingeva a dire qualcosa di brillante tipo «Chi se ne frega», così aggiunse in fretta: «Il medico legale ha avviato un'inchiesta».

«Per cosa?», domandò Myers. «Tutto è stato gestito a dovere. Che cazzo c'è che non va?»

«Sergente», cominciò Johnson con affettata perspicacia, «ha notato niente d'insolito quella notte?»

«Sì», disse Myers con sarcasmo, «che c'era un cadavere per terra».

Johnson fece un sorriso di circostanza.

«Ok, ok, Larry», disse Myers, facendogli cenno di fermarsi. «Dove vuoi arrivare?»

«Sergente», disse lentamente Johnson, «tutto quello che so è che Cronin vuole vederci per farci qualche domanda sulla scena del delitto».

Con un'espressione di disgusto Myers disse: «Larry, voglio sperare che tu non abbia combinato un casino quando me ne sono andato. Cos'hai fatto? Hai cominciato a camminare su e giù per il luogo del delitto appena mi sono allontanato?».

Johnson stava scuotendo la testa con decisione. «No, sergente. Niente del genere. Cronin ha detto solo che il patologo non pensa si tratti di un'overdose».

CAPITOLO 4

Il sergente Myers e l'agente Johnson trascorsero circa quarantacinque minuti insieme a Phil Cronin, prima di tornare entrambi al lavoro. Fondamentalmente Cronin si limitò a ripercorrere insieme ai due poliziotti ogni passo del suo rapporto e di quello del medico legale. Comunque nessuno dei due fu in grado di aggiungere alcun particolare, così Cronin siglò la sua copia dell'inchiesta del patologo e la risistemò nella cartella indirizzata all'ufficio di medicina legale. Per quanto lo riguardava, il suo lavoro era finito. Sarebbe stato ben lieto di rendere conto del suo verbale in tribunale, *ammesso che* a quel ritrovamento seguisse un arresto, ma la sua testimonianza avrebbe potuto soltanto riguardare la scena del crimine e lo stato in cui l'aveva trovata al momento del suo arrivo. Aveva scattato alcune foto in bianco e nero del corpo, tracciato a penna un rapido disegno dell'area e stilato il suo rapporto. Rispetto ad altri casi della Scientifica, questo era privo di interesse e irrilevante, e di certo non gli avrebbe permesso di arrotondare lo stipendio facendo gli straordinari sul banco dei testimoni. Per non parlare del fatto che adesso aveva il turno dalle quattro alle dodici e cominciavano a spuntare impegni da tutte le parti. Aveva un caso di omissione di soccorso da fotografare, così prese la borsa con l'equipaggiamento, se la mise in spalla, e si diresse verso la porta, lasciando il fascicolo nella cassetta della posta interdipartimentale mentre si allontanava.

***

Quando il fascicolo arrivò all'ufficio di medicina legale con la prima consegna del mattino seguente, venne preso dall'impiegato insieme al resto della posta e imbucato nella cassetta del patologo di turno, in questo caso, il dottor Nathan Forester. Quando l'assistente di Forester arrivò, alle otto e mezza, svuotò la cassetta del dottore e riversò il suo contenuto sulla scrivania di Forester, fissando la pila di posta con un fermacarte: la tazza personale del dottore, riempita con del caffè appena fatto.

Il dottor Forester era un patologo della contea da più di dieci anni. Non aveva mai pensato a quel tipo di carriera, ma quando era un giovane capitano dell'aeronautica appena uscito dalla facoltà di medicina aveva dovuto svolgere un lavoro di indagine medica e aveva trovato quell'esperienza sorprendentemente interessante. Così aveva avanzato la propria candidatura come patologo della contea dopo il congedo, e adesso conduceva una vita serena, anche se senza troppe pretese, affiancando al suo incarico di coroner quello di professore universitario. Era molto conosciuto e apprezzato sia nel campus che nel dipartimento di polizia, grazie al suo intuito e alla sua arguzia.

Gli studenti apprezzavano la particolare natura del suo sarcasmo, che giudicavano come una mite forma di ribellione, e alla polizia piaceva vederlo sul banco dei testimoni in qualità di esperto, dal momento che era raro trovare un avvocato della difesa che non si facesse "fregare" dalla testimonianza aspra e scaltra di Forester. La sua mente e la sua sala operatoria erano sempre aperte, e aveva sempre preso nota dei molteplici casi bizzarri che gli erano capitati nel corso degli anni. La sua intenzione era quella di scrivere un giorno un bestseller in grado di competere con i più spaventosi romanzi dell'orrore, con la notevole differenza che le sue storie erano vere. A quanto sembrava il caso di Nicky Costello si sarebbe aggiunto presto al suo dossier.

Ora Forester sedeva alla sua scrivania e osservava il nuovo rapporto di Phil Cronin sorseggiando il suo caffè nero da una tazza grigia con sopra l'immagine della nave spaziale *Enterprise*. La risposta di Cronin alla sua richiesta di informazioni era quella che Forester si aspettava. Non era stato aggiunto nulla di nuovo, e il dipartimento di polizia schedava ancora il caso come *aperto*, in attesa di un responso da parte del medico legale. Questo voleva dire che avevano altri casi più urgenti e che per la morte di Nicky Costello non avrebbero preso provvedimenti a breve, o almeno finché non avessero dovuto compilare le statistiche trimestrali – in questo caso, la seconda settimana di gennaio, tre mesi dopo.

Il caso era stato assegnato al detective Lynch, ma sul rapporto riassuntivo del dipartimento era stato subito catalogato come *morte improvvisa*, e sarebbe rimasto in quel limbo finché l'ufficio di medicina legale non si fosse pronunciato. Il rapporto sull'indagine preliminare del detective era scarno quanto quello di Cronin, e il venerdì precedente, proprio mentre stava per lasciare la centrale di polizia per dedicarsi a un altro caso, Lynch aveva ricevuto una telefonata di Forester e aveva riferito al coroner tutti i dettagli che mancavano nel resoconto ufficiale.

Costello non aveva famiglia, e presto per strada si era sparsa la voce che fosse morto di overdose. Questa notizia aveva fatto sollevare più d'un sopracciglio nelle taverne locali, dato che Nicky era poco più che un fumatore occasionale di marijuana, ma ben pochi dei frequentatori dei bar della zona ne erano rimasti sorpresi. Nick Coltello era un tipo a posto, ma alla fine non era che un solitario e un fallito senz'alcuno scopo nella vita. Un paio di bicchieri erano stati alzati per brindare alla sua memoria, ma nessuno aveva pianto per lui e nessun familiare avrebbe infastidito l'ufficio di pubblica sicurezza affinché si intensificassero le indagini. Forester, quindi, aveva a disposizione mesi interi – una quantità di tempo infinita per un'indagine.

L'orologio digitale sulla sua scrivania segnava le 9:27. Prese il telefono, bevve un sorso di caffè, che si stava rapidamente raffreddando, e premette il pulsante dell'interfono. Una voce familiare rispose quasi all'istante.

«Ted», disse al telefono mentre deglutiva in fretta, «abbiamo qualche caso urgente?»

«Non al momento, Doc. Abbiamo solo un incidente mortale della notte scorsa: se ne sta occupando il dottor Philips».

«Grazie». Premette il tasto per la linea uno sul suo telefono e ottenne immediatamente il suono di libero[1]. Mentre sfiorava i tasti, sorrise ripensando a quando i telefoni erano ancora a disco. Una voce femminile interruppe le sue divagazioni.

«Università di Smithfield».

«Potreste mettermi in contatto con il direttore del dipartimento di storia, per favore?». Forester ebbe il tempo di trangugiare un ultimo sorso di caffè prima che giungesse una giovane voce maschile dall'altra parte del ricevitore.

«Ufficio del professor Roman. Posso aiutarla?»

«Sono il dottor Forester, della facoltà di medicina. Potrei parlare con il professor Roman?»

«Solo un momento, prego».

Dopo qualche istante, il professor Roman si presentò. «Dottor Forester, sono George Roman. Come posso aiutare la facoltà di medicina?»

«Mi chiami Nate, la prego», disse Forester. «George, mi stavo chieden-

[1] In inglese *dial tone*, espressione retaggio del periodo in cui i telefoni erano ancora a disco (*dial*) (*n.d.r.*).

do se poteva mettermi in contatto con qualcuno nel suo dipartimento di medievistica. Basso Medioevo, direi».

«Mmm», mugugnò Roman. «Abbiamo due medievisti nello staff. Forse se mi dice più precisamente che cos'ha in mente...».

«Be'», cominciò Forester, schiarendosi la gola, «sto svolgendo delle ricerche per scrivere un libro sulle pratiche mediche antiche, e sono particolarmente interessato ad alcune delle... nozioni più superstiziose, se vuole, e più comuni a quell'epoca».

«Ah, penso di conoscere la persona giusta», rispose Roman con soddisfazione. «Helen Norwich, di sociologia, tiene un corso di antropologia sociologica. Quando uno dei nostri specializzandi di storia ha difficoltà a trovare il numero di corsi necessario a completare il proprio piano di studi, raccomandiamo il suo. Tratta di storia quanto di antropologia, e Helen introduce nelle sue lezioni le nozioni necessarie alla comprensione di quella che chiama "medicina dei Secoli Bui". Vuole il suo numero?».

Roman cominciò a sfogliare la sua rubrica da tavolo prima che Forester potesse rispondere.

«Sarebbe grandioso, George. Ovviamente alcuni di noi oggigiorno sono ancora accusati di praticare la medicina dei Secoli Bui».

«Oh, ci scommetto», disse Roman ridendo. «Proprio come alcuni di noi, al dipartimento di storia, sono accusati di usare metodi d'insegnamento dei tempi di Platone. In realtà», continuò con tono riservato, «non c'era nulla di sbagliato in molti di quei metodi, e noi li utilizziamo ancora. Ah, ecco qui. Questa è la linea diretta con il suo ufficio».

Forester copiò il numero e ringraziò Roman. I due si scambiarono battute per un minuto o due e attaccarono, con la mutua promessa di incontrarsi di persona un giorno, magari per un pranzo al campus.

Forester si appoggiò allo schienale della sedia fissando il numero di telefono che aveva appena copiato. Stava pensando a quale fosse il modo migliore per accennare il suo problema a Helen Norwich. Poteva riferirle una versione edulcorata della verità come aveva fatto con George Roman – che stava scrivendo un libro sulle pratiche mediche in disuso. Oppure poteva addentrarsi nei particolari e dirle che quello che stava scrivendo in realtà era non tanto un lavoro accademico quanto un saggio divulgativo su crimini insoliti, crimini che aveva catalogato come anomali, in quanto unici se paragonati alla maggior parte di quelli sui quali aveva indagato negli ultimi quindici anni.

Vi erano poche possibilità che volesse, dovesse o potesse dirle come stavano le cose, e cioè che il motivo per cui Nicky Costello adesso rientrava in quella categoria era che il suo corpo giaceva ormai da una settimana in una cella frigorifera dell'obitorio, senza un solo goccio di sangue in corpo e senz'alcuna ferita, eccezion fatta per due punture appena visibili sulla carotide.

CAPITOLO 5

Nate Forester decise di improvvisare. Avrebbe provato a incontrare Helen Norwich e a porle alcune domande generiche riguardanti la vita medievale nel suo complesso. Avrebbe capito cosa rivelare quando fosse stato il momento. Molti professori, pensò, erano ben lieti di esporre le loro conoscenze. La Norwich avrebbe potuto fornirgli una valanga di informazioni senza preoccuparsi minimamente di cosa ne avrebbe fatto.

Chiamò il suo ufficio, ma gli fu riferito che le sue lezioni erano di mattina e prendeva solo appuntamenti pomeridiani. Nate fissò un incontro per l'una e quarantacinque, e si recò nella zona di passaggio dell'obitorio per dare un'altra occhiata ai resti di Nicky Costello.

***

Gli uffici del dipartimento di umanistica erano più vecchi di quelli della facoltà di medicina dell'università, e leggermente più vittoriani, pensò Nathan mentre entrava nel corridoio di sociologia. A medicina c'era meno legno e più metallo, quasi a prefigurare gli ospedali che avrebbero dominato la vita di molti laureati.

Si presentò a una studentessa che sedeva dietro il bancone all'ingresso del corridoio. Stava leggendo una copia di *La scimmia nuda*. Le disse di avere un appuntamento con la dottoressa Norwich alle due meno un quarto. La ragazza sollevò il ricevitore, bisbigliò qualcosa nella cornetta, e gli disse di tornare indietro fino alla stanza ventisette. La dottoressa Norwich lo stava aspettando.

Gli uffici non erano solo più vittoriani, erano anche più piccoli. I libri straripavano dall'unico scaffale nello studio della Norwich, altri ancora giacevano impilati su un tavolo, sul pavimento e sul piccolo divano di vinile. Sulla scrivania della professoressa Norwich c'erano solo due o tre libri, e lì si fermò lo sguardo di Nate, poiché Helen Norwich si alzò in piedi e gli porse la mano.

«Dottor Forester, è un piacere incontrarla. La sua reputazione è giunta persino in quest'ala del campus».

Non era affatto come se l'era immaginata.

«Oh... be'...», le strinse la mano, «io... spero che questo non mi pregiudichi in alcun modo di fronte a lei». Nate tentò di sfoggiare un sorriso affabile.

«Affatto», rispose lei, facendogli cenno di accomodarsi sulla sedia accanto alla scrivania. Nate vide che lei non aveva assolutamente alcuna difficoltà a sorridere in modo affabile. «Che cosa la conduce nel nostro mondo di scienza inesatta?».

Era tornata a sedere dietro la sua scrivania, ma nel frattempo Nathan aveva avuto modo di notare che Helen Norwich era una donna alta, di pochi centimetri più bassa del suo metro e ottanta. E non sembrava affatto una sociologa. Si aspettava un tipo alla Margaret Mead, con gli occhiali che penzolavano da un'appariscente catenina intorno al collo. Si aspettava anche un volto serio solcato da un cipiglio perenne – lo stesso che parevano sempre avere le sue insegnanti di sociologia prima che si laureasse. Si trovò davanti, invece, a dei capelli castani lunghi fino alle spalle, occhi azzurri e un sorriso che sembrava essere stato sgraffignato allo spot di un dentifricio.

Nate si rese conto che non aveva risposto alla sua domanda e che la stava fissando, quindi adottò rapidamente un'aria professionale e mentre si sedeva cominciò a spiegare il motivo della sua visita. «Dunque, dottoressa Norwich...».

«La prego», lo interruppe, «mi mette in difficoltà essere chiamata "dottoressa" da qualcuno che si è laureato in medicina». Il suo sorriso era disarmante, e Nate le sorrise di rimando senza imbarazzo.

«Ok», disse assumendo un'espressione meno severa, «Mrs Norwich, così va meglio?»

«Miss Norwich». Si appoggiò allo schienale congiungendo educatamente le mani.

Nate non poté fare a meno di sollevare un sopracciglio.

«Ho la fortuna di essere sociologa», proseguì lei con un movimento appena percettibile della mano, «di avere una specializzazione, di essere donna e di essere single».

Nate rimase in silenzio. Aveva la sensazione che non avesse ancora finito.

«Forse sono troppo tradizionalista», spiegò dopo una breve pausa, «ma sono stata Miss Norwich per tanti anni e non l'ho mai trovata una cosa umiliante. Inoltre, penso che oggigiorno il termine "Miss" proclami l'individualità. "Mrs" è diventato troppo banale. Ma in realtà, dottore, Helen va benissimo».

«Lo stesso vale per me... Nate andrà benissimo», disse lui in modo quasi goffo. Stava rapidamente arrivando alla conclusione che forse non avrebbe dovuto essere particolarmente riservato con Helen Norwich.

«Ok», disse lei con un sorriso. «Vada per Nate. Cosa posso fare per te?»

«Be', dott... ehm, Helen, mi sto documentando per scrivere un libro e sono interessato a tutte quelle superstizioni che in passato possono aver dato vita a delle pratiche mediche. Sai, conosco quello che ci è stato spiegato alla facoltà di medicina: il salasso, la cauterizzazione, la trapanatura del cranio e simili; ma sono più interessato alle motivazioni sociologiche allora predominanti. Vorrei sapere cosa può aver dato legittimità ad alcune di quelle credenze che adesso troviamo tanto assurde».

Helen si raddrizzò sulla sedia, ascoltando attentamente la descrizione sommaria di Nate. Senza togliergli gli occhi di dosso, sollevò leggermente il capo e disse: «Probabilmente dovresti stare più attento ad usare una parola come "assurdo", Nate. Per quanto possa sembrare strano, alcuni di quei metodi erano assolutamente all'avanguardia. L'umanità del ventesimo secolo è afflitta da una certa arroganza». Si sporse in avanti e lo guardò di traverso. «Non pensi che qualche patologo, tra diversi secoli, possa ridicolizzare i tuoi metodi chirurgici definendoli "banale macelleria"?»

«Senza dubbio», rispose lui sdegnosamente. «Ma i miei metodi verranno osservati da un punto di vista molto più competente del mio».

Helen si alzò in fretta e si mosse verso il piccolo scaffale dietro la sua scrivania. «Ecco il punto», disse mentre estraeva un volume dal mucchio e lo sfogliava. «Come antropologa culturale ho sempre voluto osservare una determinata società dalla *sua* prospettiva, non dalla mia. Se avessi fatto il contrario sarei rimasta invischiata in una palude di estraneità che mi avrebbe portato a moralizzare laddove avrei dovuto invece apprendere». Smise di scorrere le pagine e guardò Nate. «Partendo da simili presupposti avrei fatto ben pochi progressi».

Lui annuì con rassegnazione. «Allora sono venuto dalla persona giusta, perché desidero sapere cos'ha portato quelle persone a sentire ciò che hanno sentito; cos'ha dato loro un'incrollabile fede in quella che reputavano la causa di una malattia e nelle tecniche utilizzate per curarla».

Helen smise di guardare tra le pagine del libro e lo sistemò aperto sulla scrivania. Si mise silenziosamente a sedere e guardò le pagine. Congiunse di nuovo le mani e cominciò a parlare: «È interessante che tu abbia menzionato la pratica della trapanazione del cranio, Nate. Benché oggi si consideri una cosa barbara trafiggere il cranio di una persona per farne uscire fuori i demoni, non ci facciamo problemi a perforarlo per alleviare la pressione di un ematoma causato da un trauma cranico. In realtà», disse, mentre alzava gli occhi per guardarlo, «si potrebbe dire che la psicanalisi non è altro che una trapanatura emozionale».

Nate sorrise. «Quindi secondo te stiamo ancora praticando parte della magia nera dei nostri progenitori, anche se solo simbolicamente?»

«Chiamala come vuoi, ma non veniva considerata frivola e irrazionale da coloro che la praticavano e che ci credevano. Nella maggior parte dei casi era il massimo che potessero fare, se pensi a quali fossero le risorse disponibili».

Abbassando lo sguardo indicò delicatamente le pagine del testo: «Ciò che una persona, o una cultura, credeva», disse, «era in gran parte dettato dalle credenze religiose».

«Era?», la interruppe Nate.

Lei alzò gli occhi, sempre tenendo la mano sui paragrafi che aveva davanti. «Sì, era. Lo è ancora, in certi casi, ma devi capire che in società che non sono tecnologicamente avanzate come la nostra la vita delle persone è profondamente interconnessa con la dottrina religiosa. Lascia che ti spieghi mettendo in evidenza un particolare aspetto», aggiunse, e cominciò a citare dal testo. «"Sir Edward Tylor fu il primo che tentò di definire la religione nel diciannovesimo secolo"». Sollevò lo sguardo. «Disse che consisteva semplicemente nel credere in esseri spirituali. Oggi abbiamo un'idea molto più complicata della religione. Nella mente delle persone essa attiene alle forze ignote che ci circondano, al posto che gli esseri umani occupano rispetto a queste forze, e fondamentalmente al loro tentativo di dominarle».

«E in che modo la tecnologia impedisce alle nostre vite di essere così interconnesse con la religione?», domandò Nate.

Lei scosse il capo. «Non ho detto che lo impedisce... non del tutto. Ho detto che le nostre vite, qui nei paesi industrializzati, non sono *profondamente* interconnesse con la dottrina religiosa. Pensaci. Se concordi sul fatto che in parte la religione è, come ho detto, un tentativo di controllare le forze ignote intorno a noi, allora devi ammettere che le culture più primitive devono fare maggiormente affidamento sul loro spiritualismo, quando interagiscono con il loro ambiente.

Noi americani, per esempio, non dobbiamo più preoccuparci di blandire la terra perché ci elargisca ciò che serve al nostro sostentamento. Abbiamo eliminato quel problema costante usando la tecnologia. Adesso abbiamo un grado maggiore di controllo sulla natura. Ma vi sono ancora delle società che eseguono dei rituali per rendere fertile la terra, laddove noi possiamo semplicemente aggiungere dei fertilizzanti chimici». Si strinse nelle spalle. «Non chiedermi chi ottiene i risultati migliori», disse ridendo. «Non sono un agricoltore».

Si sorrisero a vicenda per un istante o poco più, poi Nate disse bruscamente. «Proprio il genere di cose che sto cercando, Helen. Vi sono linee comportamentali che impongono azioni che sono oggigiorno inaccettabili, ma che erano di prammatica quando... oh, diciamo nel Medioevo».

«Quello è un periodo abbastanza recente», replicò lei, «per quanto riguarda pratiche come la trapanazione, intendo».

«Vero», rispose Nate con disinvoltura. «La trapanazione ha perso il suo fascino diverse migliaia di anni fa. Ma la stavo usando solo come esempio».

Helen Norwich si girò lentamente verso destra facendo ruotare la sedia, la mano sinistra sempre appoggiata sul testo. Come se ci avesse ripensato disse: «Uno sciamano zulu si serve ancora di uno strumento simile a un cono gelato per succhiare via gli spiriti dalla testa di un paziente attraverso l'orecchio». Sorrideva più con gli occhi che con le labbra. Era il suo modo di far capire al dottor Forester che era lei l'esperta, mentre lui era quello venuto in cerca d'informazioni.

Nate fece una smorfia mostrando la sua ovvia repulsione per la procedura zulu. «Meno male che ci siamo dati appuntamento dopo pranzo», disse scherzoso.

Helen si girò di nuovo per guardarlo in faccia. «Penso che la cosa migliore da fare sia entrare maggiormente nello specifico: sono sicura che stai seguendo una linea d'indagine più precisa. Che ne pensi di pormi delle domande, in modo che io faccia del mio meglio per risponderti? Se non hai le domande, le troverò io per te, e se non ci riesco, ne inventerò qualcuna». Quegli occhi blu parvero di nuovo sorridere.

«Affare fatto», rispose Nate.

Helen allungò le mani davanti a sé in segno di richiesta. «Da dove cominciamo?»

«Be'», disse Nathan spostandosi sulla sedia, «lascia che ti dia un esempio di cosa mi interessa. Ci sono state epoche in cui poteva essere ammissibile offrire in sacrificio degli esseri umani, o bruciare una donna sospettata di stregoneria, o conficcare un paletto di legno nel cuore di un presunto vampiro. Adesso queste cose vengono considerate assassinio, almeno nella nostra società. Ma vi è stato un tempo in cui non era così. Venivano considerati metodi validi per affrontare qualsiasi problema si presentasse, anche da parte di persone abbastanza razionali».

Nate aveva deciso consapevolmente di abbandonare molte delle sue mezze verità. Non aveva alcun motivo di nascondere le sue intenzioni a Helen Norwich. Poteva rivelarle che stava redigendo un dossier sui casi bizzarri che l'avevano occupato negli ultimi quindici anni, ma pensava che una descrizione diretta del caso di Nicky Costello non fosse ancora prudente. Non lo sarebbe mai stato. Ma se lei gli avesse fatto delle domande, era propenso ad aver fiducia in lei – almeno un po'. Non avrebbe dovuto attendere a lungo.

«Sembra che tu non sia semplicemente interessato alle pratiche mediche in voga nell'antichità», disse lei. Il tono non era interrogativo, la sua non era che un'affermazione, e Nate comprese che se si fosse trovato al suo posto, la curiosità avrebbe imposto anche a lui una simile dichiarazione. Helen Norwich era una scienziata; se non avesse avuto una spiccata curiosità, sarebbe stato alquanto insolito.

Nate fece di proposito un profondo respiro, che espirò riprendendo a parlare. «Helen, sono un medico legale. Lo sono da quindici anni. Nella mia carriera mi sono imbattuto in casi da romanzo, e ho raccolto del materiale che spero possa trasformarsi un giorno in un libro interessante. Voglio scrivere qualcosa di più dei semplici fatti. Voglio provare a spiegare alcune di queste cose».

«E credi che io possa aiutarti a trovare le spiegazioni?». Sembrava compiaciuta.

«Credo che tu possa instradarmi nella direzione giusta. Trovo curioso che quella che era una pratica normale nei secoli passati possa essere un comportamento abominevole oggi. Voglio provare a scoprire il perché. E vorrei che tu mi dessi modo di comprendere per quale motivo alcune persone adottano ancora gli stessi comportamenti, almeno in parte». Guardò Helen Norwich con occhi imploranti. «O sto chiedendo troppo?».

Lei chiuse gli occhi per un istante e scosse dolcemente la testa. «No, affatto. E adesso credo di sapere con maggiore precisione cosa stai cercando. In realtà sei interessato ai comportamenti devianti. E di certo al giorno d'oggi si verificano molto più frequentemente di quanto non si pensi». Alzò i palmi di entrambe le mani verso il patologo come per scusarsi. «Ma sono certa di non doverti convincere di questo. Lo sai per esperienza».

Nate si sentì sollevato nel constatare che Helen aveva evidentemente accettato di aiutarlo nel suo progetto. Molti professori avrebbero considerato ben poco dignitoso e professionale, se non avido, che un uomo nella sua posizione scrivesse qualcosa che non fosse un saggio accademico. Helen Norwich, concluse, era spinta dalla curiosità propria di uno scienziato, più che dall'egotismo tipico degli accademici.

Helen si protese per controllare il suo calendario da tavolo. «Mmm», disse con nonchalance, «non ci saremmo potuti incontrare in un momento migliore». Alzò lo sguardo verso di lui e disse in modo conciso: «Sei libero giovedì sera?».

CAPITOLO 6

Qualche ora dopo che Nate ebbe lasciato l'ufficio di Helen Norwich, uno squallido pickup marrone partì dal Dusty Wagon Lounge, circa cinque chilometri a nord della città. Il furgone non era poi così vecchio, aveva forse due anni, ma Walt "il Selvaggio" Hargate credeva che non si dovessero coccolare troppo quei veicoli tenendoli sempre perfettamente puliti, sia dentro che fuori. "Diamine, è quello che fanno quelle maledette femminucce di città", pensò tra sé, "e lo fanno in continuazione... Stramaledetti yuppies!".

Walt Hargate era uscito prima dal lavoro, quel pomeriggio, lamentando un dolore alla schiena. E non si trattava che di quello: una lamentela. Non sentiva realmente dolore, ma Walt pensava di essersi meritato una pausa, e quale modo migliore per ottenerla se non il vecchio metodo, un'infiammazione alla schiena? A volte resuscitava quel vecchio trauma, con grande frustrazione del suo capo al molo di carico, che non era in grado di licenziare o persino disciplinare il suo impiegato più irresponsabile.

Walt viveva da solo in un'area di sosta per roulotte nella periferia della città, a Colonnade, un distretto che aveva cessato di essere rurale diversi anni prima, cedendo il passo a una massiccia immigrazione di professionisti di città che aveva messo a disagio la sempre meno folta popolazione locale. In quel momento, Walt il selvaggio non era per niente soddisfatto. Era rimasto al Dusty Wagon da quando aveva lasciato il lavoro, e alla fine il barista gli aveva chiesto di andarsene dopo che aveva manifestato a voce un po' troppo alta la propria avversione per il numero crescente di "estranei" che stavano arrivando nel locale. Per come la vedeva Walt, era stato un errore rimodernare la musica country, scostandosi da Eddie Arnold e Patsy Cline, a favore di stelle più giovani che lui condannava come «frocetti rockettari coi cappelli da cowboy».

Si accese una sigaretta e lanciò il pickup verso il semaforo all'incrocio tra Madison Street e la Route 11, la nuova quattro corsie che portava sempre più «animali di città» – come li chiamava Walt – nella sua zona. Il tempo di arrivare allo svincolo e scattò il rosso, ma Walt girò egualmente sulla strada principale, senza preoccuparsi di controllare se stesse passando qualcuno. Fortunatamente, la berlina che stava per travolgerlo scartò nella corsia più esterna ed evitò la collisione.

La donna sul sedile passeggeri lo guardò gridando qualcosa di inintelligibile mentre la vettura accostava da una parte, ma Walt si limitò ad allungare il dito medio della mano sinistra e a gettare il mozzicone di sigaretta contro il parabrezza della macchina. «Fottiti, puttana», esclamò, accelerando. Mentre si lasciava alle spalle la berlina, tirò su il finestrino e brontolò ad alta voce: «Te ne potevi restare a casa tua».

A quell'ora c'erano poche altre macchine per strada, e quasi tutti i guidatori commentarono impotenti quell'incidente mancato scuotendo il capo. Il pedone all'incrocio tra la Route 11 e la Madison si limitò a sorridere. Era basso di statura, tanto da sembrare una donna. Indossava un giubbetto corto di pelle marrone su una tuta da lavoro sgualcita. Le sue orecchie erano enormi, ben più che sufficienti a sostenere i suoi occhiali spessi come fondi di bottiglia, e la sua testa era quasi completamente calva. Nessuno degli automobilisti di passaggio lo vide ridere a crepapelle mentre si addentrava nel boschetto accanto alla strada.

Meno di dieci minuti dopo, Walt Hargate imboccò il vialetto di cemento che conduceva alla sua roulotte. Una volta dentro, andò dritto al frigorifero e, prima che potesse stappare una Budweiser, sentì che qualcuno stava bussando sommessamente alla sua porta. Andò ad aprire con la birra ancora chiusa in mano.

«Sì?», domandò mentre abbassava lo sguardo sul suo visitatore. «Cosa diavolo vuoi a quest'ora della notte?»

«Mr Hargate? Sono… un amico di Nicky Costello. Mi ha detto di venirvi a cercare se avessi avuto bisogno di… aiuto per trovare degli elettrodomestici».

«Nicky è morto, amico». Walt aprì la bottglia e bevve una lunga sorsata di birra, ruttando sonoramente prima di proseguire. «Quello stronzo non ce l'ha fatta, credo. Non avrebbe mai dovuto perdere tempo con quella roba». Mandò giù un altro sorso dalla bottiglia quindi disse: «Come diavolo faccio a sapere che non sei un poliziotto?».

Il visitatore era ancora fermo sul gradino esterno. «Sono sicuro che ormai lei avrà deciso che, chiunque io sia, potrebbe spezzarmi in due come un fuscello se non dovesse piacerle quello che ho da dire».

Walt sorrise malizioso e fece cenno all'uomo di entrare nella sua roulotte.

«Mi hai letto nel pensiero, amico». Diede le spalle al visitatore mentre tornava nella piccola cucina seguito dall'uomo. «Allora, di cosa hai bisogno», chiese Walt tra un rutto e l'altro, «televisori, videoregistratori, forni a microonde? Arriva dritto al punto e ricorda...». Bevve un altro sorso di birra e disse mentre si girava: «Posso rompere il tuo piccolo collo in due secondi, quindi...».

La sua bocca non riuscì a pronunciare altre parole. Tentò, ma invano. Provò a muoversi, ma invano. Provò a pensare, ma invano. Probabilmente la sua sbronza aveva rallentato tutto, ma anche se fosse stato completamente sobrio, in qualche modo sapeva che non avrebbe fatto alcuna differenza. Quando si girò si accorse che l'omuncolo era subito dietro di lui. Stava per ridere di quello scricciolo con i fondi di bottiglia e le orecchie ben più grandi della sua testa calva. Ma adesso non cercava che un senso a quella assurdità. Come poteva un uomo tanto esile tenergli la testa e la gola così immobili? Sentì un dolore lancinante al collo, come se uno sciame di calabroni lo stesse pungendo, e udì un suono gorgogliante e ritmato in perfetto accordo con il battito del suo cuore. Una sensazione di gelo paralizzante gli si insinuò nelle mani e nei piedi, e fu l'ultima che provò.

CAPITOLO 7

Nate si sedette in una delle file centrali proprio mentre Steven Lynus veniva presentato agli studenti. Il pubblico occupava l'auditorium quasi per metà, ma Nate pensò che tutto sommato fosse decisamente folto per un relatore esterno. C'erano state lezioni a cui avevano assistito appena due file di spettatori – anche se era raro che le sue venissero tanto disdegnate. Ma ogni conferenza riguardante crimini violenti o comportamenti devianti riscuoteva un interesse maggiore, e attirava studenti di criminologia, psicologia, medicina e ovviamente tutti quelli che non desideravano trascorrere un giovedì sera leggendo un libro o davanti alla televisione.

Diede un rapido sguardo al pubblico in sala mentre Lynus iniziava il suo intervento. Non riuscì a scorgere Helen Norwich, ma era sicuro che prima o poi si sarebbe fatta vedere. Lynus era un uomo basso e i suoi occhi erano neri come dovevano esserlo stati un tempo anche i suoi capelli. Il grigio sulle tempie e sulla fronte donava un'aura di saggezza ai suoi tratti. Se Helen non gli avesse detto che Lynus si avvicinava agli ottant'anni, Nate avrebbe pensato che fosse ingrigito prematuramente. Lynus indossava un completo marrone, ed era in piedi accanto al suo podio. Sembrava molto sicuro di sé e delle sue argomentazioni. Di certo ha tenuto questa lezione diverse volte, pensò Nate.

In realtà il suo intervento durò poco, Lynus fece solo un lungo preambolo a proposito della devianza mentale e della psiche umana attraverso i secoli, e chiese se vi erano domande. Molti studenti erano incuriositi soprattutto dagli psicopatici più famosi, da Jack lo Squartatore a Charles Manson. Nate prese qualche appunto mentale, ma era poco il materiale su cui concentrarsi, almeno rispetto ai suoi scopi immediati. Contava di più su un incontro personale con Lynus, sempre che Helen si facesse vedere. Ma quando Lynus ringraziò il suo pubblico e si allontanò seguito da un applauso discreto, Nate ancora non l'aveva individuata.

Fu lei a notarlo tra gli studenti che si dirigevano verso l'entrata e lo chiamò mentre usciva dall'auditorium. Nate la salutò e aggirò dei gruppetti sparsi che si erano fermati a chiacchierare.

«Helen, ti ho cercata...». Mentre le rivolgeva quell'appunto si accorse che forse il suo tono era un po' troppo ansioso.

«C'ero», replicò lei, prendendolo per un braccio e conducendolo attraverso una porta proprio alle sue spalle. «Sono arrivata in ritardo, così sono andata dietro le quinte attraverso questa porta secondaria e ho ascoltato da lì. Ho detto a Steven delle tue ricerche, è ansioso di conoscerti. Andiamo, ci riceverà adesso».

Attraversarono un breve corridoio, superarono i bagni e giunsero a una porta contrassegnata semplicemente dalla scritta: «Personale». Nate seguì Helen attraverso quella porta e trovò Lynus – senza giacca e con la cravatta allentata – in piedi dietro l'unica scrivania della stanza, intento a sfogliare distrattamente una rivista. Alzò lo sguardo mentre Helen e Nate si avvicinavano.

«Professor Steven Lynus», cominciò lei, «il dottor Nathan Forester». Indicando Nate, ma sempre con lo sguardo fisso su Lynus, aggiunse: «Steven, ti ho già parlato dell'interesse del dottor Forester per il tuo campo d'indagine».

Gli occhi scuri di Lynus divennero grandi e pieni d'entusiasmo quando allungò il braccio e sorrise. «Sempre felice di scoprire che qualcun altro è interessato come me alle sordide attività della nostra specie», disse, e non parve scherzare del tutto.

Nate rise mentre si stringevano la mano. «Be', dottore, suppongo che solo pochi di noi desiderano essere i coroner del mondo, per cui immagino che i miei interessi si scostino leggermente dalla tendenza generale».

Lynus fece cenno di accomodarsi. «A dire il vero», disse mentre prendeva posto dietro la scrivania, «molte persone trovano affascinante il tema del comportamento deviante. Solo che non vogliono dedicare il lavoro di una vita al suo studio o alla sua cura».

«O forse non riescono a sopportare di esservi immersi a tempo pieno», rispose Nate. Poi aggiunse con distacco: «Credo che a molte persone verrebbe un esaurimento».

Lynus si limitava ad annuire fissando il vuoto, come se per un momento stesse sognando a occhi aperti. «Temo che possa venire anche al più zelante dei professionisti, dottor Forester». Poi, tornando in un batter di ciglia alla piena lucidità, guardò Nate e disse allegro: «Ma la natura umana è così; sono certo che lei è d'accordo».

Helen Norwich incrociò le gambe, si schiarì la voce e disse a Nate: «Ho parlato al professor Lynus della tua ricerca, e concorda sul fatto che probabilmente la vostra collaborazione potrà essere molto proficua per entrambi».

Lynus non attese la risposta di Forester. «Dottor Forester», iniziò, poi s'interruppe, sporgendosi leggermente in avanti come per confidargli un segreto, «posso chiamarti Nathan?», domandò.

«Certo», replicò Forester, «o Nate, se preferite. L'uno vale l'altro».

«Ok», disse Lynus appoggiandosi allo schienale. «E lo stesso vale per me, Steven andrà benissimo. Adesso, come probabilmente ti avrà spiegato Helen, molti anni fa mi sono ritirato dall'insegnamento a tempo pieno e ora trascorro gran parte del mio tempo in Medio Oriente, presso alcuni scavi archeologici». Ammiccò e disse: «Ci sono sempre fondazioni o università che sovvenzionano uno scavo, e francamente penso sia molto più interessante recarsi lì piuttosto che visitare college o tenere lezioni». Si voltò bruscamente verso la Norwich e disse: «Senza offesa, Helen. È sempre un piacere intervenire alla Smithfield, ma sento la mancanza delle mie tombe maledette».

Lei si alzò dalla sedia fingendo di essere stata punta nell'orgoglio. «Be', se devo essere insultata, vecchio trafugatore di tombe, lascerò voi due deviati alla vostra depravazione». Si mosse, piegandosi per baciare il vecchio, il quale fece per alzarsi ma lei protestò: «No Steven, resta dove sei. Non serve che mi accompagni alla porta. Domattina ho una lezione alle otto e mezza e devo ancora preparare alcuni appunti. Allora ceniamo insieme domani sera?»

«Sarà la parte migliore del viaggio», disse lui con esagerata gentilezza.

«Bene», rispose lei mentre prendeva le chiavi dalla borsetta. «Così voi due potrete discutere di cose immorali per la felicità del vostro cuore, e io non vi starò più tra i piedi».

Nate si alzò offrendosi di accompagnarla alla macchina.

«È parcheggiata proprio qui fuori, Nate, in uno dei parcheggi della facoltà», disse lei. «Quindi sfrutta al meglio il tempo a tua disposizione con Steven Lynus». Fece un cenno del capo verso l'anziano professore che si stava accendendo una pipa di schiuma bianca. «Il vecchio diavolo parte la settimana prossima per… dove stavolta, Steven?»

«Torno a Gerusalemme», rispose lui avvolto da una nuvola di fumo.

«La Terra Santa ti chiama ancora, eh?», ribatté allegramente lei. Lynus si limitò ad annuire, senza togliersi di bocca la pipa.

Helen si voltò verso Nate e disse: «Scommetto che avrai ancora un sacco di domande anche quando Steven ti avrà annoiato a morte, quindi non esitare a chiamarmi se hai bisogno di qualcosa». Gli porse un biglietto da visita, con il numero dell'ufficio e di casa.

Nate disse semplicemente: «Ci puoi contare, Helen».

Lei sorrise e se ne andò salutando entrambi con un gesto della mano. Mentre Nate tornava a sedersi, Steven fumava assorto la sua pipa e studiava il giovane coroner. Alla fine tolse la pipa di bocca e si fermò a fissarla mentre parlava.

«Una donna giovane e attraente, la dottoressa Norwich». Alzò lo sguardo lentamente. Nate non si era lasciato sfuggire il senso di quella affermazione.

«Davvero», fu tutto quello che gli venne in mente di dire.

«Posso supporre, Nathan, che tu sia single?».

Nate si strinse nelle spalle. «La maggior parte delle mie relazioni sono state brevi, Steven. Il mio record è stato circa un anno. Poche donne si divertono a parlare di shopping insieme a me». Sorrise compiaciuto e proseguì. «Una volta ci sono andato vicino, circa cinque anni fa, ma credo che lei ritenesse un affronto personale il fatto che trascorressi più tempo con i cadaveri che con il suo corpo decisamente vivo».

Lynus inspirò dalla pipa ed espirò un getto di fumo lento e prolungato. Il piacevole aroma della sua miscela Cavendish riempiva la stanza. «Maledizione e ricompensa al tempo stesso», disse. Gli occhi di Nate tradivano la sua perplessità, così Lynus aggiunse: «Siamo premiati dalla nostra dedizione al lavoro, la stessa dedizione che ci condanna a un'esistenza ai margini della società». Un'altra boccata di fumo, e si fermò a fissare Nate.

«Immagino sia vero, sotto certi aspetti», rispose Nate con nonchalance. «Ma suppongo che si possa dire lo stesso anche per atleti, agenti di cambio, o per chiunque creda nel lavoro di una vita».

Lynus si protese rapidamente in avanti, i suoi occhi mostravano quell'entusiasmo che Nate aveva notato quando si erano presentati. «Proprio così. Non avrei saputo dirlo meglio: credere nel lavoro di una vita. Sapere che si sta facendo esattamente quello per cui si è al mondo».

Quell'affermazione, per quanto semplice, intrigò Nate: «Penso di non averci mai riflettuto a lungo, Steven. Forse tutti noi facciamo quello per cui siamo nati...». Nella sua voce vi era una sottile vena di cinismo, e Lynus reagì.

«Tutti noi, Nathan, stiamo eseguendo gli ordini di qualcuno. Ad esempio io vengo negli Stati Uniti su richiesta di persone come Helen e altri esperti. Poi, dopo un breve giro di conferenze, torno nella Terra Santa per riprendere altri lavori».

«E questo per ordine di chi?», lo interruppe Nate.

Lynus arricciò le labbra e inarcò un sopracciglio, con la pipa dolcemente stretta tra i denti, assumendo un'espressione distaccata. «Natura, destino, una divinità di un certo rilievo – chiamalo come vuoi – ma io non ho alcun dubbio che le cose procedano come devono. La ricompensa, come ho detto, è *sapere* che si sta facendo esattamente ciò per cui si è al mondo». Si tolse la pipa di bocca e aggiunse quasi con tristezza: «Molte persone non si rendono mai conto di questo, Nathan». Si riprese da quella sua calma passeggera e si rianimò rapidamente cambiando argomento. «Ma tu non sei qui per ascoltare la mia dubbia filosofia. Come mi ha spiegato brevemente Helen, la tua speranza, credo, è quella di sfruttare le mie capacità e scoprire cosa posso sapere sulla devianza nelle epoche passate e su come veniva interpretata dalle persone di quel tempo, non è così?»

«Sì. Voglio provare a mettere in luce le ragioni per cui l'ortodossia di ieri è divenuta l'anormalità di oggi».

Lynus si alzò in piedi e svuotò la pipa nel posacenere di vetro sulla scrivania.

«Nathan», disse con tutta l'incantevole gentilezza di un nonno affettuoso, «mi permetti di portarti in un bar per una bella tazza di caffè appena fatto e una lunga, piacevole chiacchierata sui nostri progenitori e sulla loro innocente malvagità?».

CAPITOLO 8

Il tempo di lasciare il campus ed entrare nel parcheggio di una tavola calda aperta tutta la notte – dal nome ingegnoso ma poco allettante di Midnight Oil – e Nate si accorse di aver maturato nei confronti dell'anziano professor Lynus accanto a lui un atteggiamento completamente rilassato e pieno di fiducia. Stava persino prendendo in considerazione l'idea di raccontargli il vero motivo per cui aveva chiesto a Helen Norwich di aiutarlo a identificare le origini delle pratiche mediche arcaiche: cos'era successo a Nicky Costello e, cosa più importante, perché?

Mentre prendevano posto in fondo a quella tavola calda semideserta, Nate concluse che sarebbe stato meglio non rivelare tutto a Lynus. Almeno finché non avesse detto di più a Helen. Lei era la prima persona con cui aveva parlato, e questa gli sembrò una ragione sufficiente, cui si aggiunse anche il pensiero che così avrebbe avuto un'occasione in più per rivederla. Dopotutto, era stata lei a dirgli di non esitare a chiamarla, se avesse avuto bisogno di qualcos'altro. E Nate sospettava che avrebbe di certo avuto bisogno di ulteriori input dalla slanciata antropologa dagli occhi blu. Nella sua mente stava cercando di definire approssimativamente la sua altezza, quando sentì la voce di Lynus.

«Nathan?»

«Mmm. Oh, scusa, Steven», rispose mentre allontanava quelle riflessioni. «Stavi dicendo?».

Lynus sorrise con malizia e indicò la cameriera in piedi accanto al loro tavolo. «Ti stava chiedendo se vuoi qualcosa da mangiare».

Nate sollevò rapidamente lo sguardo verso la cameriera immobile con la penna in mano, concentrata sul suo taccuino per le ordinazioni. «No, ehm… penso che del caffè andrà benissimo».

«Sì, anche per me», disse Lynus. La ragazza raccolse i due menu dal tavolo e tornò rapidamente al bancone.

«Sembri nuovamente distratto, Nathan», suggerì Lynus. Aveva i gomiti appoggiati sul tavolo e intrecciò delicatamente le dita mentre parlava. Le muoveva in modo vagamente ipnotico, e teneva lo sguardo fisso sul suo compagno. Non aveva mai battuto le ciglia, o almeno Nate non l'aveva notato.

«Alcuni pensieri per la testa, tutto qui». Nate guardò di sottecchi l'orologio. «Non è neppure così tardi. Non sono ancora le undici».

«Sei un animale notturno, Nathan?». Lynus aveva riabbassato le mani e si era appoggiato allo schienale.

«Non particolarmente», disse Nathan con distacco. «Gran parte del nostro lavoro si svolge durante il normale orario d'ufficio», fece un gesto appena percepibile della mano. «Sai, per lo più dalle nove alle cinque. Ma non sono uno che va a letto presto. È solo che non ho bisogno di dormire tanto».

La cameriera tornò con i due caffè. Nate aggiunse al suo una bustina di panna liquida, mentre Lynus sollevò subito la sua tazza e lo bevve nero. Vi appoggiò appena le labbra. «Mmm, attento, Nathan, è bollente». Posò la tazza e proseguì. «Allora, cosa fai di solito a quest'ora della notte?».

Nate assaggiò il suo caffè. La panna ovviamente l'aveva raffreddato quanto bastava. Bevve un paio di sorsi e poi rimise giù la tazza, tenendola per il manico mentre parlava. «Dipende. Se ho in programma una lezione, mi trattengo in facoltà fino alle dieci, poi torno a casa per una birra, un sandwich, un po' di televisione o magari le mie ricerche per il libro. È difficile che vada a letto prima di mezzanotte».

«I giovani», disse l'archeologo mentre si portava la tazza alla bocca, «dovrebbero concedersi anche qualche distrazione». Sorseggiò, mandando giù più aria che caffè. «Sai come si dice, chi troppo studia matto diventa...».

Nate parlò chinando lo sguardo sulla tazza. «C'è un mucchio di tempo per il divertimento». Sollevò gli occhi per guardare Lynus. «Ti ho dato forse l'erronea impressione di stare sempre con il naso sui libri? In realtà faccio in modo di rilassarmi quando ne sento il bisogno. Di tanto in tanto mi prescrivo una giornata allo stadio di baseball o una serata al cinema. Non conduco una vita da eremita, non secondo i normali criteri».

«No, certo che no», disse stancamente Lynus. «È solo che ricordo la mia giovinezza, passata a cercare ossa e manufatti; e quando non erano ossa e manufatti, erano i fondi per andare a cercare ossa e manufatti. Pensa alla mia giovinezza sprecata, la prossima volta che sei a una partita di baseball».

Entrambi risero sommessamente, e bevvero dalle loro tazze.

«Di che cosa tratta questo tuo libro, Nathan?».

Nathan fece un profondo respiro. «In realtà non lo so ancora con precisione. Al momento sto semplicemente cercando di annotare i miei casi più interessanti, o più inconsueti. Spero di descrivere parte dell'attività criminale a noi contemporanea, e mostrare come devii dalla norma, ammesso che l'attività criminale possa mai essere definita "normale"».

«E speri di scoprire che cosa, in determinati periodi, alcune persone ritengono normale, a prescindere da quanto sia ripugnante per altre?», chiese Lynus stringendo la tazza con entrambe le mani.

Nate annuì. «In poche parole si tratta di questo, io non avrei saputo dirlo meglio». Alzò di scatto la testa, come se gli fosse appena venuta in mente la domanda che subito pose al vecchio: «Come ha fatto un archeologo a diventare un esperto di comportamento deviante?».

Lynus rispose in modo sicuro e pacato. Probabilmente aveva già raccontato quella storia una volta o due, pensò Nate. «Mi stavo specializzando in psicologia, e dovetti trascorrere un semestre in Medio Oriente come studente straniero. Stavo aiutando in uno scavo archeologico quando venni... "reclutato", per così dire». Bevve il suo caffè e si strinse nelle spalle. «Venni ingaggiato. Da allora non ho fatto altro che entrare e uscire dalle fosse. Non è stato un salto molto impegnativo passare dallo studio delle anormalità contemporanee a quello dei resti delle anormalità del passato».

«Capisco», disse Nate.

«Non c'è bisogno che ti chieda come è nato il tuo interesse», disse Lynus. «Restare in un campo così particolare per tanti anni lascia pensare che la tua sia più che una preoccupazione professionale».

«Vivo decentemente», disse Nate sulla difensiva. «Non è solo per spirito di servizio, te l'assicuro».

«Non c'è nulla di sbagliato in questo», convenne Lynus. «Come ti ho detto, ho trascorso gran parte del mio tempo cercando di procurarmi il denaro necessario per gli scavi».

«Allora non è "la radice di tutti i mali" come dicono», rise Nate.

«La *brama*», lo corresse Lynus. «La Bibbia non dice che il denaro è la radice di tutti i mali. Dice che la brama di denaro è la radice di tutti i mali. C'è una grande differenza».

«Così sei anche un teologo», disse Nate.

«Affatto. Ma quando trascorri tanto tempo a scavare in Terra Santa come ho fatto io, ti imbatti necessariamente nelle Scritture, di tanto in tanto».

La cameriera era ritornata e aveva riempito nuovamente le loro tazze. Il locale era semivuoto, e non si sarebbe riempito fino a che non avessero chiuso i bar della zona, di lì a tre ore.

Sorseggiarono entrambi dalle loro tazze, poi Nate interruppe quel momento di silenzio. «Steven, cosa fa sì che una cultura non si faccia alcuno scrupolo a bruciare una strega, uno stregone, o un...».

Mentre si sforzava di trovare un altro esempio, Lynus lo interruppe. «O un eretico?».

Nate annuì. «Un esempio come un altro, suppongo».

«Un esempio eccellente», riprese Lynus, «sono stati bruciati più eretici che streghe. E ricorda chi è stato ad allestire quei roghi: il papato, non un freddo potere giudiziario, ma un'organizzazione cristiana caritatevole, l'incarnazione vera e propria della pietà». Per la prima volta parlò con evidente rancore. «Allora forse dovremmo chiederci cosa fa sì che una cultura *smetta* di bruciare streghe, stregoni ed eretici. Perché proviamo repulsione per ciò che veniva considerato così giusto, così necessario dai nostri antenati?»

«È solo l'altra faccia della stessa domanda, non è così?», chiese Nate.

Lynus stava annuendo. «Suppongo di sì. Ma credo che questa sia una delle domande fondamentali che ti stai ponendo, Nathan. Perché abbiamo smesso di commettere simili barbarie?»

«Sì, questo è il punto da cui volevo partire. Perché un tempo era accettabile? Perché adesso è un comportamento deviante?». Nate proseguì con cautela. «Cosa ne è stato di tutte le streghe, i demoni, i vampiri, i maghi e i troll che vivevano con i nostri progenitori? Che cosa abbiamo fatto per farli sparire?»

«Forse, Nathan», dichiarò Lynus ponderando le parole, «stai correndo un po' troppo. Cosa ti rende così sicuro del fatto che siano spariti?». Vi fu una pausa di silenzio mentre entrambi gli uomini sorseggiavano il loro caffè. Poi Lynus proseguì. «Non so pronunciarmi a proposito dei troll», disse con malizia, «ma i covi di streghe esistono ancora oggi, solo che non si nascondono per paura della persecuzione. I maghi semplicemente hanno modificato il loro titolo e il loro ambito di competenza. Oggi si chiamano consulenti. Ci sono stati demoni nella Germania nazista, nell'Uganda di Amin e nell'Iraq di Hussein. Non si sono estinti con l'arrivo del Nuovo Testamento. E i vampiri... be', dato il recente aumento di presunti casi di vampirismo, come possiamo non tenerli in considerazione?». Sollevò la tazza, ma prima che potesse portarla alle labbra, un incredulo Nathan Forester ribatté: «A quale recente aumento ti riferisci, Steven?».

Lynus depose la tazza senza bere e rispose: «Perdonami, ma tendo a pensare che tutti siano in possesso delle mie stesse informazioni. A volte dimentico che la cerchia dei miei colleghi è tutto sommato abbastanza ristretta. Lascia solo che ti dica che negli ultimi mesi i casi di presunte aggressioni da parte di vampiri sono stati molto più numerosi che in qualsiasi altro periodo dalla seconda guerra mondiale a oggi. Sembrano concentrarsi in aree precise, una delle quali è proprio questa, la costa orientale americana». Sollevò la tazza e bevve una lenta sorsata, senza distogliere gli occhi dall'espressione pietrificata sul volto di Nate.

Sbalordito dalla rivelazione di Lynus, Nate parlò soppesando ogni parola. «Come fai a saperlo?»

«Ricorda, Nate, il motivo per cui Helen pensava che avresti voluto parlare con me è che io sono un'autorità in merito al comportamento deviante, tanto del passato quanto del presente. Ufficialmente mi trovo in questo paese per tenere lezioni in numerose università, ma il tempismo di questa mia scampagnata non è una coincidenza. Negli ultimi sei mesi ho ricevuto più di un'indagine riservata da parte di fonti dislocate in un'area che va da Boston agli Stati della Carolina». Bevve un altro sorso di caffè. «Così ho pensato che questa sessione autunnale fosse il momento migliore per un breve giro di conferenze».

Nate fissò il tavolo e picchiettò delicatamente la tazza con il cucchiaino, cercando di dissimulare la sua preoccupazione. «Le tue... fonti», sollevò lo sguardo verso Lynus, «sono come quelle di un giornalista, confidenziali?».

Lynus si strinse impercettibilmente nelle spalle. «Mi è giunta voce, come è successo ad altri nel mio campo, che sono state scoperte delle cose... insolite». Annuì come per sottolineare la sua affermazione. «Non si richiede mai discrezione, è sempre sottintesa. Queste cose sono di natura troppo delicata».

«Sei così discreto in tutte le tue indagini?»

«Credimi, mio caro dottor Forester, io sono l'incarnazione della discrezione». Lynus si protese sul tavolo, con le dita intrecciate sotto il mento.

Nate ripose il cucchiaino nella sua tazza vuota e trasse un profondo respiro. «Proprio ora, in una cella frigorifera dell'obitorio, giace il corpo di un maschio adulto. È stato trovato in un magazzino lo scorso venerdì mattina, alle prime luci dell'alba, e ovviamente era morto. La polizia ha pensato si trattasse di un'overdose. Ho eseguito l'autopsia e ho scoperto che l'uomo era morto a causa di una consistente perdita di sangue, ma non aveva ferite visibili. Almeno non immediatamente visibili. Alla fine ho scoperto due minuscoli fori sul collo, a quattro centimetri di distanza l'uno dall'altro».

Lynus era rapito dal racconto di Nate, e protese la mano per afferrare l'avambraccio del giovane patologo. Nate sollevò lo sguardo con mite sorpresa. Il volto di Lynus era rigido, le sopracciglia corrugate, mentre gli occhi tradivano i primi sintomi di panico.

«Nathan, *quanto* sangue ha perso?»

«Ritengo quattro litri e mezzo».

Lynus si alzò in piedi. «Andiamo», ordinò. E lasciando cinque dollari sul tavolo aggiunse: «Non abbiamo assolutamente tempo da perdere».

CAPITOLO 9

La Bonneville ultimo modello di Nate Forester sfrecciava per le strade del centro a una velocità ben al di sopra dei limiti. Di solito non si preoccupava delle multe. Forse molti agenti di polizia non erano in grado di riconoscerlo, ma di certo avevano sentito parlare di lui. La sua reputazione e la sua carta d'identità l'avevano salvato da più di una contravvenzione. Quella sera il tachimetro indicava una velocità di crociera più alta del solito. E sapeva alla perfezione quale fosse il motivo.

Le luci del cruscotto proiettavano uno strano bagliore verde sul suo volto, mentre percorreva le corsie buie e deserte. Il dottor Steven Lynus sedeva accanto a lui, l'attesa lo rendeva ansioso – cosa che spingeva Nate a porsi un gran numero di domande. Le uniche che aveva espresso ad alta voce le aveva poste al professor Lynus mentre si affrettavano ad attraversare il parcheggio della tavola calda. «Ti dispiacerebbe dirmi dove stiamo andando e il motivo di tutta questa fretta?». Lynus lo precedeva avanzando a piccoli e rapidi passi, e si era girato verso di lui senza interrompere la sua corsa. «All'obitorio. Devo vedere questo corpo. Suppongo tu possa entrare e uscire quando vuoi, e portare anche un ospite, per così dire. Dopo avremo un mucchio di tempo per le spiegazioni. Adesso la rapidità è un fattore fondamentale».

Percorsero in silenzio quelle strade avvolte dall'oscurità. Ogni tanto Nate lanciava un'occhiata furtiva a Lynus, il quale sedeva quasi immobile, lo sguardo dritto davanti a sé. Di quando in quando lo vedeva chinare la testa, come immerso in una momentanea preghiera. Le sue mani erano serrate in grembo.

Ripercorrendo mentalmente la loro conversazione, Nate trovava difficile identificare che cosa avesse operato in Lynus quel repentino cambiamento. Cosa aveva provocato in lui la sorprendente perdita di quella fermezza che aveva prima caratterizzato ogni sua mossa, ogni sua parola e a quanto sembrava anche ogni suo pensiero? Lynus aveva semplicemente chiesto quanto sangue avesse perso Nicky Costello. La risposta di Nate l'aveva fatto scattare. Quattro litri e mezzo. Più del novanta per cento della quantità media di sangue di un essere umano.

"No, un momento", pensò Nate. Il comportamento di Lynus era cambiato prima che scoprisse quanto sangue avesse perso la vittima. Nate aveva visto il corpo del vecchio irrigidirsi subito dopo che gli aveva parlato dei due piccoli fori sul collo. Solo allora Lynus aveva chiesto quanto sangue mancasse.

Nate trovava tutto ciò sconcertante, quasi assurdo. Aveva pensato che Nicky Costello fosse la vittima di un moderno tecno-pazzoide: qualcuno che si era lasciato influenzare troppo dagli squartamenti splatter che affollavano i film al cinema e a noleggio, qualcuno che aveva sia i mezzi sia la perizia necessari a prosciugare un corpo, qualcuno che pensava sarebbe stato molto divertente lasciare un cadavere con due ferite rivelatrici sulla gola che avrebbero riempito le prime pagine dei giornali per un giorno o due, e destato la preoccupazione di tutti quelli che dovevano spostarsi a piedi dopo il tramonto. Ecco cosa aveva pensato Nate all'inizio, di avere a che fare con l'opera di qualcuno che aveva preso un po' troppo sul serio qualche film gotico, aveva studiato le leggende medievali e desiderava far rivivere la paura che quei miti avevano instillato nelle masse ignoranti. Ecco perché Nate si era rivolto a Lynus, e inizialmente a Helen. Voleva sapere che tipo di ricerche avesse dovuto intraprendere un potenziale psicopatico per mettere in pratica un simile progetto. Nate voleva sapere ciò che sapeva l'assassino. Erano quelli gli ingredienti che avrebbero reso il suo libro qualcosa di più d'uno studio sulla devianza con annessa una lista di crimini. Inoltre, fin dall'inizio, il caso di Nicky Costello era stato il più singolare sul quale si fosse mai concentrato. Ma per quale stramaledetto motivo Lynus era così agitato?

Nate si fermò nel parcheggio che costeggiava l'edificio di medicina legale della contea. C'erano sei posti vuoti accanto all'ingresso posteriore. Uno di essi era contrassegnato da una targhetta di metallo verde attaccata al muro con su scritto "Dott. Gambuzzi, medico legale", mentre negli altri cinque c'era solo un cartello su cui si leggeva "Assistente del medico legale". Nate parcheggiò in uno di questi. A quell'ora della notte, non c'era nessun patologo in servizio. Le autopsie non erano considerate emergenze, almeno non di solito. Se c'era bisogno di un medico legale, doveva essercene sempre uno reperibile.

A parte i due furgoni del coroner, le uniche macchine nel parcheggio appartenevano ai membri della sicurezza e della squadra amministrativa del turno di notte. A quell'ora, gli impiegati dell'ufficio di medicina legale non dovevano far altro che prelevare un corpo dal luogo di un omicidio o dalla scena di un incidente, o registrare l'arrivo di un corpo portato dalla polizia.

Lynus balzò fuori dalla macchina e si fermò in silenzio accanto all'ingresso in attesa che Nate gli facesse strada. Una piccola luce illuminava dall'alto la porta di metallo grigio. Nate aprì la porta con il suo pass, e si ritrovarono in un corridoio dalle pareti d'un beige asettico. A tre metri dalla porta c'era un bancone di metallo che occupava metà corridoio. Un giovane sui vent'anni sollevò lo sguardo mentre si avvicinavano. Leggeva il giornale, con il camice da laboratorio abbottonato fin sotto il collo. La temperatura in quella zona dell'edificio di certo non superava i quindici gradi. Da qualche parte veniva il monotono cicalino delle radio della polizia.

«Buonasera, Doc», disse l'uomo dietro al bancone. «Cosa la porta qui a quest'ora della notte? Un caso scottante? Non ne ho sentito parlare alla trasmittente...». Indicò con il pollice la piccola radio della polizia sullo scaffale alla sua sinistra.

«No, Charlie», rispose Nate, prendendo dal tavolo il registro delle firme. Mentre segnava il suo ingresso fece un cenno del capo in direzione del professor Lynus, ancora taciturno. «Sto solo facendo fare un giro improvvisato a questo professore in visita».

L'attendente si adagiò sulla sedia e girò la pagina del giornale. «Non saprei, Doc. Penso che il Club Royale sarebbe più interessante a quest'ora». Guardò l'orologio. «Dovrebbe essere proprio sul punto di riscaldarsi». Sollevò una tazza piena di caffè dal banco e la tenne sollevata prima di bere. «Smitty ne ha appena preparata una caraffa, là dietro».

Nate accompagnò Lynus al di là del bancone. «No, grazie Charlie. Il professore non ha molto tempo, il suo volo è tra poco. E poi ho già avuto modo di assaggiare il caffè di Smitty».

Si voltarono rapidamente e camminarono lungo il corridoio.

«Per prima cosa lasci che le mostri i nostri spazi», disse Nate con voce abbastanza alta da farsi udire dall'attendente. Nate non si voltò, ma non ne aveva bisogno. Charlie era concentrato sulla pagina sportiva. A metà corridoio, Nate aprì una porta a spinta con su scritto a caratteri cubitali "Zona di passaggio". Entrarono in un'ampia stanza la cui parete più distante era totalmente occupata da quelli che sembravano i cassetti di un archivio gigante disposti su due file. Ogni fila aveva sei portelli. La zona di passaggio era la stanza in cui venivano tenuti i corpi sottoposti ad autopsia in attesa di essere trasferiti. L'intero ambiente era di lucidi mattoni beige, ad eccezione del pavimento, che era di piastrelle marrone scuro. La sala sarebbe dovuta essere ben illuminata, ma quella sera due lampade erano rotte, e una terza proiettava un fastidioso sfarfallio che investiva la stanza di ombre in perenne movimento. La temperatura inoltre era decisamente più bassa di quella del corridoio adiacente. La zona di passaggio poteva ospitare fino a dodici corpi, ma raramente ce n'erano più di tre o quattro per volta. Di solito venivano portati via subito dopo che il medico legale aveva finito il suo lavoro.

Nate si avvicinò alla cella di Nicky Costello. Non si sentivano che i suoi passi, quelli del professor Lynus, e il sommesso ronzio delle pale del ventilatore. Nessun rumore esterno riusciva a penetrare, neanche il cicalino della trasmittente in corridoio. Proprio quando era sul punto di aprire la cella di Costello, sentì uno strattone al braccio.

«Nathan». Fu la prima parola che Lynus pronunciò da quando erano saliti in macchina nel parcheggio della tavola calda. «Chi c'è nell'edificio oltre a noi due?».

Nate corrugò la fronte e fece cenno in direzione della porta a spinta. «Charlie, una squadra di pronto intervento nel caso uno dei due furgoni debba uscire e un uomo della sicurezza al bancone dell'ingresso principale».

«E nessun altro?». Lynus era incalzante nel porre le sue domande.

«Chiunque altro dovrebbe firmare, e sul foglio non c'era nessun altro nome se non il tuo e il mio. Steven, che cosa diavolo significa tutto questo?».

Lynus lo ignorò e si avvicinò alla cella ancora chiusa davanti a loro. «Un piccolo favore, ti prego».

«Qualunque cosa, ma promettimi che mi svelerai cos'è tutto questo mistero».

Lynus fissava il portello. Tenne la mano sollevata davanti a Nate. «Presto, presto. Te lo prometto, presto». Guardò Nate. «Ma devo chiederti di farti da parte e lasciarmi aprire il comparto. Ti prego».

Nate fece un lieve cenno d'assenso e si fece indietro. «Fai pure, Steven. Non c'è alcun bisogno di un'autorizzazione speciale».

Lynus si lasciò Nate alle spalle e afferrò la maniglia della cella. Nate stava cominciando a considerare l'intera situazione come una sorta di melodrammatica sciarada. A questo punto si sentiva tutt'altro che professionale, e se il professor Lynus non fosse stato così assorto sarebbe riuscito a scorgere il sorriso cinico che era apparso sulle labbra di Nate.

Lynus tirò la maniglia con la mano sinistra. Il piano su cui era appoggiato il corpo scivolò lentamente sulle sue guide svelando un cadavere ricoperto da un lenzuolo bianco. Lynus aspettò che quel corpo coperto fosse pienamente visibile prima di spostarsi cauto verso la sagoma della testa. Nate rimase dietro di lui, accanto alla cella aperta. Lynus si avvicinò al ripiano da destra, e protese la mano sinistra per scoprire il volto dell'uomo. In quel momento Nate si accorse che il professore teneva la mano destra sotto la giacca, come per placare i battiti del suo cuore. Se non fosse stato per l'espressione terribilmente seria di Lynus, quella scena avrebbe avuto un che di davvero risibile.

Lynus alzò il lenzuolo e mostrò il volto di Nicky Costello. Nate aveva eseguito l'autopsia su quel corpo, e nella sua ragguardevole carriera non aveva mai provato quella sensazione di nausea che molti novellini sperimentavano all'inizio della loro preparazione. Era uno scienziato, e quello disteso davanti a lui era un essere biologico – un essere biologico al quale era stata strappata via la vita. Ma quando guardò di nuovo il volto di Costello, vide qualcosa di cui non si era accorto prima. E aveva problemi a mettere a fuoco quel viso, come se Costello fosse dietro un vetro. Si sorprese a stropicciarsi gli occhi, come quando ci si sveglia al mattino, e si impose di ricordare ai custodi di disinfettare quel posto. Si sentiva un odore fetido che non aveva mai notato prima.

Lynus aveva tolto la mano da sotto la giacca, e Nate vide che impugnava un'arma di qualche sorta che aveva volontariamente collocato sul viso senza vita di Costello. Nate aveva sempre più difficoltà a distinguere i contorni, e la puzza si faceva sempre più forte. Solo ora si rese conto che stava guardando Costello attraverso una leggera foschia, come se si fosse formata improvvisamente della condensa tutt'intorno a loro. Era sul punto di chiedere a Lynus se quell'odore gli desse fastidio, quando la voce dell'uomo più anziano esplose nella stanza, rimbombando contro le dure mura.

APAGE! TEGO ARCANA DOMINI.

Lynus teneva quell'arma a pochi centimetri dal volto di Costello mentre urlava nuovamente quelle parole, stavolta con voce ancora più forte.

APAGE! TEGO ARCANA DOMINI.

Ormai Nate aveva smesso di sorridere da tempo e attraverso quella nebbiolina vide che Lynus impugnava a poca distanza dal viso del cadavere un crocifisso di metallo. L'odore cominciava a disgustare Nate; mentre si metteva una mano sul naso vide Lynus porre saldamente il crocifisso sulla fronte di Costello e pronunciare quelle parole enigmatiche ancora una volta.

APAGE! TEGO ARCANA DOMINI.

Quando il crocifisso toccò la testa di Costello, Nate udì un sibilo, come quello del vapore che esce da un bollitore. All'improvviso si accorse che stava perdendo l'equilibrio. Vi fu un debole rimbombo, le sue ginocchia si piegarono, e benché sapesse che in quella parte della città era impossibile, avrebbe potuto giurare di aver sentito le vibrazioni della metropolitana sotto di sé. Chiuse gli occhi e crollò a terra. Aveva la sensazione che la sua testa fosse immersa nel vuoto, come accade quando si guida in autostrada a centocinquanta chilometri orari con il finestrino aperto.

Non avrebbe saputo dire quanto tempo fosse trascorso, ma si ritrovò in ginocchio, aggrappato al portello della cella di Costello, con la testa piegata verso il pavimento. La stanza ripiombò in un silenzio mortale, e tutto quello che riuscì a sentire fu il suo respiro affannoso.

«È stato un errore». La voce era quella di Lynus. Nel suo tono non vi era più l'impeto con cui aveva appena pronunciato il fragoroso incantesimo, la sua era un'affermazione calma.

Nate si tirò su e rimase immobile, continuava a stringere il portello della cella. La foschia si era dissipata e Costello sembrava nuovamente come Nate lo ricordava. Lynus era piegato sul cadavere, e ne stava esaminando i segni sul collo. Nessuna traccia del crocifisso.

Nate cercò di riprendere fiato.

«Cosa diavolo succede?», riuscì a dire ansimando.

Lynus si voltò tranquillamente verso di lui. «Un errore, ragazzo mio. Davvero un grosso errore. Ma spero che tornerà a nostro vantaggio».

Nate stava riacquistando il suo sangue freddo e ora si girò verso la porta a spinta. «Sarà meglio andare a controllare cosa diavolo è stato quel fragore. Sembrava un piccolo terremoto».

«Dubito che qualcuno al di fuori di questa stanza l'abbia sentito». Lynus rimase fermo con le mani sui fianchi, fissava il cadavere mentre parlava.

«Stai scherzando? Sembrava che il pavimento fosse sul punto di aprirsi». Nate si affacciò dalla porta per guardare il corridoio. Charlie era seduto con i piedi sul tavolo, intento a leggere il giornale. Il cicalino della polizia crepitava nel suo linguaggio convenzionale. Nulla sembrava fuori posto. Nate chiuse la porta e tornò nella stanza.

Lynus stava accarezzando delicatamente la fronte dell'uomo morto. «Te l'ho detto che nessun altro l'ha sentito», fu tutto ciò che disse. Non guardò mai Nate, ma continuò a toccare la testa del cadavere in modo strano e tuttavia delicato.

Nate si mise la testa tra le mani e fece correre le dita tra i capelli.

«Ascolta, Steven, ti dispiace se ce ne andiamo di qui? Penso che qualcuno debba spiegarmi alcune cose, e in fretta, altrimenti dovrò farmi ricoverare nel più vicino centro di igiene mentale».

«Come desideri, Nathan». Lynus risistemò il lenzuolo sopra il corpo e chiuse la cella. Adesso fu lui a condurre Nate lungo il corridoio. «Forse stavolta possiamo andare a casa tua a parlare».

«Sì», rispose Nate esasperato. «E stavolta credo che prenderò un bourbon al posto del caffè».

Nel parcheggio, Nate si fermò davanti alla portiera della sua macchina e disse a Lynus dall'altra parte: «Steven, sono impazzito o là dentro avevi un crocifisso?»

«Sì e no», disse Lynus con un sorriso, e salì in macchina.

Nate balzò dietro al volante e accese il motore, ma prima di fare manovra per uscire chiese: «Ed era latino quello che ti ho sentito gridare, non è così?»

«Ah, la tua formazione professionale non ti è stata inutile, Nathan. Sì, era latino».

«Per qualche motivo, Steven, non ho mai sentito quella frase alla facoltà di medicina. Cosa diavolo voleva dire?»

«Vuoi dire *Apage! Tego Arcana Domini*? Semplice, Nathan. Significa: "Vattene! Io proteggo i segreti del Signore"».

CAPITOLO 10

Era passata la mezzanotte quando Nate fece entrare Lynus a casa sua. Viveva in una villetta di mattoni rossi a due piani non lontana dall'edificio di medicina legale. Non si trattava né della zona più esclusiva né di quella più deprimente della città, ma la vicinanza al posto di lavoro e il prezzo erano state le due cose che avevano convinto Nate a comprare quella casa cinque anni prima.

Prima di entrare nella cucina per prendere i loro drink, Nate invitò Lynus ad accomodarsi in salotto sul canapè di fronte al caminetto. Quello che un tempo era stato un attivo focolare, adesso era stato convertito in un caminetto a gas. Nate spiegò che creava praticamente la stessa atmosfera di un camino vero, ma con il doppio dell'efficienza. Lo accese e regolò la fiamma su un livello intermedio per allontanare l'autunno dalla stanza.

Ritornò con un bourbon e soda per sé, e un brandy per Lynus, quindi si accomodò su una poltrona con un alto schienale girata di novanta gradi rispetto al canapè. Entrambi assaporarono i loro drink e guardarono in silenzio la fiamma blu e gialla del caminetto. L'unica altra luce nella stanza proveniva da una lampada con paralume verde sul tavolo tra loro. Non si sentiva altro rumore se non il debole sibilo proveniente dal fuoco, accompagnato dal delicato tintinnio del ghiaccio nel bicchiere di Nate.

«Un ambiente molto confortevole», disse infine Lynus mentre sollevava lo sguardo verso l'alto soffitto. «Sembra proprio che tu abbia un mucchio di spazio qui».

Nate assaporò il suo bourbon. «È una casa del periodo della depressione che potrebbe ospitare comodamente quattro persone, figuriamoci uno scapolo. Prima di stabilirmi qui ho fatto ritappezzare completamente il piano inferiore. Prima questo posto sembrava un po' deprimente». Bevve distrattamente un altro sorso di bourbon, sempre guardando il fuoco. La chiara trama della carta da parati aiutava a dare un'aria gradevole a quell'ambiente scuro.

Lynus appoggiò il suo drink sul tavolo e incrociò le dita sul bracciolo del canapè. Protendendosi leggermente verso Nate, parlò tranquillamente. «Mentre venivamo qui mi hai chiesto chi c'era dentro quella cella all'obitorio».

«E tu», rispose Nate, deglutendo in fretta un sorso di bourbon, «mi hai risposto dicendo: "Non dovrei essere io a farti questa domanda"?».

Lynus sorrise in modo benevolo. «Spero non abbia pensato che stessi rispondendo in maniera evasiva».

«In realtà, è esattamente quello che ho pensato».

«Ok», rise Lynus, «è vero. Ma solo perché avevo bisogno di un po' di tempo per mettere insieme le idee. Non è il tipo di argomento che si introduce con facilità».

Nate posò il suo bicchiere sul tavolo, si sporse in avanti e parlò lentamente. «Perché non cominci col dirmi cosa sta succedendo? O almeno», aggiunse aprendo le braccia, «cos'è successo stanotte in quella stanza dell'obitorio».

Lynus lo guardò dritto in faccia.

«Che cosa pensi sia successo, Nathan?»

«Steven», disse Nate con una punta di risentimento, «faremo le ore piccole se continui a rispondere alle mie domande con altre domande. Cominci a sembrare un candidato alle elezioni».

Lynus annuì, incassando il rimprovero. «D'accordo, immagino tu abbia ragione. A questo punto sono costretto a essere onesto con te, non mi resta altra scelta».

Nate inarcò un sopracciglio. «Vuoi dire che non lo sei stato?».

Lynus si accigliò leggermente. «Oh, no. Certo che lo sono stato, ma ho molte altre cose da dirti». Prese il suo drink. «Vedi Nathan, sei venuto da me in cerca di informazioni; speravi che qualcuno ti potesse spiegare per quale motivo nell'America del ventesimo secolo ti fossi imbattuto in un uomo morto a causa di una consistente perdita di sangue con dei segni di denti sulla gola».

«Non ho mai detto che fossero segni di denti», rispose Nate sulla difensiva.

Lynus bevve un sorso del suo brandy. «Lo sono».

«Come fa un archeologo a sapere una cosa del genere dopo un esame così superficiale del corpo?»

«Come ti stavo dicendo, Nathan, cercavi delle risposte quando sei venuto da me. Quello che non sapevi era che anche io stavo cercando qualcuno, e alla fine l'ho trovato».

«Vuoi dire che stavi cercando Nick Coltello?».

Lynus si voltò e guardò Nate perplesso.

«Oh, scusa», spiegò Nate, «per un momento ho dimenticato che non hai letto il rapporto della polizia. Nick Coltello è il soprannome di quel tale. Il gioco di parole è involontario. Il suo vero nome è Nicholas Costello».

Lynus rise e disse distrattamente: «Naturalmente, tutti i tipi tosti della città devono avere un soprannome, non è così?». Poi, con maggior interesse aggiunse: «Stai dicendo che il nostro caro estinto aveva l'abitudine di assalire le persone con una lama?».

Nate scosse la testa. «Ammesso che così fosse, non ve n'è testimonianza. Probabilmente si tratta soltanto di un nome che si portava appresso dall'infanzia. Per molti è così. Non so. Posso chiedere alla polizia».

«Sarebbe utile», disse Lynus, poi sorseggiò il suo brandy. «Dobbiamo scoprire tutto quello che possiamo su quest'anima sfortunata».

Evidentemente Lynus si stava inserendo nel prosieguo delle indagini sull'insolita morte di Costello, e quell'implicazione non sfuggì a Nate, che non fece però alcun commento, e piuttosto pose una domanda che sperava avrebbe costretto Lynus a rispondere a quella che gli aveva già rivolto.

«Hai detto che abbiamo commesso un errore nell'andare all'obitorio stanotte, Steven. Perché?».

Lynus scosse lievemente la testa. «L'errore non è stato nel nostro esame del corpo, Nathan. Quello che intendevo era che il signor Costello non avrebbe dovuto essere trattato in quel modo. Non è stata una mossa prudente da parte del nostro assassino. E sono sicuro che anche lui dev'essersene accorto».

Nate guardò il pavimento mentre agitava il suo drink. Con aria d'indifferenza disse: «La morte di Costello è registrata come improvvisa, oscura e probabilmente dovuta a un'overdose di stupefacenti. Non vi sono segni che facciano pensare a un assassinio».

«Ci sono le ferite sulla gola», lo corresse Lynus.

«Questa al momento è una cosa che sappiamo solo tu ed io», aggiunse Nate.

«E chiunque altro abbia lasciato quei segni». Lynus non stava sorridendo mentre faceva quell'affermazione, poi aggiunse prontamente: «Ti consideri un uomo religioso, Nathan?»

«Sono cresciuto secondo i principi della religione cattolica, ma negli ultimi anni non ho professato alcuna fede».

«Be', la tua formazione cristiana ti permetterà di comprendere gran parte di quello che proverò a spiegarti stasera». Lynus assaporò il brandy poi rimise nuovamente il bicchiere sul tavolo. «L'uomo all'obitorio è stato assassinato, ma dubito che dovesse finire nelle mani della polizia com'è successo. Mi hai spiegato brevemente mentre venivamo qui che è stato trovato in un vicolo».

«In uno dei magazzini ai moli di carico merci», lo corresse Nate. «Tra le tre o le quattro del mattino. Quel posto era chiuso dalle sei del giorno precedente».

«Quindi», riprese Lynus, «avrebbe albeggiato di lì a poche ore». Lynus fissò dritto davanti a sé e disse piano: «I tempi non tornano, a meno che...». Poi si voltò verso Nate e proseguì con maggiore enfasi: «A meno che la polizia non abbia interrotto l'assassino».

«Interrotto?»

«È probabile che siano arrivati proprio mentre stava succedendo tutto. Il loro arrivo può aver costretto l'assassino a cercare un nascondiglio».

«No, Steven», lo interruppe Nate alzando un mano. «Non ne è stata rinvenuta alcuna traccia, né durante l'ispezione subito successiva al ritrovamento, né in quella della Scientifica. Il rapporto dice che c'era solo una via di fuga e che era stata bloccata dalla macchina dell'agente mentre entrava in retromarcia nella banchina. Se qualcuno si fosse messo a correre in quella direzione sarebbe stato visto...».

«Nessuno ha tentato di correre via di lì, Nathan».

«Era l'unico modo per scappare», rispose Nate con sicurezza, «almeno a quell'ora. Il magazzino era chiuso e non c'era nessun altro accesso, perciò non sarebbe potuto tornare dentro e correre via dalle porte principali mentre l'agente scopriva il corpo sul retro».

«Nessuno si è messo a correre in nessuna direzione, Nathan, perché nessuno se n'è andato».

Il volto di Nate si contorse in un sorriso sarcastico e i suoi occhi lo guardarono di traverso con cinismo. «Stai dicendo che quel tale è rimasto là tutto il tempo, e che la polizia non l'ha visto?»

«Sto dicendo che è molto probabile che il responsabile fosse là quando la polizia ha rinvenuto il corpo. Può essere stato interrotto mentre cercava di portare a termine il suo compito. E nel momento in cui gli agenti erano occupati a guardare i resti di Mr Costello, l'assassino se l'è svignata nella notte».

Nate vuotò il bicchiere e lo posò sul tavolo. «Steven, anche il più mediocre agente di polizia è abbastanza abile da capire se la scena di un delitto è ancora "calda", come dicono loro. La prima cosa che farebbe un poliziotto in questa situazione è controllare il battito del cuore, e ispezionare il perimetro in cerca di possibili testimoni o responsabili. Credimi, non c'era nessuno».

«Nessuno che sia stato notato, Nathan». Lynus sembrava sicuro di sé, e Nate pareva irritato dalla sua presunzione.

«Ascolta, Steven. Io rispetto la tua competenza nel tuo campo, e sto ancora aspettando di sentire come tutto ciò spieghi quello che penso di aver visto poco fa all'obitorio, ma adesso devo rimetterti al tuo posto. Faccio questo lavoro da molto tempo, e so come funziona. So come pensano e agiscono i criminali. Non è come nei film. Non se ne rimangono nei dintorni per vedere le mosse della polizia. Se la danno a gambe. Contrariamente a quello che possono dire Holmes e Watson, non si tratta delle creature più intelligenti del mondo e ricorda, scappano per salvarsi la pelle».

Lynus non era meno sicuro quando rispose: «Non avrei motivo di dubitare di quanto dici, Nathan, *se* stessimo parlando di un comune omicida – sempre che simili persone possano essere chiamate comuni. Ma credo che l'evidenza dei fatti conduca a qualcos'altro. Lascia che ti ricordi ancora una volta le circostanze in cui ci siamo incontrati. È stata proprio la natura insolita di questo caso che ha fatto sì che tu cercassi il mio aiuto.

Credo che dicendoti chi fosse Mr Costello – o più precisamente quale fosse il suo reale obiettivo – riuscirò a farti capire anche come è stato ucciso. E spero, Nathan, che dopo aver ascoltato la mia teoria e averne digerito i particolari, accetterai di aiutarmi a portare a termine la mia ricerca».

Nate si alzò e prese i due bicchieri vuoti dal tavolo. Prima di andarli a riempire di nuovo chiese: «Pensavo avessi detto di aver trovato chi stavi cercando, quando hai visto Costello».

«A questo punto posso solo sperare che la mia ricerca sia giunta a un punto di svolta», disse Lynus con calma. «Ma tu dai per scontato che fosse Mr Costello la persona che cercavo. Quando ho accertato la sua morte ho avuto la riprova di quanto mi stessi avvicinando, e sei stato tu a darmela, Nathan».

Nate era ancora in piedi di fronte all'archeologo seduto. Teneva un bicchiere in ciascuna mano, e fissava gli occhi scuri dell'anziano professore, che di nuovo brillavano come quando lo aveva incontrato la prima volta. Non riuscì a muovere un passo per coprire la breve distanza che lo separava dalla cucina. Gli sembrò che le parole che seguirono aleggiassero nell'aria.

«Nathan, sei *tu* la persona che stavo cercando».

CAPITOLO 11

Clementine Hillmond salì senza far rumore sul muro di mattoni alto un metro e mezzo e atterrò delicatamente dall'altra parte. Era alta, esile e agile, indossava tuta nera, sneaker nere, passamontagna nero, guanti di pelle nera. Distesa a terra, perlustrò con lo sguardo l'ampio prato in ogni direzione. Si assicurò di non essere vista e corse curva verso la vecchia Volkswagen parcheggiata sotto la fila di cedri che delimitava la strada laterale e attraversava la distesa erbosa. Scelse il percorso meno rischiarato dalle luci stradali. Il lampione più vicino era stato messo fuori uso quel giorno, qualche ora prima del tramonto.

Quando aprì lo sportello, la lucetta dell'abitacolo non si accese. Salì, si tolse il passamontagna e raccolse in fretta i lunghi capelli arruffati. Mise in moto la macchina e partì immediatamente senza accendere i fari. Premette il pulsante sul suo orologio per illuminare il quadrante: 2:25. «Un po' in ritardo», disse ad alta voce, «ma nessun problema». La vettura viaggiava in quarta mentre prendeva la Willoughby Avenue e accendeva i fari. Al primo incrocio svoltò a destra, proseguì per circa quindici metri e si fermò. Balzò fuori dalla macchina e tolse lo straccio che copriva la targa; risalì a bordo e ripartì, controllando nuovamente l'ora. Non voleva fare tardi. Non vedeva l'ora di dire a Jonathan che tutto era andato bene.

Mentre guidava si sbottonò la tuta fino allo stomaco, tirò fuori la potente pistola a gas compresso fissata sotto il braccio sinistro e la depose sul sedile al suo fianco. Aveva memorizzato la strada per arrivare a casa di Jonathan, senza scrivere nulla. Gli unici documenti che aveva con sé erano una patente di guida falsa e il libretto di circolazione del veicolo, nel caso venisse fermata dalla polizia.

Si sentì finalmente tranquilla mentre percorreva il viale che conduceva all'ingresso principale di Jonathan. Non era mai stata in quel posto prima, e alla fine quella strada sinuosa in mezzo ai salici piangenti le diede una sensazione di sicurezza. A quell'ora non c'era traffico, e alle due e cinquanta la Volkswagen raggiunse quella proprietà suburbana. Jonathan l'aveva semplicemente descritta come una casa vittoriana a tre piani.

«Di che colore?», gli aveva domandato lei, ma lui aveva risposto che il colore non sarebbe stato importante dato che lei avrebbe visto la casa avvolta dall'oscurità.

«Un tempo era dipinta di grigio con una finitura nera», le aveva detto, «ma quel che resta dell'intonaco non ti sarà visibile». Di questo ebbe conferma quando i fari investirono la facciata di legno.

Spense rapidamente le luci e scese dalla vettura, rimettendo sotto il braccio la pistola. Non si scorgeva altra luce se non quella che sembrava provenire da una candela accesa dietro la tenda di una finestra al primo piano. Un'oscurità ovattata circondava l'intera zona. Nessun suono di grilli, gufi o scoiattoli filtrava nella notte. Sentiva soltanto i suoi passi circospetti verso la porta.

Non c'era batacchio. Jonathan le aveva detto di picchiare con il pugno cinque volte, un colpo al secondo. Contò tra sé... mille e uno... mille e due... mentre batteva i cinque colpi. Quando ebbe finito disse, scandendole bene, le parole d'ordine che le aveva insegnato Jonathan. «*Hostis humani generis*». La porta parve aprirsi immediatamente dopo che l'ultima sillaba ebbe lasciato le sue labbra. Jonathan era immobile sull'uscio aperto con in mano una candela che ardeva in una sfera di vetro.

«Dallo sguardo sul tuo volto», disse serenamente, «vedo che hai avuto successo. Prego, entra nella mia casa». Si fece da parte e lei entrò in fretta.

«Non capisco come fai a vedere qualcosa, con questa oscurità», disse lei mentre la porta si richiudeva alle sue spalle. Poi aggiunse: «Speravo sentissi le parole d'ordine. Non le ho dette ad alta voce. Dovevi essere proprio dietro la porta».

Lo seguì mentre camminava nel piccolo ingresso e voltava a sinistra in un corridoio. Lui non girò la testa mentre parlava. «Il suono si propaga molto bene in questa quiete». Entrarono in un'ampia stanza illuminata unicamente dal camino, e adesso anche dalla candela che portava Jonathan.

«Da fuori non avevo visto il fuoco», disse lei mentre si avvicinava per riscaldarsi le mani.

Jonathan appoggiò la candela su un grande scrittoio accanto al muro più distante. «Il fuoco non è visibile dall'esterno», disse. «Non ci sono finestre in questa stanza».

Lei si girò e si guardò intorno, sempre con il palmo delle mani rivolto verso il fuoco. «Davvero? È strano. Perché mai avrebbero costruito una stanza senza finestre?»

«Non è stata progettata così, Clementine. Ho fatto murare le finestre.

Ciò rende questo ambiente assolutamente riservato. Una simile privacy è necessaria per un gruppo come il nostro». Scostò la tenda che arrivava a terra rivelando una fila di mattoni. Quella che altrimenti sarebbe stata una parete di legno e vetro aveva due colonne di mattoni che dal pavimento arrivavano fino al soffitto, ciascuna larga poco più d'un metro. La candela proiettò la sua ombra contorta sulla pietra.

«Wow», disse lei, «sono finestre maledettamente grandi». Si avvicinò alla parete e si piegò in avanti per esaminare la muratura. «Cristo, questo muro sembra antico. Il cemento si sta sgretolando. Quanto tempo fa hai detto di averlo fatto costruire?».

Jonathan lasciò che la tenda tornasse al suo posto. «Sì, suppongo che dovrei farlo riparare». Poi, con affettata ospitalità aggiunse: «Prego, siediti». Le offrì una delle sedie in legno di fronte allo scrittoio. «Devi essere stanca. Ho preparato del tè e sono ansioso di sapere del tuo lavoro di stanotte. Mi aspettavo che arrivassi prima. Ci sono stati problemi?»

«Oh, davvero nessuno», disse la donna mentre si sedeva sulla sedia che le aveva offerto. «Ho messo fuori uso il lampione con la pistola a gas compresso poco prima che venisse acceso. Per quell'ora il laboratorio aveva già chiuso, e la zona era pressoché deserta».

Lui era in piedi al suo fianco, concentrato sulla tazza che stava riempiendo. «Qualche problema con gli animali?».

Lei prese la tazza piena tenendola con entrambe le mani. «Li tengono all'interno del laboratorio, e non mi sono preoccupata di spingermi fin laggiù. Non ne avevo bisogno. Ho semplicemente attivato la carica nella sala conferenze. È lì che si riuniscono per passare in rassegna i loro incarichi». Sorseggiò il tè bollente. «La detonazione è fissata per le nove e un quarto. A quell'ora dovrebbero essere tutti là».

«Gli animali non verranno feriti, vero?».

Clementine scosse energicamente la testa. «Diamine, no. Non avrebbe molto senso, stiamo cercando di liberarli». Sollevò lo sguardo incontrando il suo volto. Era in penombra, e la parte centrale della sua testa, priva di capelli, aveva per lei un qualcosa di insolitamente sensuale. «Non possiamo sacrificarli. È l'essere umano che deve essere sacrificato. È l'unico modo per porre fine a questo tipo di ricerca».

«Lo so, Clementine». Si mosse dietro di lei, cominciando a massaggiarle delicatamente il collo e le spalle. «Hai fatto un buon lavoro. Rappresenterai un contributo prezioso per la nostra organizzazione. Tu hai già compreso chi è il vero nemico di questo mondo».

Lei abbassò lentamente la tazza sul grembo e chiuse gli occhi. «Ah, questo sì che è piacevole, Jonathan», disse quasi in estasi. Le sue mani riuscivano a farle rilassare con dolcezza i muscoli tesi del collo. Non era abituata a un simile gesto da parte di un uomo. Non era mai stata una ragazza carina, e persino adesso che era all'ultimo anno di università non aveva mai conosciuto un uomo, e non aveva mai avuto neppure un fidanzato.

Per tutta l'adolescenza, i ragazzi erano stati solo una costante fonte di dolore e imbarazzo. In quattro anni non era riuscita a trovare nessuno che l'accompagnasse al ballo studentesco – prima di abbandonare qualsiasi speranza di parteciparvi. Una volta, al primo anno di college, quando aveva una stanza nel dormitorio, ascoltò di nascosto una conversazione mentre si trovava in una cabina telefonica subito fuori dalla sala di ricreazione. Aspettava che una chiamata a carico del destinatario venisse inoltrata ai suoi genitori, quando sentì tre ragazzi del corso di sociologia che parlavano della lezione del giorno.

«Penso che il professor Henderson abbia smascherato molto bene la natura umana oggi quando ha descritto l'ambizione maschile». Riconobbe la voce di Eddy Holmes. Non esattamente un ragazzo carino, pensò, ma attraente, diverso da molti altri della sua età: era pieno di riguardi e non diceva parolacce. Parlava poco con lui – o con qualsiasi altro ragazzo se per questo – ma quando capitava lui era sempre affabile.

«Già», rispose uno dei suoi compagni non visibili. «D'ora in poi userò anch'io quella massima: "L'uomo esce fuori dall'utero di una donna e trascorre gran parte della sua vita di adulto tentando di rientrarci"».

Risero tutti. Anche Clementine si ritrovò a ridere, nascosta nel suo rifugio. Pensava: "Che idea meravigliosa sarebbe stata far sapere in qualche modo a Eddy che potrebbe realizzare la sua ambizione molto facilmente, anche stanotte, se volesse". Poi sentì la voce inconfondibile di Harve Wittenger. Era diventato senza sforzo uno dei ragazzi più odiosi che avesse mai incontrato.

«Credo che Henderson non sia abbastanza selettivo», disse.

«Perché?», chiese la terza voce.

«Non so voi», rispose Wittenger, «ma io sono maledettamente esigente per quanto riguarda gli uteri nei quali vorrei entrare».

«Ben detto Harve», fu la sarcastica risposta.

«Niente bugie, ragazzi», dichiarò Wittenger. «Voglio dire, cosa fate se vi svegliate al mattino dopo una scopata e rigirandovi nel letto scoprite che per tutta la notte vi siete dati da fare con l'utero di Hillmond?».

Esplosero tutti in una serie di versi di disgusto, e Clementine si sentì le orecchie infuocate mentre aspettava che Eddy dicesse qualcosa per difenderla.

«Ehi», udì Eddy inserirsi nella conversazione con quella voce riflessiva che lei ammirava tanto, «sarebbe meglio trascorrere la vita su un'isola deserta con delle incantevoli scimmie. Non la scoperei nemmeno se mi prestassi il tuo cazzo».

Un'altra risata generale. Clementine non attese che la chiamata fosse inoltrata. Riagganciò e corse di nascosto nella sua stanza.

Era successo quasi sei anni prima, e da allora si era concentrata sulla sua vita e sulla sua rabbia. Adesso Jonathan stava manipolando i suoi muscoli e i suoi sentimenti – anche se lei aveva promesso a se stessa che non l'avrebbe mai consentito a nessun uomo.

«Hai ragione, Jonathan», disse con tono sognante. «So da anni chi è il vero nemico di questo mondo. Il genere umano ha trasformato questo pianeta in un grosso gabinetto. Stiamo annegando nella nostra stessa merda, facciamo fatica a respirare l'aria che ci è rimasta, abbiamo propagato ogni sorta di sporca malattia in giro per il mondo e adesso facciamo esperimenti su degli animali innocenti per trovare una cura».

«Se tutto va bene, mia cara», disse Jonathan alle sue spalle, «stanotte hai compiuto un passo enorme per aiutare chi vuole porre fine a questa pratica perversa. Domani a quest'ora ne sapremo di più».

«Ne sapremo di più per le nove e mezza di stamattina», aggiunse lei.

«Sì», disse Jonathan, sempre accarezzandole il collo, «l'ingiusto deve morire in modo che l'innocente sopravviva».

«È quello che dissi loro nel 1986», disse lei spontaneamente, «quando prendemmo di mira quel laboratorio di ricerca medica a Rockville, nel Maryland. Era la mia prima incursione: volevo liberare gli scimpanzè e dar fuoco a quel posto, ma mi dissero che non era la loro politica. Tutto quello che facemmo fu scattare delle foto da mandare all'Istituto nazionale della salute. Bell'affare: fecero le gabbie più grandi. A cosa servì? Alla fine gli scimpanzè continuarono a essere sacrificati».

«La nostra organizzazione non commette simili errori, mia cara. Il nostro nome iconoclasta incarna il nostro piano radicale».

Clementine si accorse che la sua voce era rassicurante come le sue mani. Jonathan, lei lo sapeva, era sotto tutti i punti di vista un uomo estremamente disdicevole. Era magro, calvo, portava occhiali spessi e aveva delle grosse orecchie. Ma loro due erano ovviamente sulla stessa lunghezza d'onda. Quello era sicuramente l'inizio di qualcosa di promettente, pensò. Piegò la testa all'indietro per guardarlo.

«Quando mi dirai il nome della nostra organizzazione, Jonathan? Quando sarà esplosa la bomba?».

Lui abbassò lo sguardo e sorrise. Era la prima volta che lo vedeva sorridere. Almeno non era del tutto grottesco. Aveva dei bei denti bianchi e dritti. Lei chinò nuovamente il capo e si godette il massaggio.

«Oh, penso sia giusto che il nome ti venga detto adesso», disse l'uomo con autorità. «Me l'hai già detto tu stasera prima di entrare in casa. Ora ho solo bisogno che tu giuri di accettare tanto il nome quanto ciò che esso implica».

Lei lo guardò piena di sorpresa. «Intendi dire le parole d'ordine, *Hostis humani generis*?»

«Sì, piccola», disse guardandola intensamente negli occhi. «Letteralmente vuol dire "nemico del genere umano"».

Lei gli sorrise. «Sì, ci sto», convenne.

Riabbassò la testa e lui continuò a massaggiarle le spalle. Poi si avvicinò a lei finché Clementine non sentì il suo respiro. Era fresco e, mentre le sfiorava l'orecchio, avvertì un brivido lungo la schiena fino al collo.

«Oh, Jonathan», mormorò, mentre sentiva le labbra di lui schiudersi.

«Mia cara Clementine», disse l'uomo mentre la sua bocca si chiudeva sul suo soffice collo.

Lei reclinò la testa all'indietro, scoprendo completamente il collo. Da tempo aveva lasciato cadere la tazza di tè sul pavimento e adesso si stringeva le cosce seguendo il ritmo dei movimenti della bocca di lui. Sentì tutti i fluidi del suo corpo affluire vertiginosamente ai lombi, rimescolarsi nel suo petto e nella sua gola con lo stesso ritmo con cui le succhiava il collo. Non aveva mai provato una simile estasi, mai conosciuto un tale appagamento. Persino la lieve, fastidiosa fitta che le arrecava la stretta di Jonathan non riusciva a turbare quel piacere assoluto, e il nuovo credo della sua vita le riecheggiava in testa seguendo le pulsazioni del suo cuore...

Hostis humani generis...

CAPITOLO 12

Ancora non si riuscivano a scorgere le prime luci dell'alba. A oriente il cielo era scuro, ma nell'arco di pochi minuti avrebbe cominciato a rischiararsi. Dentro la stanza dell'hotel, i tasti del telefono erano appena visibili, sotto la debole luce dell'abatjour. Il ricevitore era sollevato e si udiva il segnale di libero. Il primo numero che venne premuto fu il 9, per una chiamata esterna. Di nuovo il segnale di libero. A questo punto i numeri seguirono in rapida successione: prima 011 per una chiamata internazionale, poi il codice 972 per Israele, poi il 2 per Gerusalemme, infine il numero privato. Dopo qualche istante un trillo elettronico interruppe un pasto frugale dall'altra parte del mondo.

«*Dabit Deus his quoque finem*».

«Presto lo farà, ne sono certo, Magister».

«Ah, Custos, dunque devi avere delle buone notizie da riferire, perché l'ora si fa tarda».

«Si sente male, Magister?». La voce era leggermente allarmata.

«Non più di quando sei partito, Custos. È un tempio antico quello in cui vivo. Ma hai chiamato per un altro motivo che non ha niente a che vedere con la mia salute, o sto forse sperando invano?»

«No, Magister. Credo di averli trovati».

«Li hai trovati *entrambi*, Custos?». La voce era palesemente soddisfatta.

«Il mio "sì" è incerto, Magister».

«*Macte virtute*», fu la risposta piena di giubilo. Poi, con meno entusiasmo: «Sei sicuro, Custos? Com'è possibile?»

«Come sa, Magister, avevo in mente diversi individui quando ho intrapreso il mio viaggio, prima tra tutti la giovane donna».

«Molte donne hanno ricoperto egregiamente l'incarico di Custos, nel corso degli anni. Come ricordi ne abbiamo già parlato prima della tua partenza».

«Sì, Magister, e bisogna prendere questa possibilità in seria considerazione, ma credo di aver scoperto un possibile coinvolgimento emotivo».

Vi fu un momento di silenzio sulla linea mentre quella particolare informazione veniva recepita a Gerusalemme.

«Custos», giunse la risposta misurata, «stai dicendo che ha un legame sentimentale con un aspirante?»

«Al momento no, Magister. Ma il mio studio della natura umana mi ha insegnato a riconoscere... i segni che rivelano i sentimenti più intimi di coloro che mi circondano, e...».

«Custos», l'interruzione fu rapida ma gentile, «non c'è bisogno che tu sia delicato con me. Forse sono vecchio e il mio fisico è debole, ma so perfettamente che uomini e donne vivono insieme e procreano. Ora dimmi, ha forse un amante che pensi possa influenzare la sua decisione di unirsi a noi?»

«No, Magister, ma credo sia probabile che possa nascere una relazione tra lei e l'altro candidato».

«Oh, cielo. Questo comporterebbe delle complicazioni, non è così?»

«Magister, tra i nostri predecessori vi sono state alcune famiglie che hanno agito bene».

«Sì, sì, conosco bene la nostra storia». La voce cominciava a mostrare i primi segni di dispiacere. «Si tratta di una chiamata, Custos. Non dimenticarlo mai. Come il matrimonio. E in questo risiede il problema potenziale». Poi, con una stanchezza che era impossibile nascondere, disse: «Ma siamo all'undicesima ora». E con rinnovato vigore aggiunse: «Comprendo, Custos, e confido nel tuo giudizio. Quando posso aspettarmi il tuo ritorno?»

«Il mio volo per Gerusalemme parte mercoledì prossimo. Non intendo perderlo».

«Bene. Ora, so già della dottoressa Norwich; dimmi dell'altro candidato».

«È un dottore, un patologo. Si chiama Nathan Forester».

La voce all'altro capo del telefono era nuovamente soddisfatta. «Ah, Custos, questo è un buon segno, davvero un buon segno. Vedi, Nathan è un nome ebraico, significa "dono di Dio". Ora», proseguì con tono più deciso, «dimmi tutto ciò che sai di quest'uomo. E dimmi», aggiunse con evidente mestizia, «quali macabre disgrazie si sono verificate su quella sponda dell'Atlantico?».

CAPITOLO 13

Nate Forester percorreva freneticamente i corridoi dell'obitorio. Aveva ispezionato tutte le celle della zona di passaggio, trovandole tutte vuote. «Dove sono tutti quei maledetti corpi?», chiese agli attendenti in piedi intorno al bancone dell'ingresso. Si voltarono tutti verso di lui e risero.

«Si rilassi, dottor Forester. Si faccia una birra». Uno degli uomini gli porse una lattina di una confezione da sei mezza vuota.

«Siete impazziti?», strillò. «Siete al lavoro. Non c'è da meravigliarsi che non riesca a trovare nulla. Che ne avete fatto di tutti i corpi?»

«Ehi», disse un altro attendente mentre apriva una lattina, «è il nostro giorno di riposo. I corpi sono conservati alla compagnia del gas nel nostro giorno libero».

«Diamine», replicò Nate esasperato. «Come ci arrivo?»

«Probabilmente deve prendere la metropolitana», disse un terzo attendente mentre si protendeva per rispondere al telefono sul bancone. «E in ogni caso non provi a prendere gli autobus. Sono in sciopero». Continuò a parlare a Nate con la mano sul telefono, che continuava a squillare. «Erano in sciopero anche il mese scorso, ma non penso abbiano ottenuto ciò che volevano. Ecco perché anche noi dovremmo scioperare. Anche lei dovrebbe scioperare, Doc».

Nate continuò semplicemente a guardare il telefono, sperando che l'attendente rispondesse facendo finire quel dannato trillo. Ciò che vide subito dopo fu la parete verde della sua camera da letto, ma il trillo non era ancora cessato. Sollevò la testa dal cuscino guardandosi intorno, afferrò il cercapersone sul comodino e premette il tasto rosso che fece smettere di lampeggiare il numero sul display. Gli ci vollero alcuni secondi per allontanare il torpore e riconoscere il numero: quello della sua linea privata all'ufficio di medicina legale. La stanza era inondata dalla luce e per un momento si chiese se non avesse dormito troppo. L'orologio segnava le 10:35.

Si mise a sedere e raccolse le idee. Prese un paio di profondi respiri, afferrò il telefono e chiamò l'ufficio. Teddy Lund rispose al secondo squillo.

«Teddy», disse Nate mentre si massaggiava la fronte, «dev'essere una cosa dannatamente importante, perché presumo che prima abbia provato a chiamarmi a casa».

La voce che sentì era guardinga. «Proprio così, Doc. Immagino che abbia staccato il telefono, vero?»

«Ma non sembra che sia riuscito a fermarti, eh? Cosa diavolo ti aspettavi, sono passate solo...». Nate s'interruppe per fare qualche breve calcolo, «due ore da quando ho chiamato per chiedere una giornata di permesso. Mi hai detto che non c'era nessuna emergenza, o me lo sono sognato?»

«Spiacente, Doc», si scusò Ted, «ma mi hanno detto di chiamarla sul cercapersone o di farla venire a prendere da una macchina della polizia, se non fossi riuscito a mettermi in contatto con lei».

Nate sospirò rassegnato. «Cos'è successo, Ted?»

«Roba grossa, Doc. Abbiamo appena mandato due furgoni al Fisk Research. C'è stata un'esplosione circa un'ora fa. Per quanto ne sappiamo, ci sono all'incirca una mezza dozzina di morti, per ora. Potrebbero essere di più. Pare che sia un maledetto inferno laggiù. Vogliono che siano tutti in servizio». Attese diversi secondi, poi aggiunse: «Mi dispiace».

«Nessun problema, Ted. Sarò là entro un'ora. Fammi fare una doccia prima».

«Non c'è fretta, Doc. Non è arrivato ancora nessun corpo».

Nate si alzò e si allungò all'indietro per stiracchiarsi. «Di cosa si è trattato, Ted, una fuga di gas o cosa?». Mentre sentiva la sua voce formulare quella domanda, il suo corpo rabbrividì per l'improvviso deja-vu che gli aveva riportato alla mente il sogno interrotto dal trillo del cercapersone. Attese con ansia la risposta.

«Ancora non si sa, ma la squadra di artificieri è sul posto. Alla radio della polizia non fanno che parlare di un possibile attacco terroristico. Il Fisk fa molte sperimentazioni sugli animali. In passato ci sono stati un paio di picchetti, lì davanti. Sa, gli animalisti».

«Oh, Dio!», disse Nate distrattamente. «Anche gli esseri umani fanno parte del regno animale, o forse gli attivisti non se ne sono ancora resi conto?».

Ted non rispose, così Nate aggiunse: «Comunica al comando che sto arrivando, Teddy», e riagganciò.

Nella doccia, Nate lasciò che il getto d'acqua fresca gli investisse il volto. L'acqua rinvigorì il suo corpo e aiutò la sua mente a ricordare parti della conversazione con Steven Lynus, terminata solo poche ore prima. Adesso, alla luce del giorno, le rivelazioni di Lynus non erano meno incredibili di quanto non lo fossero state nelle ore sinistre che precedevano l'alba.

Quando uscì dalla doccia indossò un accappatoio di spugna beige e strinse la cinta. Si protese verso il lavandino e fissò con attenzione i propri occhi. Non erano marroni come quelli di Lynus. Gli occhi di Lynus erano iridi scure che mostravano sincerità. Erano diventati sempre più sinceri col passare della notte, e si erano fatti ancora più scuri mentre spiegava a Nate chi fosse Nick Costello, e perché fosse morto in quel modo.

Nate poteva solo immaginare come fossero sembrati a Lynus i suoi occhi mentre lo ascoltava. Osservando la sua fronte assonnata si chiese se in quei momenti il suo volto avesse lasciato trasparire ciò che provava, perché più di una volta si era trattenuto dal ridere in faccia all'anziano professore e dal dirgli che era stata una serata interessante, ma prima di presentarsi al lavoro alle nove di mattina doveva dormire un po'. Lynus, però, non stava scherzando, e se davvero era serio come appariva, allora eseguire l'autopsia sulle sei vittime di un'esplosione sarebbe stato un gioco da ragazzi rispetto a quello che presto avrebbe dovuto affrontare.

CAPITOLO 14

In estate i venerdì erano sempre giorni frenetici all'ufficio di medicina legale. Gran parte del lavoro amministrativo della settimana veniva sbrigato entro mezzogiorno e, salvo emergenze dell'ultimo minuto, molti membri del personale ricevevano il permesso di iniziare subito il proprio fine settimana. Ma in autunno le settimane terminavano in un'atmosfera più rilassata... di solito. Quel venerdì, invece, fu uno dei giorni più indaffarati da quando Ted Lund aveva iniziato a lavorare lì all'obitorio, quattro anni prima. Ecco perché accettò prontamente l'invito di Nate Forester.

Erano le sette e mezza di sera ed entrambi si trovavano ancora nell'ufficio di Nate, a registrare i risultati della giornata in modo tale che le copie dei rapporti completi potessero essere immediatamente inoltrate alla squadra omicidi e all'ufficio del procuratore distrettuale. Ted stava battendo al computer l'ultimo modulo riepilogativo per i post mortem, mentre Nate controllava e apponeva la sua firma su quelli già completati.

«Un drink mi sembra proprio una buona idea, Doc», disse Teddy porgendo a Nate l'ultimo modulo. «Mi dia solo il tempo di cambiarmi e sono da lei».

«Fai con calma, Ted», ribatté Nate mentre esaminava il rapporto. «Sarà una breve serata, comunque, visto che domani dovremo tornare qui per le disposizioni finali». Ted distese le braccia e sbadigliò verso il soffitto mentre Nate aggiungeva: «Questo rovina forse i tuoi piani per stasera?»

«Affatto. Alcuni di noi stavano andando alla partita di football al Claraton High. Poi probabilmente saremmo andati al Cosmo Lounge sulla Quarta Strada».

«Sempre appresso alla cara vecchia squadra dell'università, eh?», rifletté Nate mentre leggeva il compendio.

Teddy si strinse nelle spalle. «Il periodo dell'anno è questo. Sa, la stagione di baseball è finita, quella di basket non è ancora iniziata, e non sono mai stato un grande patito di hockey. Questo è l'unico sport in città. E lei, Doc?».

Nate distolse lo sguardo dal rapporto. «Eh? Ah, intendi dire il mio venerdì sera». Si rilassò sulla poltrona. «Di solito il venerdì è il giorno in cui crollo. In genere non ho nulla in programma, a parte prendere qualcosa in un takeaway cinese e appisolarmi davanti alla televisione». Si protese in avanti e cominciò a sfogliare la rubrica da tavolo, finché non trovò il numero che vi aveva registrato quella mattina stessa. «Ma oggi volevo fare una telefonata e organizzare qualcosa per domani sera. Con tutto questo trambusto mi è passato di mente. Probabilmente adesso è troppo tardi. Non mi resta altro che provare a chiamare domani».

«Bene», disse Teddy mentre si toglieva il suo sudicio camice da laboratorio. «Mi sbrigo». Varcò la porta dell'ufficio e si diresse verso lo spogliatoio al piano di sotto. Nate non alzò neppure lo sguardo. Era occupato a ricopiare il numero di Helen Norwich.

***

Mentre il barista del Chauncy's Pub stava cambiando la banconota da venti dollari di Nate, Steven Lynus e Helen Norwich stavano prendendo un caffè dall'altra parte della città al Barclay's Boat House.

«Ottima scelta, Helen», disse Lynus mentre si guardava intorno. «Il cibo era ottimo e adoro quest'atmosfera». Come suggeriva il nome, il locale era arredato con oggetti di chiara ispirazione marittima: reti da pesca, ancore, riproduzioni di velieri e l'immancabile acquario per le aragoste.

«Questo posto è sempre una garanzia, Steven. Non riusciamo a vederci molto spesso, così ho pensato che una cena a base di pesce sarebbe stata una buona idea».

«E pensare», disse Lynus mentre picchiettava distrattamente il manico della sua tazzina, «che eravamo soliti vederci tutti i giorni».

Helen annuì in modo riflessivo. «Mmm, sono passati dodici anni dal programma di scambio culturale per laureati».

«Così tanto?». Lynus sorseggiò il suo caffè. «Da allora non ho mai avuto uno studente che avesse il tuo stesso entusiasmo».

«Quell'ambiente ha avuto un grande effetto su di me», confessò lei. «La terra, la gente, la storia... oh, e naturalmente la facoltà», aggiunse in fretta. «Solo i migliori insegnano all'Università Ebraica».

«Ti sei corretta appena in tempo, Helen». Entrambi risero educatamente. «Dimmi», riprese Lynus dopo un momento, «ha avuto sempre quell'effetto su di te durante le visite successive?»

«Sempre. Gerusalemme è un tonico molto efficace, Steven. Dovresti saperlo meglio di chiunque altro. Quanto tempo è passato ormai?»

«Più di cinquant'anni. Mi sono recato lì per uno scavo e ho subito capito che quella era la mia casa. Non vi è posto migliore per un archeologo e professore in visita. Né per la propria realizzazione personale». Abbassò nuovamente il capo per sorseggiare il caffè senza mai distogliere gli occhi dal volto di lei.

«Steven», disse la donna con leggero tono di biasimo, «abbiamo già fatto questo discorso».

«Quale discorso, Helen?». Persino un osservatore distratto avrebbe notato quella innocenza simulata.

«Sono perfettamente a mio agio alla Smithfield, e...».

«Perfettamente?»

«È un modo di dire, Steven», gli concesse lei. «Nulla è perfetto, ma sono rispettata e ho la mia cattedra».

«Oh, andiamo, mia cara. Alla fine i sacri precetti della tua giovinezza come "la ricerca della verità" hanno lasciato il posto a soddisfazioni insipide come "avere una cattedra"?».

Lei sorrise, ma era più un sorriso di contrizione che non di divertimento. «Steven», sospirò esasperata, «che cosa devo fare con te?»

«Come ho detto, non vi è posto migliore per la realizzazione personale». Bevve dell'altro caffè. «Ci rifletterai, almeno?»

«Sì», rispose lei arrendendosi, «ci penserò su».

«Seriamente?»

«Seriamente!».

***

Clementine Hillmond saltò le sue lezioni, quel venerdì. Si era svegliata in un grande letto d'ottone con lo stordimento e le vertigini così comuni dopo una sbronza. La poca luce che penetrava nella stanza le permise di vedere che si trovava in una camera da letto arredata con semplicità, con un soffitto molto alto. Dopo essersi alzata, si diresse verso l'unica finestra della stanza e scostò le tende. A occidente il cielo era illuminato dagli ultimi raggi di sole. Il suo orologio segnava le 16:45.

Le sue gambe erano malferme mentre tornava a letto e si sedeva, cercando di fare chiarezza nei propri pensieri. Ricordò i preparativi per l'attacco al laboratorio, la collocazione dell'esplosivo e la sua fuga impeccabile. Il tragitto fino a quella casa vittoriana, i colpi alla porta, la parola d'ordine, il caminetto e Jonathan... sì, Jonathan; lo ricordava teneramente. Si toccò il collo, e il punto in cui l'aveva baciata con tanta dolcezza. Poi notò il foglio di carta sul tavolino accanto al letto. La calligrafia era bizzarra ma comprensibile, molto simile alla sua.

Clementine, *amicus*,
eri talmente sfinita dal lavoro della notte che sei letteralmente crollata. Mi sono preso la libertà di condurti nella stanza degli ospiti. Ad ogni modo penso sia meglio che resti qui per un po'. Non dubito che dormirai durante tutte le ore del giorno. Non importa, hai bisogno di riposare. Mettiti a tuo agio, e serviti di tutto ciò che desideri. Troverai dei sandwich sul bancone della cucina. Spero ti piaccia il prosciutto. Tornerò per stare con te questa sera presto.
Per sempre,
Jonathan

Era rimasta sveglia tutta la notte con Jonathan; quello riusciva a ricordarlo. Ma faceva fatica a mettere a fuoco i particolari. Avevano fatto l'amore? La infastidì il pensiero di non essere in grado di ricordare precisamente cosa ci fosse stato tra loro. "È così che succede la prima volta?", si chiese. Tentò per quanto poté, ma non riuscì a riportare alla memoria il resto di quell'esperienza. Era stata molto eccitante, di questo ne era convinta; e senza dubbio desiderava che si ripetesse.

Sul tavolino c'era anche un catino pieno d'acqua e un asciugamani. Si sciacquò la faccia, cercando di allontanare quello stordimento, e mentre si asciugava il viso si accorse di avere una fame da lupi. Fece correre le dita tra i capelli e si guardò intorno in cerca di uno specchio. Non vedendone nessuno si lamentò ad alta voce: «Bene, probabilmente avrei un aspetto terribile comunque».

Nella grande cucina al piano inferiore trovò due sandwich al prosciutto avvolti nella carta oleata. C'era anche una bottiglia d'acqua minerale. Quando ebbe finito di mangiare, il sole era tramontato e lei era tornata nella stanza della sera prima, quella con il caminetto. Trovò dei legnetti per accendere il fuoco e alcuni piccoli ciocchi, e mentre fuori l'oscurità avvolgeva gli alberi, dentro la luce emanata dalle fiamme proiettava la sua ombra sulle pareti di legno.

Sedette sul pavimento di fronte al caminetto, felice di attendere il ritorno di Jonathan. Non sarebbe stato come gli altri uomini che non erano mai tornati né l'avevano richiamata nonostante le avessero promesso di farlo. Si fidava di Jonathan. Attese nella più ferma convinzione che sarebbe riapparso. Non dovette aspettare a lungo.

«Hai riposato bene?». Benché la voce provenisse dall'oscurità, non la fece trasalire. Si voltò lentamente, e vide che Jonathan era in piedi sull'uscio. Non appena fece per alzarsi, lui le si avvicinò prontamente con la mano sollevata. «No, ti prego, resta accanto al fuoco. Ti farò compagnia».

La raggiunse e si mise senza far rumore in ginocchio dietro di lei. Iniziò ancora una volta quel massaggio metodico sulle sue spalle, esattamente ciò che lei aspettava e voleva.

«Mi dispiace se sono crollata la notte scorsa», disse la donna mentre fissava il fuoco. «Erano quasi le cinque quando mi sono alzata».

«Hai avuto una nottata intensa. Ti senti meglio adesso?»

«Oh sì», rispose lei. «Ho dormito il sonno dei morti».

«Allora c'è da invidiarti», disse lui mentre le sue labbra cercavano il collo di Clementine.

«Sì, proprio così», rispose lei estasiata, abbandonandosi ancora una volta alle sue carezze. Mentre sentiva il suo respiro freddo e ancora una volta quella strana fitta sul collo, giurò a se stessa che non avrebbe dimenticato l'esperienza di quella sera come aveva fatto la notte precedente.

CAPITOLO 15

La segreteria telefonica di Helen Norwich scattò al terzo squillo. La voce sul nastro non si identificò, ma Nate riconobbe la personalità della Norwich persino in quel messaggio conciso e formale: «Salve, questa è una segreteria telefonica. Dopo il segnale acustico indicate ora e giorno della chiamata, e lasciate un messaggio con il vostro numero telefonico per essere richiamati. Grazie».

«Helen, sono Nathan Forester». Guardò rapidamente l'orologio mentre proseguiva. «Sono, ehm... le undici e trentacinque... sabato...».

Nate venne interrotto da un *beep* seguito subito dalla voce rammaricata di Helen. «Nathan, sono qui. Mi dispiace per la segreteria, ma filtro sempre le chiamate mentre correggo i compiti».

«Se è il momento sbagliato, Helen...».

«No, no», rispose lei prontamente. «Sto esaminando le ultime tesine mentre cerco di evitare i terroristi delle offerte promozionali. Non so come fanno, ma sembra che sappiano sempre qual è il momento peggiore per proporti un nuovo conto bancario. Sono felice che tu mi abbia chiamata. Com'è andata il tuo incontro con Lynus? Tipo originale, non trovi?»

«"Originale" è un eufemismo», rispose Nate. «Voglio dire che non è tanto bizzarro quanto... affascinante».

«Certe volte "bizzarro" gli si addice di più», aggiunse Helen ridendo. «Ma "affascinante" è sempre appropriato».

Nate ebbe un attimo di esitazione: era stato preso alla sprovvista da quanto gli aveva detto Helen, che era felice di sentirlo. «Helen, mi avevi esortato a chiamarti se avessi avuto altre domande...».

«Certo. Che cosa vuoi sapere?»

«Pensavo di cominciare con una domanda relativamente semplice. Mi rendo conto che probabilmente ti sto dando poco preavviso... ma mi stavo chiedendo se ti va di cenare insieme domani sera. Così... se non hai già altri programmi».

«Oh...», rispose manifestando un evidente disappunto. «Che peccato.

In realtà ho… un impegno. C'è una riunione a casa del capodipartimento domani sera». Poi, prima che lui potesse aggiungere altro, disse: «Ma visto che il poco preavviso non ti infastidisce, sono libera stasera. Così… se tu non hai programmi…».

«Nulla che non possa disdire», disse lui con sincerità.

«Ne sei sicuro Nate? Non volevo metterti in difficoltà».

«Sicuro. Mio fratello organizza un poker a casa sua praticamente una volta al mese. Non sentiranno la mia mancanza. Di solito sono il primo ad andarsene, comunque. E poi sono un pessimo giocatore».

«Aspetta, aspetta, dottore. Quando ci siamo incontrati nel mio ufficio ti ho detto che la tua reputazione era giunta persino nella nostra ala del campus. Mi stai dicendo che il tuo ben noto valore sul banco dei testimoni si ferma al tavolo da poker?»

«Questa è una esagerazione dei media bella e buona». Cercò di sembrare modesto. «E io continuo a perdere più di quello che vinco… a poker, non in tribunale. Posso passarti a prendere alle sette, allora?»

«È un appuntamento», riconobbe lei prima di fornirgli l'indirizzo di casa. «Non puoi sbagliare. Cerca la donna con la faccia da giocatrice di poker».

***

«Grazie», fu tutto ciò che disse Helen mentre si accomodava con disinvoltura sulla sedia che Nate aveva scostato per lei. Indossava un tailleur pantalone grigio, ma con la sua altezza e il suo portamento riusciva a sembrare vestita in maniera più formale di gran parte delle altre donne al ristorante.

Ordinarono da bere, e diedero una scorsa al menu. Quando Helen sorprese Nate a guardarla da sopra la lista sorrise, facendolo leggermente arrossire.

Lui posò il menu sul tavolo e disse: «Le indicazioni che mi hai dato erano sbagliate».

«Com'è possibile?». La donna alzò la testa, scettica.

«Se c'è una cosa che non hai, è proprio la faccia da giocatrice di poker».

Lei lo guardò di traverso e gli indicò il tavolo. «Leggi il menu e comportati bene». Sorridendo, tornò a dedicarsi allo studio delle pietanze.

«Questo locale è famoso per le sue cotolette di prima scelta», disse lui.

«Mmm», rifletté lei dietro la carta. «In realtà pensavo di prendere l'anatra arrosto. Non si trova dappertutto».

«Ottima idea», replicò lui, riponendo il menu con un gesto risoluto. «Pesce, pollame e carne di manzo mi hanno un po' stancato».

Lei mise da parte il proprio menu mentre venivano serviti i drink. «La tipica frase che ci si aspetta da un patologo». Helen assaggiò il suo Martini; lui, il suo Manhattan.

«Be', è vero Helen», disse lui posando il suo drink. «Pollo, sogliola, bistecca...», riprese agitando la mano. «L'anatra sarà una gradevole variante».

«Ma l'anatra *è* pollame», insistette lei, ancora sorridendo.

Nate riprese il suo drink. «Hai intenzione di battibeccare con me tutta la sera?»

«Prometto che lo farò solo quando commetterai un errore».

Nate fece un gesto in segno di resa. «Allora cercherò di essere perfetto».

Lei gli puntò contro l'indice. «Vedi di esserlo».

Sorrisero ed entrambi sorseggiarono i loro drink in silenzio, cercando di non guardarsi l'un l'altra in modo troppo evidente.

Lei mise giù il suo bicchiere. «L'altra sera con Lynus ho mangiato del pesce al Barclay. Hai ragione. L'anatra sarà una variante gradita».

Lui stava annuendo lentamente, guardando in basso e toccando distratto la tovaglia. «Io ho preso birra e hamburger da Chauncy».

«Tsk-tsk-tsk», fece lei scotendo la testa. «Oh povero, che disdetta».

Risero insieme e portarono alle labbra i loro drink proprio mentre la cameriera si avvicinava per prendere le ordinazioni. L'anatra venne giudicata – all'unanimità – superba. Era disossata e a tocchetti, coperta da una glassa marrone. La conversazione spaziò dall'eccessiva mole di lavoro causata dall'esplosione ai laboratori Fisk Research, a Steven Lynus, alle riunioni in facoltà.

«Non solo ci dobbiamo vedere ogni settimana», si lamentò Helen mentre si tamponava il mento con un tovagliolo. «Adesso abbiamo anche questi tête-à-tête a casa del capodipartimento ogni mese o giù di lì». Fece una smorfia di disapprovazione. «Ecco cosa c'è in programma domani sera».

«Parlerete dei finanziamenti?», domandò Nate.

Lei si strinse nelle spalle. «Non solo, anche se ci sarà di che lamentarsi per il bilancio, i programmi e cose simili. È tutta una questione politica. Sai come può diventare la vita di facoltà. Mettersi in mostra non è mai fuori moda se vuoi andare avanti nelle sante sale dell'accademia».

«Ma ormai hai una cattedra, Helen».

Lei stava bevendo un bicchiere d'acqua e deglutì in fretta per rispondere. «Vado perché sembrerebbe brutto non farlo. Credimi, non sarà affatto una serata divertente come questa con te o quella scorsa con Steven. Per quanto», disse, sul punto di bere un altro sorso d'acqua, «a volte Steven sa metterti davvero alle strette».

La singolare chiacchierata di due sere prima con Lynus non aveva mai abbandonato i pensieri di Nate e, nonostante Lynus gli avesse intimato di non parlare della loro conversazione, cedette alla tentazione di scoprire qualcosa in più riguardo a quell'enigma di ottant'anni. Nate cercò di far sembrare le sue parole del tutto disinteressate.

«In che modo Lynus ti sta mettendo alle strette?»

«Come ha sempre fatto, chiedendomi di lavorare insieme a lui in Medio Oriente».

«E da quanto tempo?»

«Da quanto lavora in Medio Oriente o da quanto vuole che lo raggiunga?».

Nate aggrottò le sopracciglia. «Entrambe le cose».

Helen trasse un profondo respiro, come se dovesse prepararsi a rispondere. «Insegna e scava in quell'area dagli anni Trenta. Ma sta cercando di reclutarmi da un po' meno tempo».

Nate si limitò a sorridere.

Lei abbassò lo sguardo perso tra i ricordi mentre proseguiva. «Dodici anni fa ho partecipato a un programma di scambio culturalc per laureati e ho seguito il suo corso all'Università Ebraica di Gerusalemme. Lì l'ebraico è la prima lingua, e a quel tempo lo conoscevo abbastanza bene».

«A quel tempo?»

«Oh, riesco ancora a cavarmela, ma quando non parli una lingua ogni giorno tendi a dimenticarla. Ma la recupererei abbastanza in fretta. Ad ogni modo, come ti dicevo ho frequentato il corso tenuto da Steven. Ho anche trascorso un po' di tempo su uno scavo nella Valle del Cedron, appena fuori da quello che era il primo muro di cinta della vecchia Gerusalemme. Per quanto Steven sia interessante come oratore, dovresti vederlo quando cola il lattice».

Nate sollevò le sopracciglia con aria interrogativa.

«Mi spiego meglio», rise Helen. «Per fare un calco si versa del lattice liquido nell'area che si vuole studiare. Il lattice s'indurisce, diventa gomma e preserva ogni dettaglio».

Nate comprese. «Non è molto diverso dalla procedura con cui la Scientifica prende l'impronta di un piede o di uno pneumatico», spiegò.

«Vedi», disse lei indicandolo. «Sei un archeologo nato».

Lui fece istintivamente dei calcoli a mente. Se si era laureata dodici anni prima, Helen doveva avere all'incirca trentacinque anni. Una donna di quell'età così attraente e affermata doveva avere degli scheletri nell'armadio – un marito, un figlio, un problema – se quella sera era lì a quel tavolo con lui. O almeno lui la vedeva così, ma per il momento la sua curiosità a tal proposito poteva aspettare. Prima di tutto doveva scoprire qualcosa di più su Lynus.

«Ad ogni modo», proseguì lei, «Steven mi chiese di prendere in seria considerazione l'idea di insegnare all'Università Ebraica. Disse che sarei diventata professore associato». Fece una risatina. «E mi sta ancora chiedendo di prendere seriamente in considerazione l'idea».

«Continua a chiedertelo?».

Lei stava annuendo, mentre guardava di nuovo in basso. «Ogni volta che lo vedo, e tutte le altre volte che mi scrive».

«E tu ci stai ancora pensando?».

Lei lo guardò. «C'è stato un tempo in cui ci ho riflettuto, ma le cose sono cambiate in fretta dopo che ho conseguito il dottorato. Sono entrata in contatto con uno dei miei professori della statale e sono entrata nella sua facoltà. Gerusalemme all'epoca era la cosa più lontana dalla mia mente, tanto geograficamente quanto emotivamente».

«E così il tuo professore ti ha convinta a unirti al suo staff e non a quello di Lynus».

«Al suo staff e alla sua famiglia».

«Alla sua famiglia?»

«Sì», disse lei, «l'ho sposato».

Dopo cena si ritirarono nel bar del ristorante e presero posto nell'angolo più remoto del bancone a forma di L. Mentre entrambi bevevano qualcosa di forte dopo cena, Nate seppe di più di quel "passato" che aveva solo immaginato. Helen era stata sposata con il capo del suo dipartimento per tre anni, difficili e senza figli. Quando era diventato chiaro a entrambi che né il matrimonio, né la loro collaborazione in facoltà avevano avuto successo, Helen rivolle il suo cognome e la sua indipendenza, e accettò un'offerta della Smithfield University. Da allora era rimasta lì.

«La Smithfield è più piccola e molto meno prestigiosa», ammise, «ma guadagna davvero molti punti per la tranquillità».

«E l'hai trovata qui?». Nate sorseggiò il suo superalcolico da un bicchiere tozzo e di vecchia foggia.

«La tranquillità?», chiese lei. «Oh, sì. Mi lasciano molta libertà qui. Ma», aggiunse in modo derisorio, cantilenante, «come Steven si affretta sempre a ricordarmi, non vi è posto migliore di Gerusalemme per la propria realizzazione personale». Sembrava persa nei suoi pensieri mentre portava distrattamente il drink alle labbra.

«Non sono mai stato in Medio Oriente», disse apertamente Nate.

Lei lo guardò. «La sua bellezza non è nel paesaggio, ma nella sua storia, nella gente, nelle fondamenta». Sollevò gli occhi, cercando le parole più appropriate. «È... come se si potesse dire, nel momento stesso in cui vi si mette piede, che per migliaia di anni quel posto non è cambiato. Come se... le impronte che vedi nella polvere appartenessero agli antichi, ai crociati, e a quelli che sono passati di lì solo un'ora prima di te. Non mi sono mai sentita in quel modo da nessun'altra parte».

Nate mise il gomito destro sul bancone e appoggiò il mento nel palmo della mano mentre si guardavano. «Non ti sei mai sentita a disagio mentre eri là?», chiese lui. «Non è propriamente il posto più sicuro del mondo».

«Preferirei passeggiare di notte per le strade di Gerusalemme piuttosto che in quelle di qualsiasi grande città americana. Di certo, Nate, considerando che tipo di lavoro fai, è difficile che tu sia in grado di addurre un argomento convincente che sostenga il contrario».

«No», ammise lui mentre tornava a guardare davanti a sé. «Non posso ribattere né per un verso né per l'altro non essendo mai stato là». Volse la testa verso di lei. «Stai dicendo che si scrivono un sacco di sciocchezze su quei luoghi?»

«Sto dicendo che ogni anno in questo Paese vengono commessi ventimila omicidi. Tutto sommato, mi sentirei più sicura a fare una passeggiata al Muro del Pianto piuttosto che a Broadway o a Bourbon Street».

«Allora cosa ti impedisce di accettare l'offerta di Lynus?».

Lei agitò gli ultimi pezzi di ghiaccio rimasti nel suo bicchiere. «All'inizio era Harry. Poi c'è stato il divorzio, la confusione, la Smithfield, la cattedra». Si strinse nelle spalle. «Gli anni passano e, prima che tu te ne renda conto, sei contenta perché i tuoi miseri sforzi vengono rispettati dai tuoi colleghi. Cambiare diventa un po' più difficile».

Lui vuotò il suo bicchiere. «Allora non andrai a farti una passeggiata lungo il Muro del Pianto?»

«Non direi questo», rispose lei sulla difensiva. «Essere soddisfatti non significa che io non desideri qualcosa di più rischioso o di più appagante». Come se quella conversazione fosse sul punto di diventare un po' troppo scomoda aggiunse: «E tu? Da quanto tempo lavori con il medico legale?»

«Ormai sono più di dieci anni». Prese in mano il bicchiere vuoto. «Un altro?»

«Non devo guidare...», disse lei. Nate fece un cenno al barista.

«Il tuo lavoro ti sta assorbendo al punto da farti rimanere là per altri dieci?», chiese lei.

«Oh, mi tiene abbastanza occupato», le assicurò Nate. «Ma ci sono alcuni posti che vorrei vedere. Ho viaggiato un po' quando ero nell'aeronautica, ma quando sei in servizio non sembra quasi mai un viaggio. Che senso ha?»

Furono serviti loro altri due drink. Helen allungò il bicchiere verso di lui mentre rispondeva. «Non è necessario che tutto ciò che facciamo abbia un senso. È necessario che ci renda felici».

Nate fece tintinnare il suo bicchiere contro quello di Helen. «Hai ragione. È stata una settimana molto lunga. E tu domani sera hai una riunione».

«Agh», grugnì lei. Poi, sorseggiando lo stinger aggiunse: «Non me lo ricordare».

Anche se si sforzava di lamentarsi, il blu intenso nei suoi occhi scintillava, e Nate decise che gli sarebbe piaciuto molto sapere qualcosa di più della dottoressa Helen Norwich. Forse lungo la strada avrebbe avuto qualche altra informazione anche su quell'enigmatico professor Lynus. Ma in quel momento Helen sembrava un oggetto di studio molto più interessante.

CAPITOLO 16

La folla del sabato sera all'Inferno era, come sempre, nutrita. Tre diversi gruppi rock erano stati ingaggiati per il fine settimana. Trascorsa la mezzanotte, sul palco c'erano i Bikers, che vomitavano le loro melodie a tutto volume mentre la moltitudine entusiasta si dimenava e turbinava sulla pista. Mentre il complesso in giacche di pelle stava terminando il penultimo pezzo della serata, una delle coppie in pista – una piccola brunetta attraente sui vent'anni e un uomo dai capelli biondi molto più vecchio di lei – cominciarono a farsi strada tra la folla per raggiungere il loro tavolo in fondo a quel locale poco illuminato.

Una nebbiolina perenne aleggiava sul palco, sulla pista e sui divanetti; un miscuglio di fumo artificiale e fumo esalato. L'aroma forte e inconfondibile della marijuana riempiva il locale.

I Bikers avevano lasciato il palco e l'impianto acustico cominciò a pulsare al ritmo di un cd avviato in fretta. La coppia raggiunse un grosso tavolo rotondo per otto e si abbandonò sulle poltrone. Al tavolo c'erano già tre uomini e due donne. Avevano tutti la stessa età, forse erano una decina d'anni più giovani dell'uomo biondo. La ragazza che era tornata insieme a lui prese immediatamente dal tavolo un tovagliolino umido.

«Wow», esclamò sovrastando il baccano mentre si asciugava la fronte sudata, «non riesco a stargli appresso», disse indicando il suo compagno di ballo mentre si passava il fazzoletto dietro al collo e sulla scollatura. «Tanto bravo a ballare quanto carino».

Il suo compagno sorrise tranquillamente. «È solo che ballo da più tempo di te, mia cara». Non strillò come aveva fatto lei, ma le sue parole erano comunque chiare. «Presto mi farai mangiare la polvere, ne sono certo». La sua carnagione chiara non mostrava il minimo segno di sudore, né i suoi spessi capelli biondi avevano perso la piega ordinata.

La ragazza smise di asciugarsi e si fece più vicina a lui. «Forse ho bisogno di qualche lezione privata, eh?», gli gridò nell'orecchio.

«Si può fare», disse l'uomo con un'affabilità che non pareva per niente artificiosa.

«Già», gridò una rossa chiaramente ubriaca dall'altra parte del tavolo rotondo, «e che ne pensi di organizzare anche questa, carino?». Entrambe le mani erano nascoste sotto il tavolo, ma la natura della sua offerta risultò chiara al gruppo, che rise forzatamente. Poi si voltò verso una ragazza che sedeva con la schiena appoggiata al muro, nel punto più lontano dalla pista. «A te non dispiace, vero tesoro?».

La ragazza alta e magra scosse la testa indifferente. «Siamo amici. Ogni tanto usciamo insieme. Quello che fa e con chi lo fa non mi riguarda».

«Be', ottimo», biascicò l'altra, «perché Shari sta diventando stramaledettamente sfrontata». Con un cenno del capo indicò la brunetta, poi riprese il suo drink dal tavolo.

Gli altri tre uomini bevvero dalle loro bottiglie di birra mentre si passavano una lunga sigaretta appena rollata. Il frastuono della musica quasi impediva ogni conversazione, ma loro sembravano più preoccupati dalla droga che condividevano che da quanto gli accadeva intorno. Quando la canna raggiunse il ragazzo seduto accanto alla rossa, lei si protese violentemente per afferrarla e giela prese dalle dita.

«Ehi, fammi fare un tiro», disse con fare pretenzioso.

«Non fare la stronza, Carol», scattò l'uomo. «È l'ultimo spinello che abbiamo finché non agganciamo Randy».

Lei fece un tiro profondo e trattenne il fiato mentre le guance si gonfiavano. L'uomo riprese la canna e fece lo stesso. La ragazza aspirò a fatica, trasse un respiro e tornò a volgersi verso di lui. «Sei proprio un gentiluomo del cazzo, Kenny».

Il ragazzo passò la sigaretta ai suoi compagni prima di rispondere: «Carol lo sai che questa roba non la regalano. Non mi sembra che tu abbia contribuito, ultimamente».

«Ehi bello», puntò la fronte verso di lui mentre parlava, «io pago in natura». Poi, appoggiandosi allo schienale con un movimento sinuoso, aggiunse: «quando ne ho voglia».

Lui aggrottò le sopracciglia e disse con sarcasmo: «Davvero una cosa scioccante».

Prima che la rossa potesse amplificare quel battibecco, l'uomo dai capelli biondi s'intromise rapidamente dall'altra parte del tavolo. «Direi che la roba che avete qui è della più comune qualità messicana. Nella mia cerchia è a malapena accettata».

I tre ragazzi gli lanciarono un'occhiata. «La tua dannata cerchia?», Kenny disse infine: «E tu chi diavolo saresti, il re?».

L'uomo dai capelli biondi ignorò l'offesa e divenne più sostenuto nel proseguire la conversazione. «La mia riserva personale proviene dall'Asia. Certo, è più costosa della marijuana dell'America Centrale e del Sud America, ma posso permettermela, e ritengo che la spesa extra sia ampiamente ripagata». Aprì le braccia con un gesto che era una proposta. «Perché non venite a casa mia e giudicate voi stessi? Non vi costerà niente se non il vostro tempo».

I tre ragazzi si guardarono tra loro, poi Kenny si voltò, facendo cenno al biondo e dicendogli: «Ci sto, amico».

«Eccellente», rispose l'uomo dai capelli biondi, alzandosi in piedi. «Allora filiamocela».

Anche la ragazza alta all'angolo si alzò silenziosamente in piedi, e lo stesso fecero Kenny e la brunetta.

Kenny abbassò lo sguardo verso i suoi due compagni ancora seduti. «Ragazzi, voi non venite?».

Uno dei due gli fece cenno affinché si piegasse ad altezza orecchio. «Kenny, abbiamo già pagato Randy. Ha detto che sarebbe venuto intorno alle due».

Kenny si girò verso la ragazza accanto a lui. «E tu Carol, vieni o no?».

Lei lo guardò con gli occhi annebbiati. «Sarò pure fatta, faccia di rospo», rispose con aria boriosa, «ma non sono mica scema. Questi due li abbiamo appena conosciuti». Indicò il biondo e la ragazza alta che erano in piedi uno di fianco all'altra rivolti verso la pista da ballo, apparentemente in attesa che il gruppo si decidesse.

La brunetta aveva fatto il giro giungendo dalla parte del tavolo di Carol. «Andiamo, Carol», la pregò, «non vuoi provare qualcosa di nuovo una volta ogni tanto? Quel tipo è fico. Forse è uno raffinato. Ci sa fare. Andiamo, sarà una ficata».

Carol alzò lo sguardo verso di lei dondolandosi sulla poltrona. «Shari, l'ho già detto, forse sto fuori, ma non sono una stupida. I tipi di bell'aspetto con abiti ricercati non spuntano fuori dal nulla invitandoti ad assaggiare dell'erba costosa che arriva dalla Cina o da chissà dove». Poi indicò malferma la ragazza alta. «E cosa diavolo ci fa con quella pennellona? Se n'è rimasta seduta là per ore senza dire una fottuta parola».

«Jonny ha detto che sono solo compagni di viaggio», rispose Shari.

«Chi?», disse Kenny.

«Jonny», replicò lei. «Mi ha detto di chiamarsi Jonathan, come John ma senza la H».

«Oh, ma per favore!», disse Carol, fissando la schiena della ragazza alta e dell'uomo biondo, «Jonathan senza la H. Che cosa falsa».

«Be'», disse Shari mentre cominciava ad allontanarsi, «io non so se è falso oppure no, ma scommetto che sarà mio prima che sia trascorsa la notte».

Kenny scostò la poltroncina e cominciò a seguirla. «Quando ci rivediamo qui, domani sera, vi dico se questa erbaccia asiatica è buona».

Mentre i quattro sparivano nella folla, Carol si allungò verso i due rimasti con lei, che avevano ripreso a passarsi lo spinello.

«Ehi», chiese con il braccio disteso, «fammi fare un tiro».

***

Mentre la Volkswagen si fermava, i suoi fari brillavano contro la grande porta d'ingresso e il muro sgretolato della vecchia abitazione.

«Spettrale, amico», fu tutto ciò che Kenny disse dal sedile posteriore. Shari, seduta accanto a lui, si sentì in obbligo di criticarlo. «Non hai proprio stile, Kenny. Questi posti hanno davvero carattere». Poi, allungandosi verso i sedili anteriori: «Vivi qui da molto, Jonny?».

Lui girò la testa verso la conducente, mentre rispondeva. «Appartiene alla mia famiglia da generazioni». Poi aprì lo sportello, scivolando fuori con grazia e spostò in avanti il sedile anteriore in modo che Shari potesse uscire. La ragazza alta fece lo stesso con Kenny, e si protese nell'abitacolo per spegnere i fari.

«Wow», esclamò Shari mentre venivano sommersi dall'oscurità. «Qualcuno ha una torcia? Non vedo un accidente».

Fu la ragazza alta a rispondere, alla fine: per la prima volta, da quando aveva lasciato il locale. «Jonathan conosce la strada. Ci farà luce lui».

Dopo qualche istante Jonathan apparve sull'uscio aperto, tenendo in mano una grande candela. «Prego, entrate nella mia casa».

Shari entrò per prima. «Grazie mille, Jonny», disse con fare fin troppo cerimonioso. Kenny la seguì, e di nuovo tutto quello che riuscì a dire mentre varcava la soglia fu: «Spettrale, amico». Jonathan attese che la ragazza alta entrasse, quindi chiuse la porta, e chiese loro di seguirlo lungo il corridoio finché non entrarono in una grande stanza con un soffitto alto e un grande scrittoio appoggiato contro il muro più distante.

«Che ne dici di accendere qualche luce, amico?»

«Kenny», lo riprese Shari, «non apprezzi questa atmosfera?»

«Lasciate che accenda il fuoco». Jonathan si mosse verso il muro alla loro destra. La fiamma tremolante della candela che aveva in mano era nascosta dal suo corpo e delineava in controluce la sua silhouette che si spostava senz'alcuna esitazione nella stanza buia. Si piegò nell'ombra e accostò la fiamma della candela a dei pezzetti di legna secca, e una vampata proruppe verso l'alto nel caminetto. La stanza si rischiarò man mano che il fuoco cresceva, e i due ospiti videro quello che li circondava.

«Che posto ordinato», osservò Shari mentre i suoi occhi seguivano le tende dal pavimento al soffitto. «E riservato».

«Molto», disse Jonathan mentre sistemava la candela sullo scrittoio. «Adesso credo siate ansiosi di assaggiare la mia squisita riserva di cannabis asiatica».

«Di cosa?»

«Di marijuana, cretina», disse Kenny girandosi verso Shari.

«Clementine», suggerì Jonathan, «ti dispiace alimentare un po' quel fuoco? Ci servirà solo un minuto». Poi, prendendo la mano di Shari aggiunse: «Vieni con me, Shari?»

«Oh, certo», disse lei mentre si lasciava condurre via. «Non prendi la candela?»

«Non ci servirà. Conosco la strada», disse lui mentre i due s'insinuavano nell'oscurità.

Clementine si inginocchiò per smuovere i ciocchi ardenti con l'attizzatoio. Kenny si mise in piedi accanto a lei.

«E così... voi due state qui?».

Lei non distolse lo sguardo dalle fiamme mentre rispondeva: «Jonathan vive qui da anni. Io resterò solo per un po'».

Le fiamme crebbero man mano che l'aria passava tra le fiamme. Kenny si girò indietro e ispezionò la stanza, vedendo la propria ombra che si allungava sul muro opposto. «Be'», ammise, «penso sia ok per quanto riguarda la privacy, ma a me piacerebbe un posto un po' più animato». Abbassò lo sguardo verso Clementine che continuava a muovere silenziosamente i ciocchi. «Sai, magari della luce, anche indiretta».

«A Jonathan non serve molta luce», fu tutto quello che disse la ragazza mentre continuava ad alimentare la fiamma.

Gli occhi di Shari si stavano abituando all'oscurità mentre Jonathan la guidava lungo il corridoio. Quando arrivarono alla cucina, Jonathan aprì un cassetto e accese un'altra candela.

«Ah, ecco fatto», disse con aria soddisfatta. «Così va meglio, mia cara?»

«Perfetto, Jonny. Wow», disse mentre si guardava intorno, «questa è più grande dell'altra stanza».

Jonathan stava prendendo delle sigarette rollate con cura da un pacchetto morbido appoggiato sul bancone di legno. «Le case grandi garantiscono un migliore stile di vita, Shari». Le porse una sigaretta. «Consentono lo sviluppo di una comunità in cui tutti possono diventare parte significativa del tutto». Accese un lungo fiammifero di legno e lo tenne sollevato.

Mentre lei inspirava il fumo, lo guardò in quegli occhi celesti, che riflettevano la fiamma nei suoi. Aspirò a fondo e disse: «Mmm, è buona, Jonny». Fece immediatamente un altro tiro.

Nel frattempo lui si spostò alle sue spalle e cominciò delicatamente a massaggiarla. «Ti avevo promesso delle prelibatezze, non è così mia cara?».

Lei stava nuovamente aspirando una boccata di fumo mentre il freddo respiro di lui le solleticava l'orecchio. Avrebbe voluto rispondere, ma quando aprì la bocca non riuscì a parlare, poté solo emettere un breve grido improvviso appena avvertì un morso sotto il mento. Non sapeva se la sigaretta fosse caduta a terra. Sapeva solo che il suo corpo era molle e nelle orecchie le pulsava un battito ritmico. Niente a che vedere con il ritmo assordante e duro al quale lei e Jonathan avevano ballato poco prima nel locale. Questo era quasi simile alla corrente di un ruscello che percorreva veloce ogni molecola del suo corpo.

Nell'altra stanza, le risposte concise di Clementine cominciavano a spazientire Kenny. Camminava avanti e indietro alle sue spalle, mentre lei continuava ad alimentare le fiamme senza mai distogliere lo sguardo dal caminetto.

«Che diavolo sta facendo di là, è andato a raccoglierla quest'erba?». Si fermò proprio dietro Clementine, alla sua destra, e le chiese: «Ehi, quel tipo non mi avrà mica preso per il culo, vero?».

Per la prima volta lei girò la testa per guardarlo. «Jonathan non ha bisogno di mentire», disse seria. «Se non volevi quello che ha da offrirti, te ne potevi restare là insieme agli altri».

«Be', è solo che...».

«Scusate se ci abbiamo messo tanto». Kenny girò bruscamente la testa nella direzione da cui proveniva la voce di Jonathan, poi lo vide apparire dall'oscurità. «Shari sarà da noi tra un istante. È nella stanza da bagno». Offrì una sigaretta a Kenny. «Lei ha già fumato la sua. Sono convinto che te la godrai allo stesso modo».

Kenny prese la sigaretta. Tenendola davanti al viso, la ispezionò alla luce del camino. «Rollata ben stretta», rifletté, facendola girare tra pollice e indice. La portò alle labbra e in quello stesso istante vide apparire la mano di Jonathan che stringeva un fiammifero acceso. Aspirò profondamente, lasciando che il fumo gli riempisse le guance e scendesse giù in gola fino ai polmoni. Clementine era sempre inginocchiata tra lui e il fuoco, ma si era girata a guardarlo. Adesso Jonathan era dietro di lui.

«Ohh», disse Kenny, «questa *sì* che è roba buona», e fece un altro tiro profondo.

Clementine lo guardò fumare seduta sui calcagni. Da dietro, Jonathan lo afferrò delicatamente per le spalle e si tese verso il suo orecchio. «Te l'avevo detto che era il massimo, amico mio. Spero ti piaccia. Ne ho una bella scorta».

Kenny continuò ad aspirare profondamente, cercando di intrappolare nel suo corpo più fumo possibile. Un senso di ebbrezza cominciò a turbinare nella sua testa, e si sentì come se potesse fluttuare sul pavimento. La leggerezza del suo corpo lo sorprese, e ben presto si convinse che i suoi piedi avevano perso il contatto con la terra. L'unica sensazione che avvertiva era un dolore acuto a destra del pomo d'Adamo. Poi il fumo rifluì liberamente dentro i suoi polmoni e di nuovo fuori, dentro e fuori, come un battito costante. Riusciva a sentire il fumo circolare nel suo corpo e di nuovo nella gola, e avrebbe giurato che uscisse non solo dalle narici o dalla bocca, ma anche da un'apertura sul collo.

Clementine vide che gli occhi del ragazzo diventavano vitrei mentre teneva la sigaretta sospesa davanti alle labbra e lentamente la abbassava lungo il fianco. Clementine si allungò verso di lui, prese la sigaretta dalla sua mano inerte e la gettò nel camino.

Jonathan teneva Kenny per le spalle, e lo stringeva con tanta forza che i suoi piedi erano a quindici centimetri da terra. Il volto di Jonathan affondava nel suo collo, e gli unici suoni che si udivano nella stanza erano lo sporadico crepitio del fuoco e la cadenza costante di un deglutire.

Clementine si drizzò sulle ginocchia mentre guardava Jonathan orchestrare quell'osceno abbraccio. Osservò piena di eccitazione, sfregandosi delicatamente i palmi delle mani su e giù sulle cosce mentre lo incoraggiava a continuare.

«Ahh, sì», sibilò lei digrignando i denti, «prosciugalo, Signore, prosciugalo. Succhiagli via la vita».

I respiri di lei si facevano uno dopo l'altro sempre più pesanti e udibili. «Ohh sì... prendi ogni goccia, Signore... fino... all'ultima... goccia». Tese il collo per guardare più da vicino quella scena, ma rimase in ginocchio.

La testa di Jonathan si sollevò dall'incavo del collo di Kenny. Guardò Clementine e sorrise. Lei riusciva a vedere la luce del fuoco scintillare sui suoi denti. Jonathan continuava a tenere Kenny per le spalle, poi, con semplicità, spostò quella sagoma ciondolante alla sua sinistra, aprì le mani e il giovane cadde a terra privo di sensi.

Clementine fissò bramosa il volto di Jonathan. Adesso gli occhi di lui erano venati di rosso e le sue labbra erano scarlatte.

«Signore», supplicò ansiosa, «adesso è il mio turno?».

L'espressione di lui si fece più dura.

«Clementine...». La sua voce era profonda e austera. «La notte scorsa sei stata messa a parte del tuo rango elevato».

Lei abbassò il capo. «Sì, Signore». La sua voce non era che un sussurro.

«Un simile status», proseguì lui, «non è privo di sacrifici, e la tua decisione è irrevocabile». Si avvicinò a lei, cingendole la testa con le mani e volgendole il viso verso il suo. Con voce addolcita aggiunse: «Sei una novizia, e simili tentazioni capitano in questi momenti. Ma io devo avvertirti qui e adesso: continuare a ignorare la tua dichiarazione di lealtà comporterà una punizione tanto rapida quanto spietata. Spero non sia più necessario parlartene. Ricorda, Clementine», le liberò il capo, indicando il corpo sul pavimento, «questi... sono solo i nostri figli. Sei tu prescelta. La tua devozione non deve venire meno. Ti sarà detto quando sarà il tuo momento. Ma per adesso obbedisci».

Gli occhi di lei si erano spalancati e replicò: «Il tuo volere, non il mio».

«Bene», disse lui incamminandosi verso il caminetto. «Puoi alzarti, Clementine». Lei si tirò su davanti a lui, con le mani lungo i fianchi. Jonathan fissava il fuoco mentre parlava. «La notte avanza. L'alba si fa pericolosamente vicina. Troverai la ragazza sul bancone nella cucina». Guardò Clementine e sorrise in modo malizioso. «Temo di essermi lasciato un po' andare con lei». Volgendosi nuovamente verso il fuoco proseguì con tono professionale. «Fortunatamente ho riacquistato il mio sangue freddo prima di perdere il controllo». Poi, quasi rivolto a se stesso: «Non come gli altri due sacrifici di questa settimana».

Jonathan si girò bruscamente verso di lei. «Come stavo dicendo, si fa tardi. Portali nel parco. Assicurati che abbiano addosso una quantità notevole di marijuana. Si risveglieranno stanchi, confusi. Penseranno che si sono divertiti da matti, ma ricorderanno ben poco». Si incamminò verso la porta e scomparve nell'oscurità. Non si udì rumore di passi, solo la sua voce immateriale. «Devo riposare. E tu hai del lavoro da sbrigare».

CAPITOLO 17

«Quando?», chiese al telefono, con il ricevitore ben saldo nella mano destra. Era in piedi accanto al bancone della cucina, la pagina sportiva domenicale gli penzolava dalla mano sinistra.

«Il prima possibile», disse la voce dall'altra parte.

Lui lanciò un'occhiata all'orologio digitale del microonde. «Adesso sono le dieci e tre quarti. Va bene a mezzogiorno?». Indossava una t-shirt, jeans e pantofole di pelle marrone. Sul tavolo c'era una tazza di caffè mezza piena.

«Sarebbe perfetto».

Appoggiò il giornale sul bancone e prese la tazza. «Dove vuoi che c'incontriamo?». Sorseggiò il suo caffè ormai tiepido.

«Ovviamente la privacy è fondamentale. Possiamo parlare a casa tua?».

Lui fece un'espressione indifferente al telefono. «Per me va bene. Sono già qui. Non avrai problemi a venire?»

«Conosco la strada. Ci vediamo a mezzogiorno in punto». *Click*.

Nate riagganciò il telefono alla sua base attaccata alla parete, recuperò il giornale e tornò al tavolo della cucina, dove c'era un bagel mangiucchiato con sopra una generosa quantità di formaggio cremoso. Posò la tazza e diede un morso al bagel. Mentre masticava, ripiegò il giornale e lo appoggiò sopra il tavolo.

Prima che squillasse il telefono stava leggendo distrattamente la pagina sportiva, ma i suoi pensieri erano rivolti a Helen Norwich. La notte precedente avevano lasciato il ristorante e vagato per la città finché non erano approdati in un locale specializzato in musica jazz dal vivo. Non che fosse un grande amante del jazz, ma l'atmosfera era rilassante, la musica sorprendentemente piacevole e la compagnia gradita a entrambi. L'aveva lasciata poco dopo la mezzanotte, con la promessa di richiamarla durante la settimana. Sulla porta, era stata lei a dargli il bacio della buonanotte. Non era stato un bacio appassionato, ma neanche quello che ci si aspetterebbe da una sorella. Ed era stato abbastanza seducente da monopolizzare i suoi pensieri anche a undici ore di distanza.

Guardò nuovamente il forno a microonde. Aveva poco più di un'ora per prepararsi, prima che Steven Lynus arrivasse. L'ultima volta che si erano visti, Lynus si era raccomandato di mantenere segreta la loro conversazione: non che vi fossero molte possibilità che Nate riferisse ciò di cui avevano parlato nel suo salotto quella notte tra giovedì e venerdì. Dopotutto, aveva una reputazione da difendere.

Mentre faceva la doccia cercò di ricordare le parole esatte con cui Lynus si era congedato. «Dobbiamo parlare di nuovo, Nathan, e presto. Molto presto. Ma solo se sei d'accordo. In caso contrario avvertimi e ti dirò addio».

Nate naturalmente era d'accordo. E Lynus l'aveva previsto, di questo Nate era certo. Ciò di cui non era certo era quanto sul serio avrebbe dovuto prendere Lynus. Quel poco che aveva scoperto sul suo conto parlando con Helen la sera prima, indicava che Lynus non era un uomo avventato. Né era uno che si arrendeva facilmente, a giudicare dalla costanza con cui, per dodici anni consecutivi, aveva tentato di convincerla ad andare in Medio Oriente.

Il microonde di Nate segnava le 11:58 quando sentì il campanello della porta. Nate invitò Lynus a trovare riparo da quella fredda e grigia domenica entrando in casa. «Grazie», mormorò l'archeologo mentre porgeva a Nate il cappotto e i guanti. Sembrò teso e a disagio mentre rifiutava il caffè che gli era stato offerto, e si limitò a seguire Nate nell'ampio salotto illuminato unicamente dal fuoco e dalla luce tetra che proveniva dalle due finestre.

«Ho molte cose da dirti», fu tutto ciò che disse mentre sedeva all'estremità del canapè e guardava pensieroso il gas che ardeva delicatamente nel caminetto. Nate sedette dalla parte opposta del divano senza dire parola, appoggiò il braccio sullo schienale e si girò verso Lynus. Vi fu un istante di silenzio quando Lynus si piegò in avanti, con i gomiti sulle ginocchia e le mani giunte. Girò la testa verso Nate e disse: «Hai riflettuto a fondo sulla nostra precedente conversazione, Nathan?»

«Ritengo sia una domanda retorica, Steven. Sarebbe stato difficile, per non dire impossibile, pensare a qualcos'altro». Si toccò distrattamente il lobo dell'orecchio. «È stata… diversa da qualsiasi altra conversazione abbia mai avuto».

Lynus si appoggiò allo schienale e parve rilassarsi. «Sì, sono sicuro che è così. Ma credo tu sia abbastanza aperto di mente per valutarla nel modo più appropriato».

«Steven», confessò Nate, «non sono certo di sapere esattamente come debba essere valutata».

«Molto seriamente, te lo assicuro».

Nate si alzò e coprì la breve distanza che lo separava dal caminetto. Si girò per guardare il suo ospite, e lo fece nello stesso modo in cui innumerevoli avvocati della difesa avevano guardato lui, nel corso degli anni, mentre si trovava sul banco dei testimoni. «Mi hai detto che Nick Costello è stato ucciso da un vampiro, che si è trattato di un errore da parte del vampiro perchè lui – il vampiro – è diventato vorace e ha succhiato troppo sangue alla sua vittima».

Lynus annuiva lentamente mentre Nate continuava senza interrompersi.

«Che il vampiro era là quando è arrivata la polizia, e si è nascosto, probabilmente mescolandosi con l'ambiente circostante in un punto al di sopra della visuale dell'agente. Che se n'è andato dal luogo del delitto mentre la polizia stava esaminando il cadavere e che è letteralmente fluttuato via dalla zona».

«Così lasciano pensare le prove», disse Lynus.

Nate tornò al canapè reclamando il suo posto. «E quella notte all'obitorio. A creare il tumulto che ha avuto luogo nella zona di passaggio è stato il diavolo, che ha abbandonato il corpo senza vita di Nick non appena l'hai toccato con il crocifisso». Nate fissò il pavimento mentre le ultime parole scemavano.

«L'Anticristo, non il diavolo», disse Lynus autorevolmente.

«Scusa l'imprecisione», aggiunse Nate con una punta di sarcasmo. «L'altra notte c'era così tanto da assimilare, ma mi hai lasciato in sospeso. Non mi hai mai detto con chiarezza perché confidavi in me».

Lynus gesticolò inquieto. «Sii paziente, ti prego. Come ho cercato di spiegarti, è probabile che il nostro signor Costello dovesse diventare un *amicus mali*: letteralmente un "amico del male". I vampiri hanno bisogno di assistenti umani in vita per eseguire compiti ordinari che per loro sono impossibili o rischiosi. Sono creature estremamente caute, Nathan, credimi».

Nathan non era in grado di distogliere lo sguardo dai tratti ardenti di Lynus.

«A questo scopo», riprese Lynus, «le vittime sono tenute *in articulo mortis* – "nella morsa della morte" – poi viene loro concesso di riprendersi. Se il vampiro oltrepassa quel limite, la vittima è spacciata. La quantità di sangue persa da Nick Costello l'ha portato ben oltre quel limite. Come ti ho detto, si è trattato di un errore».

Lynus cominciò a caricare la pipa da un astuccio di pelle nera. «Quando un soggetto consenziente si "fonde" tre o quattro volte con un vampiro, rimane incatenato a lui a vita come *amicus*. A volte può accadere dopo la seconda fusione, se la vittima è particolarmente ben disposta».

Nate fissava Lynus con le labbra leggermente dischiuse, mentre lo ascoltava.

«Devi sapere», continuò Lynus, «che quando un *revenant* si nutre, lo fa per quattro ragioni. Innanzitutto per alimentarsi, proprio come qualsiasi altra creatura. In queste circostanze preleva una modesta quantità di sangue, poco più di quello che viene dato da un donatore di sangue. Questa operazione lascia la vittima debole, incosciente e dolorante, ma ciononostante illesa».

Nate si spostò per poter guardare meglio Lynus. «C'è un termine che non mi è familiare: *revenant*. Non l'hai usato l'altra notte. O almeno, se l'hai fatto, non me ne ricordo».

Lynus si tolse la pipa di bocca e si servì del suo cannello per gesticolare. «È uno dei termini con cui si indica un vampiro. Tecnicamente un *revenant* ritorna dalla tomba senza essere né vivo né morto». Fece una pausa per accendere la pipa prima di continuare. «Veniamo alla seconda ragione. Quando il vampiro ha bisogno di un *amicus*, si fonde solo con una vittima prescelta. Non si tratta semplicemente di un pasto rudimentale. Dopo aver costretto *in articulo mortis* il suo potenziale *amicus*, il vampiro introduce una piccola quantità del suo sangue nel corpo della vittima. Perché questo processo sia possibile la vittima deve acconsentire di sua spontanea volontà». Tirò diverse volte dalla pipa. «Il consenso è essenziale. Contrariamente a quanto viene mostrato sul grande schermo, i vampiri hanno bisogno di soggetti consenzienti».

Nate rimase seduto all'altra estremità del canapè, immobile, mentre domandava: «Come fa la vittima a prendere il sangue del vampiro? Sempre attraverso il collo?».

Con la pipa in bocca, Lynus guardò Nate di traverso e disse: «Raramente».

«E allora come? Che cosa fa, gli taglia i polsi?». A stento Nate riusciva a non mostrarsi cinico.

Lynus aspirò dalla pipa, l'allontanò dalla bocca, e sbuffò nella stanza un fumo aromatico. «Senza entrare in dettagli scabrosi, Nathan, ci sono appendici del corpo, maschile e femminile, dalle quali il sangue può sgorgare facilmente».

Si piegò leggermente in avanti e proseguì. «Questo scambio di sangue reciproco, praticato per alcune notti, dà vita all'*amicus*. Il vampiro ha finalmente il suo schiavo. Ma», e qui alzò la voce per dare maggiore enfasi alle sue parole, «l'*amicus* non può ricevere o dare di nuovo il suo sangue finché il suo Signore non acconsente, e questo solitamente accade dopo un lungo periodo di servizio. Ricorda, l'*amicus* deve restare il più normale possibile per eseguire semplici mansioni durante il giorno».

Lynus si appoggiò di nuovo allo schienale, tenendo sollevate tre dita mentre guardava Nate. «Ora, il terzo motivo per cui un vampiro si nutre è per generare un altro vampiro. Questo processo viene operato di solito, anche se non sempre, su un *amicus*. Il vampiro si nutre di vittime casuali, e di notte lui e il suo *amicus* si scambiano il sangue per un periodo di settimane o anche mesi. La durata in gran parte dipende da quanto è rapida la crescita dei canini». Si strinse nelle spalle con un sorriso affettato. «I denti di alcune creature crescono più in fretta di quelli di altre.

Al momento opportuno, l'*amicus* deve cercare e adescare la sua vittima. Una volta compiuto in modo soddisfacente il compito un adeguato numero di volte, varca quella soglia metafisica e diventa un *hostis humani generis*, un "nemico del genere umano"».

Nathan mostrava un interesse crescente. «Hai detto che un... *amicus* deve portare a termine il suo compito in modo soddisfacente. Per la soddisfazione di chi?».

Lynus sorrise. «Del *Primum Malum*».

Nate scosse la testa. «Vediamo, penso di arrivarci. Sto cominciando a comprendere il significato elementare del latino. Sarebbe...». Guardò verso l'alto, da una parte: «Il male primario o massimo?».

Lynus aveva la pipa in bocca, la stringeva per la testa. Annuì e disse: «Ci sei andato abbastanza vicino. La definizione accettata è "Primo Male"».

«E sarebbe...?», pregò Nate.

Lynus si tolse la pipa di bocca e disse in modo oscuro: «Ciò cui stavamo dando la caccia giovedì notte all'obitorio».

Nate espirò a fatica e si appoggiò contro lo schienale del divano, guardando un punto indefinito sul muro opposto, apparentemente perso nei suoi pensieri. Lynus aspirò in silenzio dalla sua pipa, dando tempo al giovane dottore di digerire quello che aveva appena appreso.

«Steven», disse infine Nathan mentre abbassava lo sguardo per incontrare quello del suo ospite. «Qual è il quarto motivo?»

«Il quarto motivo?». Lynus aggrottò le sopracciglia.

«Sì. Hai detto che ci sono quattro motivi per cui un vampiro si nutre di sangue».

«Oh, sì». Lynus piegò la testa all'indietro poi si protese in avanti per parlare, quasi sussurrando. «È il motivo per cui persistono e la ragione per la quale noi esistiamo».

«Noi? Noi chi?»

«Noi, Nathan, i custodes, "i guardiani"».

«Guardiani di chi?».

Lynus si allungò sul bracciolo e depose la pipa nel posacenere sul tavolo accanto al divano.

Si volse verso Nate e incrociò le dita. «Ciò che noi sorvegliamo è noto a pochissimi. Ed è per questo che sono qui. Per chiederti se sei pronto ad apprendere gli *Arcana Domini*».

Nate si accigliò mentre ripensava al comando che Lynus aveva gridato contro Costello all'obitorio. Il suo volto non tradì né incredulità né scherno mentre ricordava la traduzione che gli aveva offerto Lynus mentre si allontanavano dall'obitorio.

«I segreti del Signore?», chiese incredulo.

Lynus si limitò ad annuire.

CAPITOLO 18

«Prima di andare avanti, Steven, lasciami capire bene alcune cose». Nate si sporgeva in avanti, le mani protese con i palmi rivolti verso l'archeologo. «Stai dicendo a me, un estraneo che hai conosciuto appena la settimana scorsa, che sei pronto a iniziarmi in una sorta di società segreta che vanta affiliati in... dove, tutto il mondo?»

«Ti prego, Nathan. La fai sembrare come se ti fosse stato chiesto di entrare a far parte di Greenpeace o del Ku Klux Klan». Lynus intrecciò le dita mentre rifletteva un istante. «Innanzitutto lascia che ti spieghi che in circostanze normali coloro che vengono scelti per la chiamata ci sono noti molto prima di essere avvicinati. Ma il tempo è divenuto un fattore critico, e non possiamo permetterci il lusso di uno studio approfondito. Inoltre», fece un ghigno sfuggente, «su di te sappiamo molte più cose di quanto immagini».

«Cosa?», rispose Nate incuriosito.

Lynus accompagnò le sue parole con un gesto della mano. «Ti sei laureato in medicina prima di tutti i ragazzi del tuo anno e hai servito con onore l'aeronautica, congedandoti con il grado di capitano. Sei alto un metro e ottanta e pesi ottanta chili. A quanto pare godi di buona salute – fisica e mentale – e sei tenuto in gran considerazione dai tuoi colleghi, sia alla Smithfield University che tra le forze dell'ordine».

«Si tratta per lo più di dati di pubblico dominio», replicò Nate con supponenza. «Avendo il tempo e i contatti giusti, si possono reperire facilmente simili informazioni, ma apprezzo la rapidità con cui l'hai fatto. Ad ogni modo, non sai molto circa la mia integrità. Come fai a sapere che ti puoi fidare di me?»

«È tutta questione di fede, Nathan. E se c'è una cosa che per noi è di fondamentale importanza, è proprio la fede».

Si guardarono in silenzio, poi Nate si volse a fissare il fuoco mentre parlava.

«Steven», disse mentre abbassava il capo e si guardava le dita che tamburellava le une contro le altre, «se non avessi fatto l'autopsia di Nicky Costello e non avessi visto quanto è accaduto all'obitorio giovedì notte...», guardò Lynus, «in questo momento mi farei delle grasse risate. Ma ho la sensazione che non si tratti di uno scherzo. Sono uno scienziato, e tuttavia, per quanto mi sforzi, non riesco a rifiutare tutto ciò come una sciocchezza, una suggestione o una leggenda priva di fondamento. Cosa mi stai chiedendo di fare, esattamente?»

«Ciò che ti offro, Nathan, è un'occupazione a vita come membro di una squadra archeologica». Parlò quasi stesse negoziando un contratto. «Al mondo esterno sembrerà solo un altro cambio di carriera, nulla di così straordinario. Quando i tuoi colleghi parleranno di te, probabilmente ti descriveranno come il dottore che era stufo della quotidiana corsa al successo e che ha deciso di trovare la propria realizzazione nella culla della civiltà occidentale».

«Quindi», disse Nathan timoroso, «mi stai chiedendo qualcosa di ben più sostanziale di un trasferimento a Boston o a Chicago».

«Esatto», disse Lynus con franchezza. «A questo punto della discussione, possiamo solo dirti cosa ti aspetta a grandi linee». Fece una pausa, sottolineando la sincerità della sua affermazione. «I dettagli arriveranno quando avrai aderito. Ma per ora, posso dirti che coloro che accettano l'incarico trascorrono la loro vita principalmente in Terra Santa».

«E *in genere* che cosa fanno?»

«In genere», cominciò Lynus, senza farsi sfuggire l'insolenza di Nate, «ci sforziamo di contenere quella piaga della quale abbiamo appena parlato. Proprio come abbiamo fatto per tante generazioni».

Nate sorrise impercettibilmente. «Vuoi dire che siete cacciatori di vampiri?»

«No, non in senso stretto. Ma quando si è presentata l'occasione siamo stati chiamati a distruggerli, se ciò era possibile. Suppongo sia più esatto dire che noi... li controlliamo al meglio delle nostre possibilità».

«E quanti ce ne sono, Steven?».

Lynus allargò le braccia. «Difficile a dirsi. Potrebbero essercene una dozzina come centinaia. Siamo portati a pensare alla prima possibilità».

«E quanti siete voi, o noi, se dovessi seguirti in questa cosa?»

«Questo, Nathan, è uno dei dettagli per i quali dovrai attendere».

Nate si alzò e camminò verso una finestra. La veneziana era completamente aperta, e Nathan riprese a parlare guardando le sporadiche macchine che circolavano in quella domenica pomeriggio. «Steven, devi capire che non posso assolutamente prendere una decisione di simili proporzioni sulla base dei pochi dati che mi hai fornito». Fissò in volto l'archeologo, che lo guardava esitante dal divano. «Mi stai chiedendo di abbandonare la mia occupazione – entrambe le occupazioni – e attraversare mezzo mondo per fare... non si sa bene cosa, né con chi. Che razza di prospettiva mi stai offrendo?».

Lynus si alzò in piedi e si diresse verso di lui. «Il genere di prospettiva più importante che un essere umano possa mai avere», disse insistentemente. «Custodirai la nostra stessa esistenza... la nostra stessa salvezza». Si mise le mani in tasca e cominciò a camminare su e giù davanti al caminetto.

«Nathan, io sono pronto a dirti di più, perché ho grande fiducia nella tua dedizione ai principi umanitari». Si fermò, si mise di fronte al giovane dottore e giunse le mani quasi lo stesse supplicando. «Ancora una volta devo scusarmi per la fretta con cui mi sono presentato. In passato non abbiamo mai agito in questo modo».

«Ma perché tanta fretta questa volta, Steven?».

Lynus aprì le braccia mentre si risedeva. «La procrastinazione va a braccetto con l'appagamento, Nathan. Ironia della sorte, noi guardiani siamo stati sorpresi con la guardia scoperta». Si protese in avanti con i gomiti appoggiati alle ginocchia, le dita intrecciate. «Abbiamo assistito compiaciuti ai progressi del nostro tempo. Il muro di Berlino è caduto, la Cortina di Ferro dissolta, il mondo si stava ritirando dalla corsa agli armamenti nucleari...». Scosse la testa. «Poi un insignificante progetto municipale ci ha colti di sorpresa». Alzò gli occhi verso Nate. «Di queste cose sarai messo al corrente, ma non qui, non oggi».

«Allora quando e dove, Steven?»

«A Gerusalemme, quando avrai fatto visita al mio maestro. Se hai bisogno di studiare ulteriormente questa faccenda, possiamo organizzare un incontro. Ma ho bisogno che tu mi dia una risposta entro due giorni. Mercoledì parto per Gerusalemme ».

«È un tempo dannatamente breve per decidere se cambiare vita, Steven». Nate era visibilmente perplesso.

«No, no», lo frenò Lynus con un cenno della mano. «Non ho bisogno che tu mi dia la tua completa adesione per quel giorno, voglio solo che tu decida se considerare ulteriormente l'offerta oppure no. Porterò con me quell'informazione, e poi organizzerò un incontro a nostre spese quando ti sarà più comodo. Ma per favore, Nathan, ricorda che la rapidità è di fondamentale importanza. Non posso permettermi di protrarre inutilmente questo processo. Ora», continuò Lynus con rinnovato vigore, «possiamo continuare a parlare o devo cercare un altro candidato?». Attese la reazione del suo interlocutore.

Nathan si avvicinò all'anziano professore e si sedette all'estremità opposta del divano. «Steven, sei un astuto vecchio demonio. Di certo sai perfettamente che tutto ciò a dir poco mi intriga. Mi spaventa anche, questo è vero, ma non posso rifiutare su due piedi. Devo saperne di più». Sorrise e aggiunse: «E in qualche modo credo che sia esattamente quello che ti aspettavi».

«Dimmi pure cosa vuoi sapere», replicò Lynus entusiasta. «Ti metterò a conoscenza di tutto ciò che posso dirti per il momento».

«Bene, per prima cosa partiamo dalle basi», disse Nate. «Innanzitutto, come faccio a guadagnarmi da vivere con questa... chiamata. Ho ancora delle necessità da soddisfare».

Lynus congiunse le mani. «Lavorerai sia all'Hadassah Medical Center sia negli scavi dell'area circostante. Il tuo compenso dunque sarà più che sufficiente, ma non eccessivo. È previsto anche un alloggio, che si potrebbe descrivere nello stesso modo. In qualità di medico e patologo le tue conoscenze sui luoghi di scavo saranno preziose. Ci serviamo di molti studenti nel nostro lavoro, e a volte capita che si distraggano. Le ferite sono un problema minore ma onnipresente».

Nate lo interruppe. «Avresti potuto trovare un medico di quelle parti, Steven».

«Vero, ma non stavo cercando propriamente un dottore. Non intendo sottovalutare la tua professione, ma sono maggiormente interessato al Nathan Forester essere umano, piuttosto che medico. La tua professione è soltanto incidentale».

«Se le cose stanno così», replicò Nathan, «la tua ricerca sarebbe stata ancora più semplice. Mi stai dicendo che in Medio Oriente non ci sono persone qualificate che ti soddisfino?».

Lynus fece un piccolo sorriso colpevole. «A dire la verità, sono venuto qui per reclutare un'altra persona. Il nostro incontro è stata una fortunata coincidenza».

«Un'altra persona che ha già rifiutato la tua offerta?»

«Diverse volte», ammise Lynus, «ma continuo a provare».

All'improvviso il volto di Nathan divenne di ghiaccio, appena capì di cosa stesse parlando Lynus, o meglio di chi. Si batté la mano sulla fronte e disse: «Ma certo. Come ho fatto a non capirlo prima? Sei qui per ingaggiare Helen». Sperò di essere sembrato meno euforico di quanto non si sentisse in realtà.

«Un obiettivo al quale non ho ancora rinunciato», ammise Lynus.

«Steven, quindi immagino che tu abbia rivelato a Helen quello che hai rivelato a me?»

«In realtà, no. Non sa nulla dei *revenant* né della nostra missione. Ho inseguito Helen sin da quando l'ho incontrata per la prima volta. Ho sempre creduto che prima o poi sarebbe tornata di nuovo a Gerusalemme, e quando fosse stato il momento, avrebbe saputo dei nostri sforzi e accettato di unirsi a noi». Si strinse nelle spalle. «Ma come sai, non posso aspettare oltre».

«Steven, posso comprendere il tuo interesse per Helen. Dopotutto, la conosci da parecchio tempo. Quanto a me, mi hai appena incontrato. E già ne so più di lei, circa la vera ragione per cui sei qui».

«A costo di sembrare ripetitivo, Nathan, lasciami dire che avevo intenzione di fare una lunga chiacchierata con Helen, per convincerla ad unirsi a noi. Ma poi lei ti ha portato alla conferenza. E hai destato subito la mia curiosità», disse Lynus con uno sguardo d'intesa. «Chiamalo salto della fede, se vuoi. Mentre parlavamo ho pensato: "Che peccato non esserci incontrati anni fa". Sembravi un candidato ideale, avendo il tempo necessario per prepararti. Poi mi hai raccontato di quella vittima. Sapevo quale pericolo rappresentasse, ed ecco perché siamo dovuti andare all'obitorio. L'esperienza che abbiamo condiviso lì è stata come un segnale per me. Dovevo dirti qualcosa, e la verità sembrava essere l'unica risposta. E questo ci riporta al presente».

Nate parve considerare tutta una nuova gamma di alternative. «Hai parlato con Helen venerdì sera. So che sta valutando l'idea di trasferirsi, ma non so quanto la stia prendendo in considerazione».

Lynus si accigliò. «Come fai a saperlo?»

«Ne ha fatto cenno l'altra sera. È venuto fuori nella conversazione».

«L'altra sera?»

«Abbiamo cenato insieme», si limitò a dire Nate.

«Più rapidamente di quanto immaginassi», disse Lynus.

«Che cosa?»

«Tu e Helen».

«Sai qualcosa che io non so?», domandò impaziente Nate.

«Intuito, amico mio. Intuito. Niente di più. Ma parlerò di nuovo con Helen domani. Per ora, risponderò alle tue domande».

«Oh, certo», si ricordò Nathan. «Eravamo appena partiti dalle basi, se non mi sbaglio». Si stropicciò il mento. «Ammettiamo che mi voglia fare un'idea personale di tutta questa faccenda, sai no, incontrare il tuo... "maestro" e così via. Come si dovrebbe fare?»

«Quando ti sei preso l'ultima vacanza?», chiese Lynus.

Nate dovette pensarci su. «Quasi due anni fa. Sono uno di quelli cui bisogna ricordare di usare i giorni di ferie prima di perderli».

Lynus rise. «Chissà perché, ma la cosa non mi sorprende...».

CAPITOLO 19

Helen Norwich stava in piedi davanti al piccolo podio della sua classe mentre teneva lezione ai ventisette studenti del corso di antropologia. La campana che segnava la fine della prima lezione della settimana sorprese molti dei presenti, così lei concluse in fretta.

«Perciò la specializzazione non è un concetto nuovo», disse, mentre gli studenti mettevano via le loro cose. «L'interdipendenza tra maschio e femmina è un tratto evolutivo che ci ha sempre contraddistinti. Le culture preistoriche compresero che il maschio era più idoneo al movimento, mentre la donna era più portata ad accudire i propri figli, quindi le donne restavano nell'accampamento ad allevare i giovani mentre gli uomini andavano a caccia.

Preparatevi ad affrontare l'evoluzione del rituale nelle prime culture ominidi, alla prossima lezione», disse, mentre prendeva i suoi appunti dal podio. «Significa che fareste meglio a leggere il capitolo ottavo del Friedl. Ci vediamo mercoledì mattina».

Mentre gli studenti si avviavano rumorosamente verso l'uscita, Helen mise gli appunti nella valigetta aperta sulla cattedra e la richiuse con entrambe le mani. Dopo aver controllato l'orologio, prese la valigetta e si diresse verso il suo ufficio al piano terra. Non avrebbe avuto lezione fino all'una. Questo significava che aveva tre ore a disposizione: un tempo più che sufficiente per far montare le gomme da neve e prendere qualcosa da mangiare. Si rese conto che tali progetti erano inutili non appena aprì la porta del suo ufficio.

«Buongiorno, Helen», disse Steven Lynus mentre faceva capolino dalle pagine di un quotidiano. Sedeva con le gambe incrociate sulla poltrona di fronte alla sua scrivania. Mentre lei richiudeva la porta, Steven piegò il giornale e lo depose sul tavolo ingombro.

«Steven», esclamò lei. «Che bella sorpresa». Lo raggiunse e si piegò per baciarlo.

«Oh, oh, oh», Lynus rise apertamente mentre Helen si portava dietro la scrivania. «Sei proprio una pessima bugiarda».

«Perché, pensi che non sappia essere una bugiarda patentata, Steven?»

«No, penso solo che tu non sappia essere una bugiarda convincente. Dalla fretta con cui sei entrata, si direbbe che hai già dei programmi per le prossime tre ore. Ho controllato il tuo orario del lunedì e dice che sei libera fino a questo pomeriggio. Se c'è stato qualche cambiamento dimmelo e tolgo il disturbo, mia cara».

Lei sorrise condiscendente. «No, non c'è stato nessun cambiamento, e non provare a suscitare la mia compassione. Sono anni che non ci riesci più».

Lui piegò la testa mortificato. «E perché mai dovrei farlo?».

Helen si sedette alla scrivania e lo guardò con aria critica. «Perché sei subdolo, diabolico e c'è sempre uno scopo in tutto quello che fai. Inoltre ti sbagli».

«Riguardo cosa?»

«Sul fatto che ti abbia mentito. Sono sempre felice di vederti».

«Allora non hai programmato nulla di speciale prima della lezione dell'una?»

«Far cambiare le gomme la chiami una cosa speciale?».

Lui si toccò il mento in un gesto di derisoria riflessione. «Mmm. Dipende dalle gomme. Si tratta forse di pneumatici con cintura radiale d'acciaio?».

Lei sorrise e scosse la testa. «E che ne so! Qualunque cosa faccia presa sulla neve. Lo sai, è questo il periodo dell'anno. Non voglio rimanere intrappolata nel vialetto di casa la prima volta che mi sveglio e trovo un tappeto bianco di dieci centimetri per terra».

«Ti propongo un affare», disse Lynus mentre si alzava. «Lasciamo la tua macchina, pranziamo presto, facciamo un simpatico giretto e ti riporto a prendere la macchina».

«E dove sarebbe l'affare?».

Lui sbuffò esasperato. «D'accordo. Il pranzo lo pago io».

«Affare fatto», disse lei alzandosi dalla sedia.

Prese la borsa, e mentre si avviavano per il corridoio disse: «Steven, perché ho l'impressione che sarà qualcosa di più di un simpatico giretto?»

«Perché», rispose lui mentre le teneva aperta la porta che conduceva fuori dall'edificio, «come hai detto tu, sono subdolo, diabolico e c'è sempre uno scopo in tutto quello che faccio».

Lynus seguì Helen con la sua auto a noleggio e la aspettò in macchina mentre lei parlava con il meccanico dell'officina. Poi andarono insieme nel vicino centro commerciale e presero un tavolo per due vicino alla finestra in un pub in stile inglese. Lei ordinò un sandwich al tacchino, lui un cheeseburger con patatine fritte.

«Proprio non si riesce a mangiare un panino decente a Gerusalemme», disse tra una patatina e l'altra.

Helen sorseggiava una Pepsi. «È quella la cosa che ti manca di più, Steven?»

«Non mi manca nulla», disse lui, fingendosi piccato. «La mia era una semplice constatazione».

«Oh», si limitò a dire mentre ispezionava un sottaceto.

Lynus mise giù il suo cheeseburger e si pulì le mani con un fazzoletto. «Helen... partirò mercoledì», disse, «e credo... è probabile che non torni più». La guardò negli occhi. Helen smise di masticare, e deglutì rapidamente. Il suo sguardo si incupì.

«Che intendi dire, Steven? Non tornerai più?».

Lui inspirò profondamente. «È probabile che le cose si faranno molto complicate laggiù, e tra poco avrò un nuovo incarico... che richiederà la mia presenza costante».

Lei prese distrattamente un pezzo di lattuga dal bordo del sandwich. «Quale nuovo incarico?»

«Il sovrintendente agli scavi si dimetterà ben presto e dovrò prendere il suo posto».

«Dunque questo significa che dovrai trascorrere tutto il santo giorno incollato ai tuoi doveri? Ci sono sempre le ferie, no?»

«A proposito», disse lui con tono più allegro, «quand'è stata l'ultima volta che ti sei presa le ferie?»

«Steven», disse lei ridendo, «ho sempre un periodo di riposo tra i semestri. A dire il vero, ce n'è uno bello lungo tra la fine della sessione estiva e l'inizio di quella autunnale».

«E cosa fai in quel periodo?», le chiese. «Voglio dire, di solito. Metti in ordine il guardaroba per il cambio di stagione? Prepari gli appunti per il semestre successivo?»

«A dire il vero, Steven, la Pasqua scorsa ho fatto una crociera nei Caraibi con Jean Melnor e Susan Birch del dipartimento di storia».

«Fantastico», disse lui con sarcasmo. «Hai trascorso una settimana girando in tondo, mangiando e bevendo fino all'eccesso, e facendo finta di non soffrire di mal di mare».

«Sbagliato un'altra volta», disse lei infastidita. «La vacanza è durata otto giorni, siamo state a St Thomas, e sono ingrassata solo un chilo e mezzo alla fine del viaggio». Sorrise incerta. «Però non ho avuto altrettanto successo per quanto riguarda il mal di mare».

Steven rise. «Mi dispiace che non ti sia divertita di più. Avresti dovuto provare uno di quei cerotti». Si picchiettò l'orecchio. «Basta metterli dietro l'orecchio e si prendono cura loro della nausea. O così mi hanno detto».

«Magari la prossima volta lo proverò. È durata soltanto un giorno. Mi sono fatta fare un'iniezione dal medico di bordo e sono stata bene per il resto del viaggio».

Entrambi morsero i loro panini. Dopo un minuto lei domandò: «Cosa c'entrano le mie ferie con il fatto che non tornerai più negli Stati Uniti? Come se non lo sapessi».

Lui posò il suo panino e si sfregò le mani come per indicare che ne aveva avuto abbastanza. «Ieri ho parlato con Nathan Forester», disse, senza guardarla. «Presto si prenderà una settimana o due di ferie e mi raggiungerà a Gerusalemme». La guardò. Lei lo fissò di rimando con quella che poteva chiamarsi solo pura e semplice incredulità, mentre lui proseguiva. «Avevo intenzione di mostrargli quei posti. Vedere se la magia del luogo poteva funzionare anche su di lui. Sembrava interessato».

«Steven», disse lei con una certa esitazione, «non dirmi che hai tentato anche *lui* con un posto all'Università Ebraica?»

«Ovviamente no», disse, quasi offeso. «Non credo che parli ebraico. Lo sto tentando con un incarico all'Hadassah Medical Center».

«Non posso credere che Nate sia disposto a lasciare la sua casa, la sua carriera, la sua... la vita che si è costruito e gettare via tutto per un'avventura in Medio Oriente». Si protese in avanti. «Suppongo che sia così che gli hai descritto l'intera faccenda... come un'avventura? È il tuo solito stratagemma».

Lynus sorrideva beffardo. «Helen, molte persone sarebbero felici di avere una simile opportunità. Perché la fai sembrare come se stessi vendendo assicurazioni sulla vita o auto usate?». Prima che potesse rispondere, lui agitò la mano con trasporto e proseguì. «Sono molto serio in proposito, Helen. Lo sono sempre stato. Questo lo sai. Vedo in Nathan un giovane che può fare grandi cose». Ispirò lentamente mentre lei lo guardava in silenzio. «Vedo le stesse cose in te», sussurrò. «Reclutare tutti e due nel nostro staff sarebbe la cosa più vantaggiosa».

«Il nostro staff? Lo staff di chi? E da quando hai contatti con l'Hadassah Medical Center?»

«È solo un modo di dire», rispose Lynus con indifferenza. «E ho sempre avuto una certa influenza all'Hadassah». Riprese il panino e prima di morderlo aggiunse: «Lo sai, non mi mancano i contatti professionali».

Lei incrociò le braccia sul tavolo e guardò il sandwich mezzo mangiato nel piatto di fronte a sé. «Sono proprio nel bel mezzo di un semestre, Steven. Non potrei venire – per una visita, tienilo ben presente – fino alla pausa natalizia».

«Sciocchezze», disse lui in modo accomodante. «Potresti essere pronta per l'intervallo di metà corso. Basta che qualcuno si occupi degli esami al posto tuo. Questo ti darebbe quasi due settimane di libertà».

Lei piegò la testa pensosa. «Sì, potrei. Questa è l'ultima settimana di lezione prima dell'intervallo di metà corso». Poi, con un entusiasmo crescente ma controllato, disse: «Potrei far seguire gli esami da uno studente laureato. In teoria potrei liberarmi subito dopo la lezione di questo mercoledì sera».

Lynus si pulì il mento con un tovagliolo. «Nathan mi ha detto che chiederà le ferie a partire dal prossimo lunedì. Pensa che non ci saranno problemi. Perché non fai combaciare il tuo viaggio con il suo? Potreste tenervi compagnia durante la traversata».

Lei prese un piccolo morso del suo sandwich, sempre guardandolo con sospetto. «Steven, tu sei infido», disse mentre masticava un pezzo di tacchino. Inghiottì e aggiunse: «È probabile che non mi abbiano ancora cambiato nemmeno due gomme, e tu sei riuscito a strappare un "forse" non ad uno, ma a ben due possibili nuovi acquisti per il tuo staff...».

Lui sorrise timidamente – un sorriso furbo e colpevole – e Helen immaginò che settant'anni prima dovesse avere la stessa espressione quando la madre lo sorprendeva con le mani nella marmellata. Poi sorrise tra sé, dubitando che la madre di Steven fosse mai riuscita a sorprenderlo.

«Visto che stasera non hai lezione», disse lui, «penso sia opportuno incontrarci per discutere... di alcuni dettagli. Devo essere a casa di Nathan per le otto. Va bene se passo a prenderti alle sette e mezza?».

Lei stava annuendo. «Va bene, Steven. Dovrei essere in grado di sistemare tutto prima di lasciare il campus questo pomeriggio».

Lui sollevò il suo bicchiere d'acqua. «Ovviamente ci occuperemo di tutte le spese mentre sarete lì, biglietto aereo compreso». Bevve metà bicchiere, e lo rimise sul tavolo prima di continuare con tono più serio. «E ci sono alcune cose di cui parlare prima che tu accetti. Alcune delle quali saranno affrontate stasera».

«Steven», disse lei circospetta, «non ho acconsentito ad altro se non a un viaggio per dare un'occhiata. Si tratta di una decisione importante. Sono certa che dev'essere lo stesso per Nate».

«Non sono un ragazzino. Me ne rendo conto».

Lei si allungò sul tavolo e gli strinse la mano. «Non voglio che tu riponga troppe speranze... su noi due. In questo momento le possibilità che io resti qui e quelle che mi trasferisca a Gerusalemme sono le stesse. Voglio che tu sia pronto a qualunque decisione io possa prendere».

«Lo so, mia cara. Lo so. Ma ci sono delle cose delle quali devi essere a conoscenza prima che ti presenti al mio superiore. In parte ne ho già parlato a Nathan. Stasera spero di illuminare maggiormente entrambi». La guardò fisso negli occhi con una severità che lei trovò abbastanza fastidiosa e aggiunse: «È l'unico modo».

CAPITOLO 20

«Oh, questo sì che ci piace», proclamò ad alta voce la donna dietro il vetro della cassa. «Se tutti pagassero le tasse uno o due mesi prima, le finanze della contea verserebbero in condizioni molto migliori». Prese i contanti dalle mani della giovane donna e li contò sul bancone che le separava. «Perfetto», annunciò mentre stendeva per bene le banconote e le riponeva in un cassetto dietro la cassa. «Adesso le farò una ricevuta per Mr Beralli, che non dovrà preoccuparsi più delle tasse sulla proprietà per un altro anno».

La donna dall'altra parte attese impassibile, quindi prese la ricevuta che le veniva consegnata. Parve noncurante del "grazie" della cassiera e camminò solennemente lungo il corridoio e nel parcheggio dietro il piccolo edificio municipale.

Il traffico di metà pomeriggio non era intenso, persino per un lunedì, mentre guidava la Volkswagen verde sbiadito sull'autostrada. Controllò l'ora, e notò che aveva ancora due ore e mezza prima del tramonto. Aveva tutto il tempo di sistemare le cose e tornare da Jonathan. Le aveva fatto capire chiaramente che non gli piaceva essere lasciato da solo troppo a lungo. Se fosse arrivata prima del suo risveglio, sarebbe stato ancora meglio. Percorse circa sei chilometri, poi lasciò l'autostrada allo svincolo per la periferia di Springfield. Erano passati dieci minuti quando entrò nella Hillside Riding Academy. Sul cartello attaccato al cancello si leggeva: "Pensione per cavalli, lezioni di equitazione".

La Volkswagen si fermò accanto a una donna di mezza età a cavallo di una giumenta marrone che procedeva lentamente. Dalle labbra della donna pendeva una sigaretta, e sul suo volto indugiava l'abbronzatura dell'estate. Mentre il finestrino della macchina si abbassava, la donna si tolse la sigaretta di bocca.

«Mi scusi», giunse la voce dal finestrino, «Dove trovo Jack Crawley?».

La donna indicò con la sigaretta stretta tra le dita. «Alla fine della strada, il secondo edificio sulla destra». Guardò la vettura. «Sa che aspetto ha?».

La conducente si limitò a scuotere la testa.

«Un tipetto alto e magro. Con un cappello marrone». Poi si rimise la sigaretta in bocca, tirò le redini e incitò il cavallo a proseguire.

La Volkswagen scattò in avanti e in meno di un minuto era parcheggiata fuori da un logoro fienile in legno, con un ingresso ampio simile a quello di un garage, senza porte. La donna entrò nel fienile e strizzò gli occhi ripetutamente, cercando di abituarsi al repentino cambio di luce.

«Posso aiutarti, carina?». La voce giunse dalla sua destra. Man mano che i suoi occhi si abituavano, riuscì a distinguere la sagoma di un uomo, che strigliava i fianchi di un palomino non più giovane.

«Jack Crawley?», chiese mentre si muoveva verso di lui. L'uomo indossava dei jeans, un'ampia giacca di denim e un cappello da cowboy che un tempo poteva essere stato marrone.

«Il solo e unico, dolcezza». Si sfilò la spazzola dalla mano. «Sei qui per cavalcare?»

«No, sono qui per comprare».

«Be', al momento ce ne sono pochi in vendita», disse quello mentre dava delle pacche sul fianco del palomino. «E il vecchio Macchia, qui, non è tra loro. Lui è una specie di mascotte».

«Io sto cercando delle apparecchiature», disse lei succintamente.

Crawley guardò di sbieco verso l'ingresso. «E tu chi sei?», chiese con un tono improvvisamente severo.

«Non credevo sarebbe stato importante sapere chi sono».

«Ascolta, dolcezza, non so chi sei e al momento non so neanche di che cosa stai parlando. E non lo saprò finché non comincerai a dirmi molte altre cose».

La donna era alta ma lui, aiutato dagli stivali e dal cappello, lui la superava di quindici centimetri. Mentre parlava, lei non mostrò alcun timore.

«Mi servono dei decoder», disse. «C'è un mio amico al quale non piace pagare la tv via cavo. Gli servono anche un paio di videoregistratori».

Crawley rise piano. «Quei decoder sono illegali, dolcezza. E per quello che ne so, puoi acquistare uno stramaledetto videoregistratore in qualsiasi negozio di elettrodomestici».

«Senta, Crawley», cominciò lei con impazienza, «il mio amico stava per ricevere una consegna da Walt Hargate. E adesso non è più possibile. Lui sa che lei e Walt… eravate in affari». Attese mentre Crawley la analizzava.

L'uomo diede una forte pacca sul sedere del palomino e lo guidò nella stalla adiacente, richiudendo il cancello. Si appoggiò a quest'ultimo mentre indicava la donna.

«Che cosa sai di Walt Hargate?», chiese.

«Solo che deve aver fatto incazzare qualcuno». Si strinse nelle spalle. «Probabilmente ha cercato di fregare qualcuno. Chi lo sa. Dev'essersi messo nei guai prima di poter portare a termine la consegna per il mio amico. Speriamo che tu possa aiutarci».

Quello spinse indietro la punta del cappello e scosse la testa. «Questa conversazione filerebbe più liscia se sapessi chi sei, ragazza».

Lei fece due passi verso l'ingresso, poi si voltò bruscamente per guardarlo in faccia. «Senti, Crawley, puoi fare un lavoretto e rimediare dei soldi, oppure puoi tornare a grattare il culo di quel cavallo. Sta a te. Non posso perdere tutto il dannatissimo giorno. È la tua opportunità».

L'uomo stava sorridendo mentre alzava le mani. «Calmati. Calmati. Non sto dicendo che non posso aiutarti, ma ah... hai una penna?».

Lei prese una penna dalla tasca della giacca e gliela porse. Lui la prese, tirò fuori dal portafogli un biglietto da visita sporco e cominciò a scrivere.

«Dì al tuo amico di farsi trovare a questo indirizzo stasera alle undici». La guardò corrucciato. «Da solo, hai capito? Forse, ma soltanto forse, possiamo parlare».

Lei prese il biglietto. «Nessun problema. Ci sarà. E sarà da solo».

Lui si mise le mani sui fianchi. «Già, sarà meglio che lo sia, perché io non lo sarò. Capisci cosa sto dicendo?»

«Come ti ho detto, non c'è problema».

Lei iniziò ad allontanarsi quando Crawley chiese: «Il tuo amico non sa chi è stato ad affettare Walt, vero?».

Lei girò su se stessa continuando a camminare all'indietro mentre rispondeva. «Lui si occupa di tv via cavo. Va pazzo per i video, non è un delinquente. Vuole solo fare un affare, nient'altro». Quindi si rigirò e scomparve attraverso l'uscita.

Crawley si riappoggiò al cancello, con i gomiti appoggiati sul paletto centrale. «È meglio che tu abbia ragione, dolcezza», mormorò. «Altrimenti avrà ben più del pattuito».

***

«Eccellente, Clementine. Eccellente». Jonathan era in piedi in cucina, e leggeva l'indirizzo sul biglietto da visita stretto tra l'indice e il pollice. Un'unica candela ardeva sul bancone, ma non ebbe problemi a decifrare quella calligrafia irregolare mentre restavano avvolti dall'oscurità.

«Ci ho pensato solo dopo, Signore», cominciò lei scusandosi, «ma mi dispiace che tu debba aspettare così a lungo. Ora so che la prossima volta dovrò fissare prima gli appuntamenti».

Lui incrociò le braccia sul petto e scosse la testa. «Il tempo non significa nulla per me, Clementine. Le undici andranno benissimo. Probabilmente prima mi fermerò per dare un morso a qualcuno. Quanto basta». Si protese e accarezzò con la sua enorme mano sinistra la guancia di lei. «Ti sei occupata delle altre faccende?».

Lei annuì una volta. «Come mi hai detto, Signore».

«Bisogna sempre preoccuparsi di simili seccature. Le autorità municipali sono tenute a ficcare il naso se si ignorano cose come la tassa di proprietà o la bolletta dell'acqua. Ho scoperto che gli ispettori edili o i funzionari pubblici possono dare sfogo a tutto il loro zelo quando si tratta di far rispettare la legge, e ti assicuro che non potrebbe esserci seccatura peggiore. È per questo che dobbiamo essere dei cittadini modello, da questo punto di vista».

Si girò verso sinistra e raccolse la candela. Mentre parlava, uscì dalla stanza con la ragazza al seguito. «Occupandoti di simili problemi mi offri un aiuto inestimabile, mia cara, visto che mi riesce difficile adempiere agli obblighi amministrativi nelle ore serali. E adesso, ci sono cose delle quali dobbiamo parlare nella libreria».

Si fece strada lungo il corridoio buio e nella vasta stanza in cui ardeva il caminetto. La ragazza lo seguì in silenzio. Si accomodò su una sedia dietro la scrivania, e le ordinò di sedersi di fronte a lui.

«Ora», disse con tono pratico mentre si sporgeva in avanti, scrutandola al di là della candela, «che ne è stato della tua iscrizione al college?».

La ragazza sbatté a fatica gli occhi mentre spiegava. «Ho presentato una rinuncia formale sia al dipartimento di storia che all'economato».

«E quali motivazioni hai addotto?»

«Ho menzionato difficoltà finanziarie e personali. Non faranno altre domande».

«Ti sei imbattuta in qualcuno che conoscevi?». Inarcò un sopracciglio.

Lei scosse la testa. «Le uniche persone che frequentavo davvero erano i membri dell'Ordine dell'Equilibrio Terrestre. Probabilmente a quell'ora erano tutti in classe. Facciamo le nostre riunioni il primo mercoledì di ogni mese». Ebbe un'esitazione. «Sei venuto al nostro ultimo incontro nell'edificio dell'Unione Studenti».

«Sì, Clementine. Sono sempre interessato a trovare persone che condividano i miei stessi principi», disse, con le labbra che s'increspavano in una sorta di ghigno. «Ovviamente tu sei stata chiamata ad adempiere a un compito più elevato. Ho riposto in te molta fiducia. Non mi deludere».

«No, Signore».

La fissò intensamente per diversi minuti. Lei non si mosse; non fece nessuna domanda. Fu lui a rompere il silenzio. «Le altre dotazioni che avevo suggerito?»

«Sono nella macchina, Signore».

«Bene. Domani ti sveglierò appena sarò tornato, prima dell'alba. Mi aspetto che tu porti a termine il lavoro prima del tramonto. È di fondamentale importanza. Le autorità potrebbero già essere sulle tue tracce. Non posso rischiare che degli inquirenti ti riconoscano e ti seguano fin qui. Chiaro?»

«Sì, Signore».

«Adesso», disse lui, sfregandosi le mani, «dimmi del mio incontro imminente con Mr Crawley».

Lei si spostò sulla sedia protendendosi e agitandosi. «Dopo averlo lasciato sono andata a perlustrare il luogo dell'incontro. Si tratta di un piccolo garage adiacente alla sezione non utilizzata del lungomare. Senza dubbio vuole incontrarti là perché quel posto è pressoché isolato. L'edificio più vicino si trova a quindici metri di distanza. Su tutti i lati del garage ci sono delle spesse finestre di vetro smerigliato, ognuna con un piccola apertura trasparente che permette di vedere fuori, ma sono state coperte con dei pannelli e non ho potuto sbirciare dentro. Ci sono dei lampioni a ogni angolo dell'edificio all'altezza del tetto. Credo che quel posto stanotte verrà illuminato perché lui sia sicuro che sei andato all'incontro da solo».

«Sei sicura che mi farà entrare, Clementine?»

«Ne sono sicura. C'è una piccola porta nell'ingresso più grande del garage. Lui sarà probabilmente armato e in compagnia. Non sembra il tipo che vuole correre dei rischi. Ma adesso che due dei suoi contatti sono fuori gioco, dovrà cominciare a fidarsi di qualcuno, se vuole rimettersi in affari».

«Mmm», mugugnò Jonathan mentre si adagiava nuovamente sulla sedia e tamburellava le dita della mano destra sulla scrivania. «Sì, sarà senz'altro diventato più diffidente da quando ha perso il suo fornitore, Mr Hargate, e un buon intermediario, Mr Costello».

Un sorriso arrogante apparve sul volto della ragazza. «Tratteresti quei due in modo differente se avessi un'altra possibilità, Signore?».

Jonathan si voltò di scatto verso di lei. Con gli occhi socchiusi e la fronte aggrottata, le parlò a denti stretti. «Non mettere mai in discussione le mie azioni. Non in questa fase della tua evoluzione. Sin dalla prima notte che hai passato qui ti ho messo in guardia».

«Ma Signore», ribatté lei, «tu stesso hai detto di aver perso il controllo con entrambi...».

«Silenzio!». Era in piedi, col dito puntato severamente contro di lei. «Come osi equipararti a me? Tu sei la mia progenie».

«Ma Signore...», insistette lei.

L'uomo l'afferrò per i capelli e la scagliò verso il caminetto come un bimbo petulante avrebbe gettato una bambola di pezza. Dando le spalle alla superficie di ardesia del focolare, Clementine si risollevò sulle ginocchia e sulle braccia e lo guardò con aria interrogativa. «Signore, io cercavo solo di...».

«Silenzio! Hai osato troppo». Fece qualche passo verso di lei, prese l'attizzatoio e lo avvicinò alle fiamme. Senza girarsi verso di lei, disse: «Ti avevo detto che la punizione sarebbe stata tanto rapida quanto spietata». Sempre alimentando il fuoco, le ordinò con calma e precisione: «Stenditi e bacia il focolare. Un lungo bacio silenzioso. E non smettere finché non ti verrà detto».

Lei si stese obbediente sulla fredda pietra e vi appoggiò le labbra, le sue braccia erano allungate sopra la testa e le mani sudate distese sul pavimento.

Lui tolse il ferro dalla fiamma. La punta incandescente scintillava minacciosa. Si mise alle spalle della sagoma distesa. «Non ti muoverai fino a quando non ti sarà ordinato. O dovrò ricominciare da capo. Può diventare spiacevole, credimi».

Il resto della casa piombò nell'oscurità e nella quiete. Nessuna luce proiettò ombre sulle pareti dei corridoi e delle stanze, nessuna trave scricchiolò, e dalle cantine fino alle soffitte nessun insetto strisciò. L'unico suono che si propagava tra quelle mura era il crepitio del fuoco, ben presto seguito da uno sfrigolio appena percettibile e da un gemito ininterrotto che riecheggiò in ogni stanza.

Fuori, l'oscurità ammantava la casa e i boschi circostanti. Nessun verso di grilli, scoiattoli o gufi filtrò nella notte, e nessun rumore provenne dall'interno dell'abitazione non illuminata. Oltre a proteggerla da qualsiasi sguardo indiscreto, le finestre murate della libreria facevano sì che non ne trapelasse alcun suono.

CAPITOLO 21

Le fiamme giallo bluastre che danzavano con ritmo regolare nel caminetto a gas e la lampada appoggiata nell'angolo più lontano del tavolo donavano alla stanza il piacevole conforto del tepore e della luce, quando Nate invitò Lynus e Helen a mettersi comodi. Sopra un tavolino da tè, Nate aveva preparato due vassoi: in uno di essi c'erano salatini, patatine e una piccola coppetta di salsa alla cipolla; nell'altro, invece, cubetti di Cheddar e formaggio Muenster, accompagnati da una gran quantità di cracker integrali.

Helen e Lynus si sedettero sul divano di fronte al camino e agli snack; quando Nate insistette perché si servissero, cominciarono ad attingere dai vassoi mentre lui si affrettava in cucina per versare tre calici di Cabernet Sauvignon.

«Ah, il Muenster», esclamò Helen mentre assaggiava il formaggio. «Il mio preferito. Come facevi a saperlo?»

«Non è quello che preferiscono tutti?», gridò Nate dalla cucina.

«Io invece sono più un tipo da Bel Paese», disse Lynus mentre sistemava un pezzo di Cheddar tra due cracker.

«Possibile che debba sempre fare il difficile, Steven?», lo rimproverò Helen mentre prendeva dell'altro Muenster.

Lynus sorrise bonariamente mentre sgranocchiava il suo mini-sandwich di cracker e formaggio. «Spiacente, mia cara», mugugnò mentre masticava. «È la tremenda maledizione che mi porto dietro».

Nate entrò portando due calici di vino rosso. «Importato», disse con sincerità mentre porgeva i bicchieri a entrambi gli ospiti.

«Davvero?», disse pensosa Helen, prendendo il vino.

«Naturalmente», rispose Nate mentre tornava in cucina per prendere il suo bicchiere. «Non senti il profumo dell'oceano?».

Helen rise. «A dire il vero no, non lo sento».

«Be'», disse Nate mortificato mentre si sedeva sulla poltrona accanto al divano, «dovresti almeno sentire il profumo del Mississippi, perché questo vino è importato dal lontano Stato di Washington».

«Addirittura?», sorrise lei compiaciuta mentre beveva un sorso. «Credo che tu abbia fatto una scelta eccellente». Si girò verso Lynus. «Cosa ne pensi, Steven?».

Lynus alzò il calice per fare un brindisi. «Concordo pienamente. A tutte le prossime scelte eccellenti».

«Salute, vecchio diavolo scaltro», disse Helen con diffidenza mentre sollevava il bicchiere.

«Salute, salute», aggiunse Nate.

Bevvero in silenzio, poi Lynus depose delicatamente il calice sul tavolino e si schiarì la gola. Si voltò per poter guardare meglio gli altri due.

«Dopodomani parto per Gerusalemme. Quando arriverete sarà tutto pronto». Prese dalla giacca sportiva un foglio piegato e cominciò a leggere. «C'è un volo che parte da qui alle sette di venerdì sera, e un altro tredici ore dopo. Atterra a Orly, a Parigi, fa una sosta di settanta minuti, e prosegue verso Tel Aviv». Rimise in tasca il foglio. «Può essere un viaggio sfiancante, ma l'aereo è un 747, quindi è dotato di tutte le comodità. Considerando il fuso orario di sette ore, dovreste arrivare in Israele alle quattro di sabato pomeriggio o alle cinque di sabato mattina, a seconda del volo che prenderete».

Helen si girò verso Nate per fugare qualsiasi timore. «Ho fatto quel viaggio diverse volte in passato, Nate. È una lunga tratta, ma può essere abbastanza confortevole. Il problema maggiore è il sonno, di solito è abbastanza disturbato, ma si tratta solo di una notte».

«Qualche volta, quando ero nell'aeronautica, ho volato dalla base militare di Dover, nel Delaware, fino alle Azzorre», dichiarò Nate con semplicità. «Sono circa cinquemila chilometri».

«In questo caso la distanza sarà più che doppia», disse Lynus.

«Ma l'aeronautica non si preoccupava molto delle comodità», disse Nate.

«Vero», replicò Lynus, «ma avrete comunque bisogno di riposare sabato e domenica. Farò in modo tale che possiate incontrare il mio superiore lunedì. Voglio che siate entrambi rilassati e di buonumore». Mentre sollevava il bicchiere di vino aggiunse: «E stanotte voglio assicurarmi che sappiate entrambi cosa aspettarvi da lui». Assaggiò il vino. «Sarà un incontro diverso da qualunque altro abbiate mai avuto. Questo posso assicurarvelo».

Nate guardò Helen. Lei annuiva lentamente mentre il vecchio parlava. Si era chiesto se Lynus le avesse detto qualcosa di più, da quando aveva parlato con lui il giorno prima.

Lynus bevve un altro sorso di vino, rimise il calice sul tavolino, poi si riaccomodò con le mani giunte sopra lo stomaco. «Ho chiesto a entrambi di prendervi una vacanza e, dopo questo pomeriggio, avete entrambi risposto che non era un problema».

«Il mio assistente seguirà gli esami di metà corso, la settimana prossima», disse Helen. «La mia prossima lezione è tra due settimane a partire da stamattina».

«Io sono in ferie per due settimane dalle diciassette di questo venerdì», disse Nate, «quindi potrò tornare una settimana dopo il rientro di Helen».

Lynus premette delicatamente i palmi delle mani uno contro l'altro. «Bene. Lascerò che siate voi a discutere i particolari circa l'arrivo in aeroporto e cose simili. Al momento credo che sia meglio raccontare a Helen qualche dettaglio in più».

Helen si stava allungando in avanti per sistemare il suo bicchiere sul tavolino, ma s'interruppe per guardare prima Lynus, poi Nate, quindi di nuovo Lynus. Decise di tenere in mano il bicchiere e si adagiò nuovamente sul divano. «Allora, che cosa avete architettato voi due?», chiese scettica.

Nate non disse nulla. Si limitò a fissare il vino che girava in piccoli cerchi nel suo bicchiere.

«Prima di tutto», cominciò Lynus con una certa esitazione, «devo scusarmi con te, Helen. Era mia intenzione affrontare questo argomento da tempo. A dire il vero, volevo parlartene diversi anni fa, ma non si è mai presentata l'occasione».

«Scusarti per cosa, Steven?».

Il vecchio professore esitò un istante, poi proseguì. «Per aver parlato di questa cosa prima con Nathan, suppongo. Ti conoscevo da molto più tempo, ma... gli eventi degli ultimi giorni hanno... travolto Nathan e me in un modo che mi ha colto del tutto alla sprovvista».

Lei si girò e guardò Nate, che sollevò gli occhi, sorrise timidamente e tornò a guardare i cerchi del bicchiere.

«Torno a ripeterlo», ribadì lei, «che cosa avete architettato voi due?». Guardò di nuovo Lynus, ma stavolta il suo sorriso era leggermente più forzato.

«Forse il modo migliore per cominciare», disse Lynus, «è raccontarti cosa è accaduto giovedì sera, dopo la conferenza».

CAPITOLO 22

Jack Crawley fece un profondo tiro dalla sua lunga sigaretta con il filtro. Era stravaccato su una sedia pieghevole di metallo marrone, con le gambe incrociate sopra una pila di scatole di cartone.

«Come diavolo fai a sopportare quelle stramaledette sigarette al mentolo?», chiese l'uomo seduto sopra un'altra pila di scatole alle sue spalle. Era più piccolo di Crawley, ma parecchio più corpulento. Indossava una coppola marrone con una lunga visiera che toccava i suoi grossi occhiali colorati. La sua barba sale e pepe era incolta. Nella parziale oscurità in cui sedeva, sembrava uno sciatto Babbo Natale in incognito con un giaccone di flanella rossa a scacchi.

Crawley sbuffò una nuvoletta di fumo. «Perché sono grandiose, come me», replicò dando le spalle all'uomo.

«Sanno di merda», disse l'uomo grasso.

«Questo è il tuo parere. E sai cosa si dice dei pareri. Che sono come il culo. Ognuno ha il suo».

L'uomo grasso si spostò leggermente sulle scatole ruotando le natiche, prima da una parte e poi dall'altra, per trovare una posizione più comoda. Indossava pantaloni di cotone blu arrotolati alle caviglie che mostravano degli scarponi da lavoro consumati.

Crawley buttò la sigaretta in un bicchiere di caffè vuoto ai suoi piedi. «Inoltre», disse mentre espelleva il fumo rimasto, «non sei pagato per dare pareri. Sei pagato per spegnere quella dannata luce quando te lo dico».

«Quando dovrebbe arrivare questo tizio?», chiese l'uomo grasso infastidito.

Crawley continuava a dargli le spalle. Quando rispose era rivolto verso la porta principale. «Cazzo, è la decima volta che me lo chiedi, da quando siamo arrivati qui. Per la miseria, non te lo dirò di nuovo. Tieniti solo pronto ad inchiodare quel tipo se prova a fare qualche scherzo». Alla fine girò meccanicamente la testa per guardare il grassone. «Hai capito, Dick Head?».

Il grassone lo guardò in cagnesco. «Il mio nome è Rich», disse lentamente. «Ti ho già detto di non chiamarmi Dick».

Crawley mise i piedi per terra e si girò di fianco per guardare in faccia l'uomo. «Senti, devo proprio concederglielo ai tuoi genitori, amico», disse ridendo. «Credo che abbiano avuto un gran senso dell'umorismo a chiamarti Richard».

Il grassone continuò a guardarlo male.

«Voglio dire, è proprio lampante», proseguì Crawley. «Come fai a chiamare tuo figlio Richard quando il cognome è Head? Quando eri alle superiori devi esserti divertito un mondo a dire agli altri ragazzi il tuo nome».

La voce del grassone non si confaceva al suo corpo. Era stridula e nasale: «Pensi che sia tanto divertente che la gente ti chiami Dick Head[2] per tutta la vita?», disse con rabbia.

Crawley quasi cadde all'indietro dalla sedia dal ridere.

«Ridi, ridi, Jack», disse con calma il grassone. «È quello che facevano tutti quando ero un ragazzo. Ma lo facevano una volta sola».

Crawley riacquistò il suo contegno e scherzosamente si sporse indietro per dare una pacca sul ginocchio del grassone. «E dai, rilassati, Rich. Stavo solo cercando di animare un po' la situazione». Guardò l'orologio. «Quel tipo sarà qui tra mezz'ora. Se è interessato ai decoder e ai videoregistratori, probabilmente stanotte ce ne andremo di qui con cinque o seicento dollari».

«Già», disse amaramente il grassone, «le cose sono andate un po' a farsi fottere da quando Nick e Walt sono morti. Non so più di chi diavolo mi posso fidare. Sei sicuro che possiamo fidarci di questo qui?»

«Non so se mi hai chiesto più questo o a che ora sarebbe arrivato», scattò Crawley. «Te l'ho detto, probabilmente si tratta del tipo che Nick stava cercando di incastrare prima di schiattare. È un italiano, si chiama Bellini, Bertinelli, una cosa del genere. Io so solo che Nicky stava trattando con un tipo simile e che quella ragazza pelle e ossa oggi ha accennato a Walt. Probabilmente Nick gli ha parlato di Walt e di me».

«È solo che non mi piace invitare uno sconosciuto qui con tutta questa roba», disse il grassone indicando il cumulo alle loro spalle. «E se non fosse solo?»

«Allora non entrerà da quella porta», disse Crawley. «Lo vedremo arri-

[2] Il gioco di parole alla base di questo scambio di battute risiede nel fatto che in inglese *dick head* vuol dire "testa di cazzo" (*n.d.r.*).

vare attraverso quel dannato schermo». Indicò un monitor in bianco e nero da tredici pollici sopra la grande porta della rimessa: forniva una veduta ad ampio raggio della strada che terminava all'ingresso. I due lotti dall'altra parte della strada e i tre adiacenti al garage erano vuoti. Gli unici altri edifici sulla strada erano entrambi sprangati con assi di legno sulle finestre. Su ognuno c'era un vecchio cartello con scritto "Vendesi". Sul retro della rimessa c'era un piccolo pontile che terminava sull'acqua. Su quella zona del fiume il commercio era morto da una dozzina d'anni o forse più, quindi l'affitto della rimessa non era dispendioso.

Dentro quel garage di quindici metri per quindici, una parete era quasi completamente occupata da scatoloni accatastati in pile di diverse altezze – coperte da teli di plastica – nessuna delle quali raggiungeva il soffitto, alto all'incirca tre metri e mezzo. Solo le due pile accanto alla porta erano scoperte: quella che Crawley usava come poggiapiedi e quella sul quale sedeva il grassone.

«Questa è comunque la fine della corsa, amico», disse distrattamente Crawley.

«Che vuoi dire?»

«Cosa diavolo pensi che voglia dire?», rispose indignato Crawley. «Ti sei forse dimenticato che Walt è morto? Non abbiamo più nessuno che prenda questa roba dai moli di carico».

«Vuoi dire che non abbiamo più nessun contatto, dentro?»

«Diavolo, no», disse Crawley. «Nicky e io eravamo quelli che piazzavano la roba; Walt era quello che ci riforniva». Con noncuranza fece un cenno del capo verso il grassone. «E tu sei il braccio. Finiti questi, finito tutto, amico».

Il grassone fissò davanti a sé dondolandosi avanti e indietro con piccoli movimenti a scatto. «Per me sta bene», disse. «Comunque non mi sono mai sentito tranquillo con questa merda. Sarò contento quando sarà tutto finito».

«Ti sentivi bene ogni volta che ti ficcavo in mano cinquanta o cento bigliettoni?», chiese seccamente Crawley. «Oppure la volta in cui hai dovuto sistemare Artie Malone perché non aveva pagato?».

Il grassone sorrise. «Quello è stato divertente», disse. «Artie è un dritto, quel delinquente l'avrei pestato per cinque bigliettoni».

«Ma per quello che ricordo, l'hai fatto per il dieci per cento», disse Crawley.

«Ho preso cento dollari», affermò il grassone.

Crawley lo guardò di sbieco. «Rich, ce ne doveva mille. Il dieci per cento di mille è cento».

«Be'», aggiunse il grassone incerto, «l'avrei colpito per molto meno». Alzò bruscamente la testa, rimandando qualsiasi ulteriore commento da parte di Crawley, il quale seguì lo sguardo del compagno sul monitor sopra la porta.

«Ah», mormorò Crawley mentre guardava prima lo schermo, poi il suo orologio, «un po' in anticipo. È un buon segno». Poi, girandosi verso il grassone: «Vuol dire che è ansioso, e probabilmente pagherà la cifra più alta. Sei pronto?».

Il grassone balzò giù da dove era seduto e fece alcuni passi brevi e irregolari verso il muro su cui l'interruttore della luce pendeva sospeso a un filo. Tirò fuori dalla tasca interna del giaccone un paio di guanti di pelle nera e li scosse, assicurandosi che tutto il piombo cucito al loro interno finisse verso l'estremità delle dita.

«Mettiti i tirapugni», ordinò Crawley.

«Li ho già messi», disse il grassone mentre si sistemava i guanti sulle mani.

«Premi l'interruttore», disse Crawley mentre si avvicinava al monitor. La lampada al neon sopra la loro testa si spense e l'unica luce all'interno del locale proveniva dall'immagine chiara monocromatica sullo schermo.

«Non l'ho nemmeno visto arrivare», disse il grassone nell'oscurità. «Avremmo dovuto accorgerci di lui non appena imboccava la strada. E dove diavolo è la sua macchina? Dev'essere a piedi».

«Probabilmente l'ha lasciata alla fine dell'isolato e ha proseguito a piedi», disse Crawley mentre esaminava la figura sul monitor. «Forse è solo cauto come noi».

L'uomo sullo schermo rimase tranquillamente a guardare la porta. Dato che la videocamera era collocata sul tetto, all'angolo dell'edificio, l'immagine sul monitor offriva una prospettiva alta e laterale dell'uomo – forse sui quarant'anni, testa calva, grandi occhiali con la montatura in metallo e orecchie enormi. Non guardò verso la telecamera, ma non aveva motivo di farlo, visto che non immaginava di essere filmato.

«Non avrai problemi con questo qui, Rich», sussurrò Crawley ridendo. «Sembra un metro e sessantacinque per quarantacinque chili, a dir tanto». In quell'oscurità, si girò non visto verso il punto in cui si trovava il grassone. «Ma non correre rischi. Se ti sembra che stia tirando fuori una pistola o qualcos'altro, mettilo subito al tappeto».

Il grassone fece qualche passo nel buio, e si posizionò accanto all'ingresso. Crawley avanzò silenziosamente verso la porta. Mentre si avvicinava, sempre intento a fissare il monitor, il piccolo uomo all'esterno bussò con ritmo forte e cadenzato, la testa immobile e lo sguardo dritto di fronte a sé. Crawley sbloccò il grosso paletto sulla porta e il catenaccio subito sotto.

Aprì la porta di quasi cinquanta centimetri e ne serrò il bordo con la mano destra mentre abbassava lo sguardo verso il visitatore. L'uomo era almeno una trentina di centimetri più basso di Crawley, e sembrava molto più vecchio di quanto non apparisse sullo schermo. Non sembrava neanche in ottime condizioni di salute. Crawley sorrise e disse: «Cosa posso fare per lei, amico?».

Il piccolo uomo giunse le mani lunghe e ossute. «Mr Crawley?»

«Chi vuole saperlo?». Continuava a tenere la porta solo parzialmente aperta.

«Il mio nome è Beralli; Jonathan Beralli. Ero... un conoscente di Walt Hargate. Mi aveva detto che se avessi avuto bisogno di aiuto mi sarei potuto rivolgere a lei». L'uomo sollevò uno sguardo implorante verso Crawley.

Questi mise la testa fuori dalla porta e controllò la strada. Poi, una volta soddisfatto, spalancò la porta e fece un cenno del capo. «Venga dentro. Svelto».

Beralli varcò la soglia. Mentre sbatteva la porta e richiudeva il chiavistello, Crawley gridò: «Luce!».

Il neon in alto tornò tremolando in vita e il grassone si fece un po' più vicino a Beralli. Jonathan non si era neppure accorto di lui, poiché teneva gli occhi fissi su Crawley, il quale distese un braccio verso la prima pila di scatole di cartone e disse: «Venga nel mio ufficio, Mr Bernelli».

«Grazie», replicò l'uomo esile mentre camminava senza far rumore verso le scatole. «Mi chiamo Beralli, Mr. Crawley».

«Sì, sì, d'accordo, Beralli. Spero che non le dispiaccia se il mio socio le dà una controllata».

«No, affatto», disse cortesemente l'uomo.

«Rich, frugalo».

Il grassone giunse alle spalle di Beralli e cominciò a far correre rudemente le mani sui suoi fianchi, poi su entrambe le gambe. Fece girare l'ometto e Beralli obbedientemente distese le braccia all'infuori per farsi controllare le tasche interne del giacchetto di pelle marrone.

«È pulito», annunciò infine Rich.

Crawley camminò verso la porta. «Va' fuori e fatti una sigaretta, Rich. Se vedi o senti dei rumori, batti forte alla porta del garage e vattene attraverso il parcheggio».

«Bene». Il grassone uscì, e Crawley richiuse la porta dietro di lui.

«Ora, Mr Beralli», disse mentre camminava verso il piccolo uomo, «cos'è che le serve?». Crawley si stava accendendo una lunga sigaretta con filtro mentre si avvicinava.

«Nulla che lei non possa fornirmi, ne sono certo, Mr Crawley». L'uomo allungò una mano e la poggiò con calma sulla spalla di Crawley mentre questo espirava il suo primo tiro.

«Ehi», disse Crawley risentito mentre cercava di scansar via la mano dell'ometto. Il dorso della sua mano destra colpì l'avambraccio ossuto, ma la presa dell'uomo non vacillò. Crawley ritirò la mano e la sfregò in fretta, sorpreso da un momentaneo dolore, come se avesse colpito un tubo d'acciaio invece di un braccio pelle e ossa.

«Va tutto bene, Mr Crawley». Beralli stava sorridendo. I suoi denti erano grandi e bianchi, e continuò a stringere quell'uomo più grosso di lui bloccandolo con una mano sola. «Il dolore è temporaneo. Presto si placherà, e dopo una bella notte di riposo non si ricorderà neppure di essersi fatto male alla mano».

Crawley fece cadere la sigaretta, sbigottito dalla sua incapacità di muoversi o parlare. Vide il volto dell'altro avvicinarsi al suo, ma l'uomo non si stava muovendo. Crawley venne trascinato in basso verso le fauci socchiuse di quell'uomo con un movimento lento e inesorabile. Vide il suo sorriso spalancarsi fino a diventare un ghigno, e trasformarsi in una fenditura incorniciata da denti che sembravano marmo seghettato. La sua testa venne piegata all'indietro con decisione ma anche con semplicità, e si trovò a fissare la lampada al neon che brillava sopra di lui. Un bruciore acuto sotto l'orecchio gli tolse il respiro e lo fece annaspare in cerca d'aria. I timpani gli pulsavano come quella volta in cui aveva preso un aereo per Atlantic City, l'anno precedente. E prima di scivolare nell'incoscienza poté giurare d'aver sentito di nuovo il rombo dei motori, proprio come quando l'aereo aveva abbandonato il suolo.

Fuori, il grassone si dondolava avanti e indietro sui calcagni mentre finiva la seconda sigaretta. Dietro di lui, diversi metri alla sua destra, sentì scattare il catenaccio. Riuscì a malapena a intravedere la testa calva del piccolo uomo, dato che i lampioni in alto illuminavano lui più che l'ingresso.

«Mi scusi», disse il piccolo uomo, gettando uno sguardo oltre la porta, «potrebbe darci una mano con queste scatole?».

Il grassone mugugnò, gettò in terra la sigaretta e s'incamminò verso la porta. Mentre entrava, il piccolo uomo richiuse la porta alle sue spalle. Il neon gettava una luce grigia sulle due pile di scatole non coperte dal telo. Sopra la prima pila vide il corpo inerte di Jack Crawley, il viso rivolto in alto e le braccia spalancate come un pugile appena messo al tappeto.

Il grassone emise un grugnito impercettibile quando si girò verso il piccolo uomo ghignante accanto a lui. «Piccolo figlio di...», gridò mentre si piegava verso quel volto sorridente.

Quella mano carnosa rivestita dal guanto pieno di piombo avrebbe dovuto produrre forza sufficiente a far perdere i sensi a quell'omuncolo, o così credeva il grassone. Ma l'uomo doveva essersi mosso, o forse non era così vicino come aveva pensato il grassone, perché il colpo mancò del tutto il bersaglio. Il piccolo uomo continuò semplicemente a sorridere.

Il grassone si preparò per balzare in avanti e colpire di nuovo. Abbassò lo sguardo verso l'altro e si rese conto che l'uomo era ancora più in basso di quanto avesse originariamente pensato. Provò a sferrare il colpo, ma non riuscì a imprimergli forza. Non era più in grado di piantare i piedi a terra, dondolavano sospesi nell'aria mentre l'ometto cingeva con una mano il suo collo.

«E adesso tocca a te...», disse il piccolo uomo con un ghigno scarlatto, «sei proprio il piatto forte».

Il grassone sentì un ringhio vorace, e con la vista offuscata, vide la testa rotonda e calva avvicinarsi rapidamente alla sua. Sentì i propri piedi toccare il suolo, ma non fu in grado di caricarvi il peso. Le braccia gli pendevano lungo i fianchi, e per la prima volta si rese conto di quanto fossero pesanti quei guanti pieni di piombo. La fitta al collo lo fece sussultare, e in tutta serenità, come se fosse la cosa più normale in simili circostanze, il grassone se la fece diligentemente addosso, e perse i sensi.

***

Cinque minuti dopo la mezzanotte, le luci del garage si spensero e la porta venne richiusa, ma non a chiave. Il piccolo uomo si avviò verso il fiume portando con estrema disinvoltura quattro scatoloni, nonostante ognuno di essi contenesse un videoregistratore ben imballato. L'uomo discese le scalette della banchina e, quando si ritrovò sulla superficie dell'acqua, si liberò delle casse gettandole nella corrente fangosa del fiume.

Jack Crawley e Rich Head giacevano storditi nel garage. Più tardi, quando si svegliarono più o meno dieci o dodici ore dopo, erano confusi e nauseati, come se avessero preso la peggiore sbronza della loro vita. Gli avvenimenti indistinti della notte precedente vennero interpretati come il frutto dei festeggiamenti improvvisati che avevano seguito il buon esito dell'affare con Jonathan Beralli.

Non ricordavano né l'affare, né i festeggiamenti, ma la bottiglia di scotch da quasi due litri mezza vuota e i sei centoni nuovi di zecca sul pavimento attestavano il loro successo.

CAPITOLO 23

«Grazie», disse Helen Norwich, intontita, mentre porgeva il suo bicchiere vuoto. «Ora come ora potrei già essere ubriaca».

Nate prese il calice e si diresse in cucina. Helen era in piedi davanti al fuoco con lo sguardo su Lynus, che era rimasto seduto durante tutta la frettolosa spiegazione degli avvenimenti recenti. Durante il monologo di Lynus anche Nate era rimasto seduto a sorseggiare il suo vino, ma facendo attenzione alla reazione di Helen. Lei era rimasta sul divano quasi immobile, con gli occhi fissi su Lynus mentre questi le raccontava i fatti in dieci minuti. Quando Lynus si era interrotto per chiedere se aveva delle domande, lei aveva detto di sì, si era alzata, aveva mandato giù l'ultimo sorso di vino e si era girata verso Nate per chiedergli di riempirle nuovamente il bicchiere.

«Intendevo dire, cara», proseguì Lynus con fare esitante, «se avevi domande da fare a me».

«Domande, Steven? Perché dovrei avere domande?», disse con aperto sarcasmo. Incrociò le braccia. «Una delle persone che rispetto di più al mondo mi ha appena fornito una testimonianza del fatto che gran parte delle verità scientifiche in cui ho creduto per tutta la mia vita di adulta sono...», scosse la testa cercando la parola giusta, quindi, una volta trovata, esclamò: «...stupidaggini».

Nate ritornò con i calici appena rabboccati e ne porse uno a Helen e l'altro a Lynus. Mentre recuperava il suo posto a sedere Helen si girò per guardarlo.

«Sei stato estremamente taciturno, Nate. Cos'hai da dire su tutta questa faccenda?».

Nate incrociò le gambe e trasse un profondo respiro. «Ne sai tanto quanto me. L'unica cosa sulla quale posso giurare, Helen, è quello che è successo all'obitorio giovedì notte. E naturalmente le condizioni del cadavere di Costello quando ho eseguito l'autopsia. È stato quello il primo motivo che mi ha portato da te. Volevo ulteriori informazioni riguardo i...», ebbe un'esitazione, si strinse nelle spalle e disse a bassa voce: «...vampiri. Ma non potevo uscirmene con una cosa del genere. Diamine, non potevo parlarne con nessuno. Volendo far eco alle tue parole, sono anch'io uno scienziato».

«Helen», s'intromise Lynus, «non ti sto dicendo di trascurare tutti gli aspetti scientifici. E neppure di ignorare le leggi della natura...».

«Steven», lo interruppe lei riprendendo posto sul divano, «che della gente esca dalla tomba per vagare furtivamente in cerca di prede cui succhiare il sangue è una cosa assolutamente contraria alle leggi della natura, credimi!».

Lynus sollevò pazientemente una mano. «Lo so, mia cara. Ma ti prego di tenere a mente che questa è la prima volta che persone che conosci e di cui ti fidi ti parlano di cose del genere. In passato ti sarai senz'altro imbattuta in simili racconti nel corso dei tuoi studi».

«Oh, sì», disse lei, «ho letto di Vlad Tepes, l'Impalatore, e di una donna meno nota che mi hai fatto conoscere alcuni anni fa».

«La contessa Elizabeth Bathory», suggerì Lynus.

«Sì», convenne Helen. Poi, girandosi verso Nate: «Era una personcina davvero squisita. Ricorda a Lynus di parlartene uno di questi giorni».

Lynus stava nuovamente sorridendo. «Apprenderete entrambi molte cose su Elizabeth e sulla sua stirpe. Sempre che vogliate proseguire». Guardò Helen e increspò le labbra. «Altrimenti», disse giungendo le mani, «possiamo abbandonare il discorso in questo preciso istante».

Helen spalancò gli occhi. «Abbandonarlo? E io dovrei tornare a insegnare ai miei studenti la capacità sociologica dell'uomo di sviluppare un sistema di segni senza mai più pensare che due miei colleghi stanno dando la caccia a dei brutti ceffi per tutta la Transilvania?».

Lynus rise. «Gran parte del vampirismo in Transilvania si è estinto nel vero senso della parola all'inizio del diciassettesimo secolo, Helen».

Lei scosse la testa. «Steven, non puoi aspettarti che io lasci perdere. Lo ammetto, mi trovo in uno stato di grande confusione, e il mio primo impulso è quello di ridere, darti un buffetto sulla testa e consigliarti di non stare troppo tempo sotto il sole quando tornerai in Medio Oriente».

Sospirò gravemente prima di continuare. «Ma ti conosco da molto tempo, e non sei mai stato il tipo che si lascia suggestionare dai miti e dalle favole. E mentre resto qui seduta ad ascoltare e assimilare quello che stai dicendo, comincio a pensare al passato e a rendermi conto che per anni hai sempre suggerito indirettamente che il tuo lavoro è qualcosa di più di un semplice lavoro. L'hai sempre descritto come una chiamata e, ogni volta che ti ho fatto visita in Medio Oriente, mi hai sempre chiesto con discrezione di restare».

«Non l'ho mai fatto con discrezione, mia cara», disse Lynus con sincerità.

Helen e Lynus si guardarono l'un l'altra in silenzio per alcuni secondi prima che Nate si schiarisse la voce.

«Helen», disse mentre lei si girava verso di lui, «questa cosa mi mette in grave difficoltà. O meglio, mi *ha messo* in grave difficoltà quando Steven me ne ha parlato la prima volta. Ed è proprio questo il motivo per cui sto andando a Gerusalemme. Devo vedere con i miei occhi. O almeno devo saperne di più. Non è forse quello che farebbe qualsiasi scienziato?».

Helen si protese delicatamente verso di lui. «Non sto dicendo il contrario, Nate. Fino a venti minuti fa pensavo che saremmo andati in Israele per farci tentare da un attraente cambio di carriera – che nel mio caso avrebbe portato all'insegnamento e a delle incursioni nell'archeologia. Devi ammettere che si tratta di una cosa alquanto scioccante».

Si girò di nuovo verso Lynus. «Steven, hai detto che per ora puoi dirci solo questo. Potresti fornirci altri dettagli? Te ne prego».

Lynus si alzò in piedi. Camminò lentamente avanti e indietro davanti ai suoi due potenziali protetti, stringendosi le mani mentre parlava. «Sono pronto a dirvi tutto quello che vi potrebbe interessare sapere proprio adesso. Quello che devo omettere sono i dettagli: chi, come e perché. Vi saranno forniti dal mio superiore se, e soltanto se, vi sarete impegnati. Per ora, posso dirvi che tu farai parte del mio staff all'Università Ebraica e Nate sarà all'Hadassah Medical Center. Entrambi lavorerete anche al Rockefeller Archaeological Museum e di conseguenza parteciperete agli scavi archeologici. Ma questi impieghi saranno solo complementari al vostro vero incarico. Che sarà quello di tenere a bada questi demoni».

Vi fu un momento di silenziosa riflessione prima che Nate ponesse la prima domanda concreta.

«Steven, puoi dirci come dei semplici mortali possono tenere a bada qualcosa di così... potente, di così spaventoso?»

«Ancora una volta, lasciatemi dire che il *revenant* è una creatura molto cauta. Deve esserlo. I parametri che regolano la sua esistenza sono molto rigorosi».

«Dunque non può sopravvivere molto a lungo?», chiese Helen con una punta di speranza nella voce.

Lynus sollevò l'indice per enfatizzare le sue parole. «Non è necessariamente così. Alcuni sono riusciti a sopravvivere per secoli. Di altri ci si è sbarazzati subito dopo la loro apparizione. Vi ho detto che sono cauti, e vi ho detto che hanno bisogno di un *amicus* umano. Il ragionamento non è complicato».

Si fermò davanti a loro, con le gambe leggermente aperte. Era terribilmente serio nel suo discorso. «Quello che avete sentito dire sui vampiri durante la vostra vita è in parte leggenda, in parte verità. Ciò che sapete a proposito della loro vulnerabilità è probabilmente molto vicino alla realtà. Mentre quanto avete letto circa la loro indistruttibilità è probabilmente una grossolana esagerazione».

«Dacci prima la buona notizia, Steven», disse Helen a disagio. «Quanto sono indistruttibili?».

Lynus scostò il vassoio con i salatini e si sedette sul tavolino. Si protese verso i suoi uditori con i gomiti appoggiati sulle ginocchia. «Il *revenant* si muove di notte. Deve trovarsi nel luogo in cui riposa prima dell'alba. Ma, contrariamente ai topos della letteratura, i vampiri non muoiono se i raggi del sole li investono».

Helen si girò verso Nate e poi nuovamente verso Lynus. «Be', questa non è propriamente una buona notizia, Steven. Vuoi dire che possono sopravvivere anche nella luce del giorno?»

«Quasi certamente, ma in quel lasso di tempo sono estremamente vulnerabili».

«Quanto vulnerabili?», chiese Nate.

Lynus raddrizzò la schiena. «Il *revenant* vive di notte perché i raggi del sole lo indeboliscono fisicamente. Tanto da renderlo vulnerabile fino all'inverosimile. La semplice puntura di un insetto, ad esempio, può rivelarsi fatale all'istante».

«Quindi stai dicendo che noi – io o Helen – potremmo occuparci di loro durante il giorno?».

Lynus portò il dito alle labbra meditabondo. «Sarebbe come combattere una vecchia ultracentinaria che non mangia e non beve da due giorni ed è reduce da una brutta influenza».

Nate guardò con fiducia Helen. «In tal caso, credo che potrei sistemarli».

Helen sorrise, poi tornò a guardare Lynus. «In una simile situazione, cos'è che… dovremmo fare concretamente?». Non si preoccupò di nascondere il disgusto per la sua possibile risposta.

Lynus sorrise in maniera condiscendente. «Non sarebbe necessario trafiggergli il cuore. Ma un'assicella di frassino, quercia o corniolo sarebbe più che sufficiente».

Helen rabbrividì. «Esiste una valida alternativa?»

«L'argento è sempre un materiale raccomandato. Il crocifisso che porto con me – quello che ho usato lo scorso giovedì – è d'argento. Un crocifisso di legno avrebbe funzionato egualmente, ma l'argento ha un potere simbolico maggiore, tanto per noi quanto per le nostre prede. E a tempo debito vi verrà spiegato il motivo».

«Che cosa accade la notte?», chiese Nate.

«Durante le ore di oscurità», proseguì Lynus, «la forza di un *revenant* cresce esponenzialmente. Può essere modesta o sovrumana. A seconda delle necessità. Vedete, la forza di un *revenant* non è mai superiore a quella che gli serve per sopraffare le sue prede. Trova sempre la forza necessaria ad assoggettare l'avversario, e può muoversi alla velocità di cui ha bisogno, ma non di più».

«Lynus», disse Nate accigliato, «se questo è vero, perché i vampiri non si sono impossessati del mondo, emisfero per emisfero, mentre è avvolto nella tenebra? O l'hanno forse fatto?». Lui e Helen si scambiarono rapide occhiate piene di preoccupazione.

Lynus si alzò in piedi e camminò verso il caminetto. «Ancora una volta vi state affidando a quello che avete visto nei film o letto nei romanzi». Si girò verso di loro. «Ti ho detto che un vampiro deve avere un soggetto consenziente. Non può attaccare a suo piacimento, né indiscriminatamente».

«Ma se la loro forza è sempre sufficiente a farli prevalere», chiese Helen, «perché non possono aggredire a loro piacimento?»

«E soprattutto», aggiunse in fretta Nate, «chi è un soggetto consenziente, per un vampiro?».

Lynus si sfregò le mani e i suoi occhi tradirono un lampo di vago divertimento. «Quella è la chiave di tutto. Un vampiro non può invadere la tua casa, né può trascinarti nella sua mentre urli e scalci. Si deve entrare nella casa di un *revenant* di propria spontanea volontà. Il vampiro deve invece essere invitato nella casa altrui. Una volta che questo è avvenuto, si è nelle mani della misericordia del vampiro… che non ne ha».

«Dunque stai dicendo che non devo far entrare i venditori porta a porta che si presentano dopo il tramonto», lo punzecchiò Helen.

«Non è così semplice, Helen. Ti ho detto che il vampiro è una creatura prudente. Deve esserlo. Entrare nella casa sbagliata potrebbe causare un immediato disastro per lui. Deve assicurarsi che l'abitazione sia priva di determinati oggetti. Non ultimo il crocifisso». Sorrise, abbassò il tono di voce e quasi sussurrò: «In tal caso si ritroverebbe nelle stesse condizioni della vecchia di cent'anni di cui sopra. Se ne dovrebbe andare all'istante. E considerando la sua debilitazione fisica di quel momento, probabilmente se ne dovrebbe andare strisciando. Ma ricordate», proseguì Lynus, «anche se i vampiri non possono prendervi il sangue a meno che voi in qualche modo glielo consentiate, hanno comunque una formidabile forza fisica se vengono affrontati durante la notte». Sorrise e diede una piccola pacca alla tasca interna della sua giacca. «Ecco perché sono sempre armato di crocifisso».

«Steven», disse Nate, «ma perché il crocifisso li terrorizza così tanto?»

«Per questo Nate, dovrai aspettare. Non sarò io a spiegarti il significato della croce».

Helen sorseggiò il suo vino, poi tenne il bicchiere con entrambe le mani. «Allora sarei comunque nei guai. Voglio dire, non sono proprio praticante, ma sono ebrea. La mia casa è un po' a corto di crocifissi».

«Ma hai una *mezuzah*[3] sullo stipite della tua porta», controbatté Lynus.

Helen sgranò gli occhi dallo stupore. «Questa sì che è nuova. Credevo che solo i cristiani potessero combattere i vampiri».

Lynus fece una tiepida risata. «Non mi stancherò mai di ricordarti di mettere da parte molte delle nozioni preconcette che hai su questo argomento. Per ora, Helen, ricorda solo che una delle iscrizioni sulla *mezuzah* è "El Shaddai", uno dei nomi ebraici di Dio. E poi tu non saresti un soggetto consenziente», obiettò Lynus. «O si spera che sia così. Un *revenant* non desidererebbe distruggerti per il solo piacere di farlo. Ogni *revenant* ha una missione specifica in questo mondo. Non può permettersi di perdere il tempo e le energie che gli concede la notte per massacrare l'umanità. Una simile azione non gli dispiacerebbe, ma lo allontanerebbe dal suo vero obiettivo. Ed è molto pericoloso per lui scostarsi dalla sua reale intenzione».

«Allora, per riprendere la domanda di Nate, chi è un soggetto consenziente?»

«Chiunque abbia dei propositi malvagi», disse Lynus.

«In questa categoria rientrano molti elementi», disse Nate. «Se invito qualcuno a vedere il Super Bowl per fare una scommessa…».

«Nathan», Lynus parve leggermente offeso. «Stiamo parlando del *male*, per l'amor del cielo. Il male inerente alla creazione di un vampiro deve

[3] Oggetto rituale ebraico, consistente in un contenitore che racchiude una pergamena su cui sono stilati i passi della Torah che contengono sia l'asserzione dell'unicità di Dio che gli obblighi (*n.d.r.*).

trovare terreno fertile su cui rigenerarsi. E i sette peccati capitali sono un ottimo fertilizzante».

Nate si appoggiò allo schienale della poltrona. «Intendi dire superbia, gola, avarizia...».

«Esattamente», disse Lynus. «E su scala costantemente crescente. Lascia che parli brevemente di alcuni dettagli, poi potrai pormi le tue domande. I vampiri esistono fin dall'antichità e, proprio come chiunque altro nella creazione, vi è una ragione specifica per cui sono qui. Questa ragione ti verrà rivelata al momento opportuno. In altre parole il nostro compito – il mio e il vostro, se deciderete di assumervelo – è di impedire che i vampiri raggiungano il loro scopo: uno scopo che hanno perseguito per secoli. Senza entrare troppo nei dettagli», proseguì, «posso dirvi che i vampiri sono spinti da una fede incrollabile nel loro obiettivo. Per farla breve, loro confidano nel fatto che se raggiungeranno il loro scopo...», si fermò e fece un profondo sospiro prima di riprendere, «l'umanità perderà qualunque possibilità di salvezza abbia mai avuto fin dal principio».

Fu Helen a chiedere: «E le loro speranze sono fondate?»

«Noi non lo crediamo», rispose Lynus con voce stanca. «Ma non possiamo esserne certi. È per questo motivo che non possiamo permetterci di abbassare la guardia. Siamo sempre all'erta, e lo siamo stati fin da quando i vampiri hanno fatto la loro prima apparizione».

Riprese in fretta il suo vigore. «Ma tutte queste cose le apprenderete a tempo debito. Per ora, è meglio che io dissipi tutte le nozioni errate e presumibilmente di lunga data circa queste creature». Tornò a sedere, bevve un generoso sorso di vino per bagnarsi la gola e continuò solerte.

«Il *revenant* non è uno spirito. Al contrario, egli è l'incarnazione del mondo materiale. È per questo motivo che un vampiro cerca continuamente un legame fisico con gli altri. Ed è anche la ragione per cui i vampiri non possono passare attraverso i muri, ma devono essere invitati a varcare una soglia. La loro è una forza fisica, e non può paragonarsi a quella di nessun essere umano».

«Ora vorrei farti una domanda assolutamente sciocca», proruppe Helen. «Possono sopraffare un elefante o un cavallo? Penso che questo fornirebbe loro una gran quantità di sangue».

Lynus scosse solennemente la testa. «Quello che cercano è il sangue umano. Nessun altro sangue li condurrà al successo».

«Qualsiasi sangue umano?», chiese lei.

«Qualsiasi tipo di sangue umano fornisce loro sostentamento, ma quello che cercano è un sangue davvero speciale, e l'hanno cercato per molto tempo». Tenne la mano sollevata, impedendo ulteriori approfondimenti su quel punto. «Ma lasciatemi continuare. A causa della sua completa dipendenza dalla dimensione fisica, un vampiro ha una grande capacità trasformistica. Ma non conosciamo casi in cui uno di essi abbia assunto la forma di un pipistrello, di un lupo o di un corvo, o di altri animali. Un vampiro assumerà la forma che ritiene più vantaggiosa in base alle circostanze. Se sono necessari un volto grazioso o un corpo formidabile, allora questo sarà. Il *revenant* appare sempre esattamente come la sua vittima vuole che sia. Tutto dipende dalla dimensione fisica delle cose, nel loro dominio, e le loro vittime hanno questa stessa inclinazione. Vedete, i vampiri sono persone che in vita si preoccupavano esclusivamente degli aspetti materiali, e mai di quelli spirituali. È da un simile bacino che vengono scelte in tutta sicurezza le vittime».

«Il sole, Steven», disse Helen appoggiandosi allo schienale del divano. «Perché il sole è così letale per loro?»

«Perché il sole è l'origine della vita così come la conosciamo, Helen. I vampiri provengono dall'oscurità. Il primo vampiro venne generato quando non c'era sole. Di questo puoi essere certa».

Tanto Helen quanto Nate rimasero in silenzio ad osservare Lynus. Il vecchio si protese nuovamente verso il suo bicchiere e assaporò il vino. Anticipando una possibile domanda disse: «Non troverete specchi all'interno della casa di un vampiro, né vedrete mai un vampiro ansioso di averne uno nelle vicinanze».

«Dunque questa è una delle cose vere del mito?», disse Nate.

Lynus stava guardando il pavimento e annuì lentamente. «Oh, sì. I vampiri fanno tesoro del loro anonimato e sarebbe davvero difficile spiegare perché non riflettano la loro immagine».

«Ma perché no?», chiese Helen con noncuranza.

«Come ho spiegato», replicò Lynus, «i vampiri provengono dall'oscurità. Gli specchi riflettono i raggi della luce. È questo che l'occhio vede quando guarda in uno specchio. Il vampiro non rimanda alcuna luce. Dunque come vedi, mia cara, alcune spiegazioni scientifiche sono ancora possibili».

«Quello che è assolutamente stupefacente», disse Helen mentre prendeva il suo calice, «è che non ho ancora finito il mio secondo bicchiere di vino, quindi so di non essere ubriaca. E tuttavia comincio a trovare tutto ciò molto verosimile». Si girò e sorrise in modo complice verso Nate, che concordò.

«Allora è ancora valido il programma della prossima settimana a Gerusalemme?», chiese Lynus con un ghigno da folletto.

«Prova a fermarmi», disse Nate mentre si faceva avanti e teneva il bicchiere sollevato.

«Andremo, vedremo, conquisteremo», disse Helen mentre faceva tintinnare il suo bicchiere contro quello di Nate.

Lynus aggiunse il proprio al brindisi e disse: «Cesare non avrebbe potuto trovare espressione più felice. Anche se la frase in latino aveva una musicalità molto più elegante. *Veni, vidi, vici*».

«Ad ogni modo», aggiunse mentre i bicchieri tintinnavano, «dovrete rispolverare tutto il latino che ricordate dai tempi della scuola».

Tutti bevvero un sorso, poi Nate chiese: «A che scopo, Steven?»

«Per quando incontrerete Longinus, il mio maestro. Lui adora servirsi del latino in ogni occasione. Se fosse stato per lui, sarebbe la lingua madre di tutta la nostra specie. Non preoccuparti», aggiunse per rassicurarlo, «lo capirai abbastanza in fretta con il passare del tempo».

«Oh-oh», disse Helen intimorita. «Non abbiamo ancora acconsentito a nulla e già ci sono i compiti per casa».

«Oh, fai silenzio Helen. Comportati bene», la sgridò Lynus. «Non è che un uomo con dei modi un po' all'antica. A dire il vero, è fin troppo moderno considerata la sua età».

«Almeno ci è dato sapere quanti anni ha?», chiese Helen scettica.

Lynus vuotò il suo bicchiere. «Compirà centoquattro anni il mese prossimo».

CAPITOLO 24

Ricontrollò esausta tutti i punti in cui il nastro adesivo veniva in contatto con la macchina. Quando si piegò per ispezionare le luci anteriori ebbe un improvviso sussulto – l'acuto bruciore delle ferite sul fondoschiena che sfregavano contro il tessuto ruvido dei suoi jeans. Si raddrizzò con cautela e fece un respiro profondo, quanto mai appagata dal modo in cui aveva sopportato un simile trattamento. Si trattava di un piccolo prezzo da pagare per le cure perpetue che avrebbe ricevuto una volta entrata a pieno diritto nella comunità degli *hostes humani generis*.

Aveva dormito un sonno agitato durante tutta la notte. Era preoccupata dall'idea di non svegliarsi in tempo per dare il benvenuto a Jonathan di ritorno dai suoi vagabondaggi notturni, ma allo stesso tempo era certa che una cosa del genere non sarebbe mai accaduta. Non voleva rischiare ulteriori provvedimenti disciplinari per quella che sarebbe stata interpretata come una mancanza di obbedienza, ma soprattutto voleva dar mostra della sua ferma dedizione ai principi. Questi pensieri, oltre al dolore pulsante che tormentava le sue natiche ossute, avevano turbato più volte il suo sonno.

Prima di ritirarsi nello scantinato alle cinque del mattino, Jonathan le aveva nuovamente ricordato di verniciare la Volkswagen prima del tramonto. Poi era sceso giù per le scale senza aggiungere altro. Fin dalle prime luci dell'alba aveva lavorato incessantemente, applicando del nastro da tappezzieri e dei giornali sui finestrini, sulle luci, sulle cromature. Alle dieci del mattino era pronta per cominciare a verniciare.

La macchina si trovava a circa quindici metri dalla casa, vicino alla distesa boscosa situata alla fine della tortuosa strada che conduceva alla casa di Jonathan. Persino in quello spoglio autunno gli alberi circostanti erano grandi dispensatori di isolamento. Clementine agitò la bomboletta di vernice a smalto finché non sentì tintinnare le palline al suo interno. Continuò a scuotere mentre sistemava una scaletta accanto alla macchina. Cominciò dal tetto, proseguì con il cofano, il retro, e infine le fiancate. Quando ebbe terminato, la Volkswagen verde opaco che avrebbe potuto essere oggetto di una indagine da parte della polizia era ben nascosta sotto diversi strati di vernice blu oltremare.

Per le tre del pomeriggio era davanti al bancone della cucina con un sandwich con fegato e cipolla e una bottiglia di acqua minerale. Le sue mani erano macchiate di blu, e le spalle, le mani e le natiche le facevano male, ma era soddisfatta per aver portato a termine il suo compito.

Il sole era tramontato da mezz'ora quando Clementine si sedette sul bordo di una sedia della libreria. L'unica fonte di luce erano due grosse candele. Era impegnata nella lettura di un piccolo testo logoro che Jonathan le aveva ordinato di imparare a memoria, quando giunse una voce che riecheggiava nell'oscurità.

«Hai fatto un buon lavoro con la macchina».

«Signore». Si alzò in piedi in fretta, anche se dolorosamente. Si sforzò di distinguere la sua figura nel buio, ma la luce delle candele concentrata sulle pagine che stava leggendo aveva contratto le sue pupille.

«E ti sei sbarazzata a dovere dei resti?». La voce era ancora incorporea.

«Sì, Signore. Li ho portati nell'apposito centro di riciclaggio».

«Bene. È occupandoci di simili banali dettagli che ci assicuriamo la massima riservatezza. Sei pronta per la lezione di stanotte?». La voce di Jonathan lo precedette mentre emergeva dall'ombra. Clementine finalmente fu in grado di scorgere la sua testa calva e i suoi lineamenti di cera.

«Sì, Signore». Abbassò il capo. «Spero solo di riuscire a pronunciare i nomi come tu desideri». Poi, guardandolo, aggiunse: «Molti sono francesi, e non ho dimestichezza con quella lingua».

«Non ti preoccupare, Clementine. Col passare del tempo quei nomi ti saranno familiari quanto il tuo. Il tempo disciplina ogni cosa, e noi ne abbiamo in abbondanza. Ora», disse mentre scivolava alle sue spalle, «girati verso di me e rispondi alle mie domande».

Lei si voltò e raddrizzò le spalle, con le braccia distese lungo i fianchi.

«Filippo il Bello», esclamò lui. Poi chiese: «*Hostis, aut amicus?*»

«*Amicus*», rispose subito lei.

«Marie de Saint-Clair?»

«*Hostis*».

«Clodoveo?»

«*Hostis*».

«Bertrand de Goth?»

«*Amicus*».

«Elizabeth Bath...?».

Jonathan s'interruppe bruscamente, con la bocca ancora pronta a pronunciare l'ultima sillaba, gli occhi spalancati. Era la prima volta che Clementine vedeva il terrore pervadere i suoi lineamenti. Conosceva le ragioni del suo allarme, ma non la fonte. Sentì il pavimento tremare e udì un profondo ma deciso rombo che proveniva da sotto i loro piedi, ma era anche intorno a loro. Era il suono di un'inconfondibile autorità, un appello che Jonathan – Clementine se ne rese subito conto – non osava ignorare.

Il rimbombo si attutì fino a diventare una vibrazione costante, appena udibile, e poi quel lamento cupo e mugghiante si quietò. Jonathan aveva riacquistato il controllo di sé. «Tu aspetterai in questa stanza», ordinò. «Fino al mio... ritorno, tu continuerai a imparare i nomi, e le storie». Svanì rapidamente dalla vista: un momento prima era proprio lì di fronte a lei, e in un battito di ciglia si era dileguato nell'oscurità senza alcun rumore.

In pochi secondi Jonathan fu in piedi sulla soglia che conduceva al sotterraneo, e sbirciò giù per le scale prima di scendere. Quando si fermò, giunse nuovamente quel richiamo. Stavolta il rumore era decisamente più forte, se possibile aveva ancora più autorità, e molta più ira. Jonathan svanì per quelle buie scale senza perdere tempo.

La cantina aveva mura di pietra erose da innumerevoli decenni di umidità. Il fondo di nuda terra si trovava a tre metri e mezzo dalle antiche travi che sostenevano il soffitto. Non vi era luce a illuminare la solida bara di legno interrata, vicina al muro di sinistra. Fu verso quel muro che si diresse Jonathan, prostrandosi accanto alla bara. Affondò il proprio volto nella polvere, e il ruggito intorno a lui si placò fino a diventare una voce chiaramente risonante che vibrava nel suolo proprio sotto il suo volto.

«Quando è stata l'ultima volta che ti sei nutrito?»

«La notte scorsa, Primum», rispose Jonathan senza tardare e senza scostare il volto da terra.

«Quando hai intenzione di nutrirti di nuovo?»

«Questa stessa notte, Primum».

«Sai quando mi sono nutrito io l'ultima volta?»

«Secoli fa, Primum».

«Sai quando mi nutrirò ancora?»

«Quando il Sang Raal verrà consegnato al tuo invincibile regno».

«Lo sai perché ti è concesso di nutrirti?»

«Per continuare la nostra caccia al Sang Raal, Primum».

La voce crebbe di volume, facendo cadere la polvere dal vecchio mortaio nelle mura di pietra. «Allora perché ti rimpinzi inutilmente del sangue di creature inferiori? È tra questi che speri di trovare l'Erede? O continui forse per il tuo puro piacere personale?»

«No, Primum. Non sono mai venuto meno ai miei doveri. Mi nutro per poter sopravvivere».

La voce si attutì, ma senza perdere la capacità di incutere terrore. «Ti era stato detto di ingrossare le fila. Invece hai comunque scelto di abbandonare l'*amicus* Costello per occuparti dei tuoi egoistici desideri. Pensavi che non avrei saputo che è stata la tua ingordigia a ucciderlo?»

«Primum, è stato un caso. Siamo stati interrotti nel momento meno opportuno. Non ho potuto far altro che assistere impotente, mentre il suo corpo veniva portato via. Proprio quando era giunto il momento più appropriato per reclamare la sua esistenza, era troppo tardi. L'abbiamo perduto».

«Stupido!». La voce si fece tonante, e Jonathan sentì che il suo viso involontariamente si appressava al suolo. «Troppo tardi? Hai cercato il corpo dopo che è stato portato via?»

«No, Primum. A quell'ora il sole non era lontano dal trafiggere il cielo a est. Poche ore dopo l'incidente stavo già riposando».

La domanda successiva fu posta con tono più misurato. «E la sera seguente?».

Jonathan esitò, sempre col viso a terra. «Io... non conoscevo il posto in cui sarebbe stato custodito, ma considerando l'inutilità del corpo e le difficoltà che avrei dovuto affrontare per provare ad accedere al loro obitorio, io... ho pensato che a quel punto ormai fosse fuori discussione».

La voce perentoria disse con sarcasmo: «E invece non hai pensato proprio a nulla. La tua incuria mi ha causato un grande tormento. Se tu fossi andato all'obitorio per accertarti della nostra perdita, non avresti faticato a entrare. Perchè io mi trovavo nel corpo che hai abbandonato».

Jonathan alzò il volto dalla polvere in preda allo stupore. «Primum! Vuoi dire... era già... Eri già tra noi?»

«Mi sono impossessato rapidamente di quel novizio, Costello. Tale era l'intensità della tua fusione con lui, e questo mi aveva soddisfatto. Quella notte, mentre giaceva *in articulo mortis*, ero pronto a dargli pieni poteri. Aveva solo bisogno di essere nuovamente rifornito... da te. Ma tu ti sei nutrito troppo, dimenticando quale fosse il tuo compito. L'hai trattato come una vittima, non come un *amicus*. Di conseguenza mi hai lasciato in un corpo sospeso *in articulo mortis*».

«Ma Primum», lo interruppe ottimista Jonathan, «adesso io posso tornare e portare a termine il processo. Andrò subito all'obitorio. La nostra progenie sarà con noi questa notte stessa!».

La terra produsse un gemito profondo – un doloroso e malinconico sospiro. «Quanto sarebbe stato facile», disse lentamente la voce, «se non fosse intervenuto un Custos».

Jonathan non poteva credere alle proprie orecchie. «Ma, Primum, com'è possibile? Siamo molto lontani da Gerusalemme. Come potevano sapere? Cosa può averli condotti qui da te?»

«Questo non ha importanza, adesso. Ti sia sufficiente sapere che quattro giorni fa ho sentito l'ardente bagliore del crocifisso...». Jonathan si rannicchiò, le dita scavavano nel suolo, i denti erano serrati mentre quella voce proseguiva. «...e abbiamo perduto Costello... per sempre».

Jonathan cercò di parlare. «Io... non lo sapevo, Primum. Imploro il tuo perdono».

«E in che modo hai fatto ammenda? Impiegando la tua seconda scelta? Sei andato immediatamente in cerca di un altro *amicus*? O ti sei semplicemente accontentato di nutrirti?»

«No, Primum», disse Jonathan eccitato. «Ho trovato un adeguato sostituto, che sarà di gran lunga superiore a quello che abbiamo perso».

Con un sarcasmo più fine, la voce rispose: «E sarebbe il nostro amico nella casa mobile, il socio di Costello?»

«Ah, no, Primum», rispose con prudenza Jonathan. «Quello era Hargate. Una... scelta non del tutto appropriata, ho deciso».

«E quando l'hai deciso? Dopo aver saziato ancora una volta il tuo appetito, lasciandoti dietro un'altra esibizione caotica e rivelatrice affinché le autorità umane indaghino a loro piacimento?».

Jonathan si limitò a sussurrare rivolto verso il terreno. «Sì, Primum».

La voce lo ammonì con tono diretto e privo di emozione. «Tu, stupido, hai sprecato tempo e sangue. Tanto Hargate quanto Costello sarebbero stati adatti... per te. Entrambi avrebbero rappresentato un contributo gradito alla nostra causa, e noi dobbiamo trarre ogni profitto da questo tempo. Le azioni fortuite dell'umanità ancora una volta ci hanno fornito l'opportunità di ampliare il nostro numero e rinnovare la nostra ricerca con maggior vigore.

Io confido», proseguì lentamente la voce, «che l'apprendista Clementine, su cui al momento stai esercitando la tua autorità, verrà trattata con molta più... disciplina da parte tua».

«Sì, Primum», rispose Jonathan con entusiasmo. «Ha risposto bene al castigo e al comando. Ho intenzione di iniziarla alle fusioni notturne non appena avrà maggior dimestichezza con la nostra storia. Verrà assimilata in fretta, non ne dubito. Credo che sarà pronta nel giro di poche settimane».

La voce ribatté con tono misurato: «Comincerai stanotte stessa».

La reazione di Jonathan manifestò tutta la sua tensione. «Ma, Primum, è appena arrivata, e se si fonderà con noi, allora avremo entrambi bisogno di un *amicus*».

«Non abbiamo molta scelta. Dobbiamo sfruttare questo lasso di tempo che ci è stato concesso».

«Molto bene, Primum. Cercherò immediatamente un altro *amicus* in modo che possa avere inizio l'assimilazione di Clementine».

«Comincerai la sua assimilazione stanotte».

«Ma, Primum... è sicuro introdurla nella nostra schiera senza che io abbia prima trovato un *amicus*?»

«Questo è il pericolo dal quale sarai oppresso. Se avessi controllato il tuo appetito, questo problema non sarebbe sussistito. Mi aspetto che tu e la ragazza siate pronti, ciascuno con un *amicus*, prima della prossima luna piena. Spero vivamente di non dover fare di nuovo questo viaggio prima di quel momento».

«Come comandi, Primum».

«Eccellente. Hai il tuo compito. Ora devo tornare, perché sono stato via troppo a lungo e il viaggio per tornare a Gerusalemme è gravoso. Quando verrò chiamato nuovamente, dovrà essere per il più prodigioso dei motivi. Meglio che non sia per il tuo frivolo egoismo, come stavolta».

La voce di Jonathan era servile. «Come desideri, Primum».

«Ora va'. Il tuo compito ti attende. Senza dubbio lei sarà lieta di sapere che il suo programma è stato accelerato».

CAPITOLO 25

Steven Lynus partì per Gerusalemme in orario. Il suo volo decollò presto, quel mercoledì, così nessuno lo vide andar via. Sia Helen che Nate erano impegnati ad assicurarsi che nulla rimanesse in sospeso prima delle rispettive vacanze. Nate aveva un lavoretto extra di cui si doveva occupare. Lynus l'aveva chiamato e gli aveva chiesto di fare qualche indagine circa un incidente verificatosi fuori città.

«Credo che meriti la nostra attenzione, Nathan», disse al telefono martedì sera tardi. «Ti sarebbe possibile curiosare un po' in giro e raccogliere qualche dettaglio?»

«Ricordo di aver sentito qualcosa in proposito, al notiziario», rispose Nate. «A quanto mi sembra di ricordare la vittima era un noto piantagrane con precedenti per aggressione».

«Non mi stupirebbe», riconobbe Lynus. «Vanno spesso a scovare tipi simili».

«Ma, Steven», disse scettico Nate, «quel tizio è stato accoltellato. E diverse volte, se ben ricordo. La scena del delitto era parecchio incasinata. Non si addice molto al modus operandi di Bela Lugosi, no?»

«Molto divertente, dottore. Ma non dimenticare che quelle creature sono ben lontane dall'essere imbecilli. L'inutile annientamento della vittima potrebbe essere allo stesso tempo l'annientamento delle prove. Ricorda che si tratta di esseri molto prudenti. Non vogliono solleticare la curiosità di una mente aperta, come è successo con le condizioni di Mr Costello».

«Credi che questo possa essere stata opera dello stesso vampiro?»

«Controllar non nuoce, Nathan».

«Be'», disse esitante Nate, «si tratta di un'altra giurisdizione, ma ho avuto a che fare con quel dipartimento una volta o due in passato. Sono sicuro di poter scoprire qualcosa di più di quanto pubblicato sui giornali. La cortesia professionale esiste ancora. Ma cosa dovrei cercare?»

«Semplice. Scopri se il collo riportava ferite di sorta».

«Ah», disse Nate mentre coglieva l'allusione di Lynus. «Che possano dissimulare dei segni di puntura che apparirebbero troppo simili a quelli rinvenuti alcuni giorni fa su un altro cadavere?»

«Vedi», disse Lynus con fare condiscendente, «cominci ad afferrare».

Giovedì mattina Nate venne richiamato all'obitorio dal dottore che lavorava come coroner per il distretto di Colonnade. Non avevano un patologo a tempo pieno in una municipalità di quelle dimensioni, così ogni quattro anni veniva fatto un contratto a un chirurgo praticante interessato a dedicarsi a quel lavoro part-time.

Henry Bushman era giovane, zelante e molto felice di parlare con un medico legale di una grande città. «Dottor Bushman», disse Nate al telefono dopo essersi presentato, «non le ruberò molto tempo. Ho appena saputo dell'omicidio di Walt Hargate, commesso la settimana passata, e mi stavo chiedendo quale fosse la causa del decesso. Siamo sempre interessati a scoprire se c'è qualche collegamento con i casi sui quali stiamo lavorando».

«Oh, tutto il tempo che vuole, dottore. Sempre felice di poter essere d'aiuto. Non è stato ancora arrestato nessuno in merito al caso Hargate. Stanno indagando su alcuni dei suoi soci in affari». Abbassò la voce in modo ironico. «Sa cosa intendo...».

«Di che affari si tratta?», chiese Nathan serio.

«Caricava e scaricava apparecchiature elettroniche, per quello che ne so. Ma i nostri detective sanno che era un noto ladro. Alcuni dei delinquenti del posto hanno fatto delle dichiarazioni. Sa, confidenziali. Pensano che possa aver fregato il cliente sbagliato. Ci sono soltanto due persone nella nostra divisione investigativa», aggiunse Bushman dopo aver riflettuto. «Per lo più indagano su furti d'auto e violazioni di domicilio. Questa è la cosa più grossa che sia accaduta a Colonnade da quando il fratello del capo è stato pizzicato per guida in stato di ebbrezza». La risata di Bushman tramortì i timpani di Nate.

«Dottor Bushman», disse Nate incuriosito, «dove lavorava questo tizio?»

«Vediamo, ho il rapporto proprio qui...». Nate riusciva a sentire il rumore delle pagine che venivano sfogliate senza troppa cura. «Lavorava in un magazzino della Bartronic. È dalle vostre parti. L'indirizzo è Riverside Street...».

«Già», lo interruppe con fare assente Nate, «ne ho sentito parlare».

«Be'», continuò Bushman, «immagino si siano accorti che questo signorino sottraeva della merce dai camion da anni e...».

«Dottor Bushman», s'intromise Nate, «qual è esattamente la causa della morte?».

Il tono di Bushman si fece più professionale. «Ho rilevato un considerevole trauma al capo e al torace, causati da un corpo contundente». Ma il giovane dottore non era un cultore del gergo medico – o comunque non per molto. «Ma quello che l'ha davvero fatto fuori è stato una profonda ferita alla giugulare».

«Quindi gli è stata tagliata la gola?»

«"Tagliata" è un eufemismo, in questo caso», replicò Bushman. «Qualunque cosa sia stata usata, non era molto affilata. Pensiamo a un'ascia o a un coltello da caccia, forse. La gola era ridotta proprio male».

«Mmm». Nate stava mettendo insieme una ricostruzione convincente della faccenda, prestando solo in parte attenzione al seguito del racconto del giovane patologo, finché il ragazzo non disse qualcosa che richiamò tutta la sua attenzione. «Cos'ha detto dottore?», chiese scuotendosi all'improvviso dalle sue riflessioni.

«Ho detto che abbiamo solo due detective e che questa non è una faccenda sulla quale abbiano molta esperienza...».

«No», disse Nate, «prima di quello».

«Oh», Bushman ci pensò su un secondo o due, poi disse: «non pensano che... i detective, intendo... Ritengono che forse è stato assalito all'esterno e poi inseguito dentro perché non è stato ritrovato molto sangue sulla scena del delitto. Come ho detto, non avvengono molti omicidi da queste parti...».

«Quanto sangue ha perso, dottore?»

«Quasi tutto», disse succintamente Bushman.

Nate parlò ancora alcuni minuti con il dottor Bushman, e riagganciò con la promessa che un giorno di quelli lo avrebbe invitato a fargli da assistente durante un'autopsia. Sorrise tra sé mentre terminava la conversazione. Si chiese come avesse fatto un giovane come Bushman a crescere appena fuori città, frequentare la facoltà di medicina, e mantenere un accento così provinciale. Si chiese per quanto tempo Bushman sarebbe rimasto a lavorare in un posto in cui il caso più importante trattato dal dipartimento di polizia era stato l'arresto del fratello del capo per guida in stato di ebbrezza – almeno finché Walt Hargate non si era fatto affettare la gola. Walt Hargate. Che lavorava al molo della Bartronic. Lo stesso molo in cui solo una settimana prima era stato trovato Nicky Costello, prosciugato di gran parte del suo sangue, come Hargate.

Nate prese il telefono per chiamare Helen. Mentre componeva il numero del suo ufficio, si ritrovò a desiderare che Steven Lynus fosse ancora lì con loro.

CAPITOLO 26

«Credi che ci sia una correlazione?», chiese accigliata Helen. Teneva il telefono nell'incavo del collo mentre scartabellava con entrambe le mani i test per l'esame che il suo assistente avrebbe supervisionato la settimana successiva. Il suo ufficio era molto più ordinato di quando l'aveva visto Nate. Molti dei libri che prima giacevano sparsi per tutta la stanza, adesso erano ordinatamente sistemati sugli scaffali.

«Come potrebbe non esserci?». La voce di Nate lasciava trapelare la sua incredulità: come faceva a dubitare del collegamento tra Hargate e Costello? «Hargate lavorava nello stesso molo di carico in cui è stato trovato Costello. Hargate era sospettato di fornire materiale rubato, e Nick Costello era un noto truffatore della zona. Se a qualcuno serviva qualcosa – tv, mobili, gomme per il pickup – Nick era il primo a cui chiedere».

«Diamine, avrei voluto conoscerlo il mese scorso», replicò Helen.

«Perché?»

«Ho appena fatto montare le gomme da neve».

Nate ridacchiò. «Lynus è a conoscenza di questa vena di corruzione che hai saputo dissimulare tanto bene?»

«No, solo il mio analista e l'ufficiale per la libertà vigilata. Scherzi a parte, Nate: cosa può pretendere Steven da noi, in questo frangente? Partiamo dopodomani».

Non poté vedere Nate che scuoteva la testa mentre rispondeva. «Non penso che pretenda niente, a parte questa informazione. Mi ha chiesto di raccogliere qualche dettaglio su questa faccenda».

«Quindi ti limiterai a riferirgli cos'hai scoperto finora?»

«Be', ci sono un paio di cose che voglio controllare».

Vi fu un breve silenzio, finché Helen, senza nascondere un pizzico di apprensione, non disse: «Nate, forse dovremmo aspettare di poter parlare con Steven di persona... Voglio dire, prima che tu ti metta a ficcanasare in giro. Ammettiamolo, ancora non sappiamo a cosa stiamo andando incontro, laggiù. Mi sentirei più tranquilla se aspettassi».

«Non c'è problema, Helen», cercò di rassicurarla Nate. «Non farò altro che un paio di telefonate. Comunque è probabile che riesca a scoprire tutto quello che posso entro domani».

«Ah, Nate... io... ehm... mi stavo chiedendo una cosa».

«Chiunque abbia appena appreso quello che abbiamo appreso noi nell'ultima settimana ha sicuramente il diritto di farsi delle domande, Helen».

«No, no. È per un'altra cosa. Potrebbe sembrare insignificante nello schema generale delle cose, ma... be', cosa mi dici del corpo nell'obitorio? Ci hai detto che non c'era fretta di dichiarare le cause ufficiali del decesso, ma quando sarà il momento, che cosa dirai?»

«Ciò che resta di Nick Costello è stato portato via ieri e seppellito a Ridgemount», disse Nate in modo estremamente professionale. «In una sezione separata gestita dalla Legione Americana. Che tu ci creda o no, Costello era un veterano. Ha prestato servizio due anni nell'esercito».

«E quale causa hai addotto?»

«Quella che ho sempre considerato», disse lui. «Trombosi cerebrale».

«Un ictus?»

«Tecnicamente, ciò che provoca la morte in una trombosi cerebrale è il mancato afflusso di sangue al cervello».

«E questo è sicuramente vero nel suo caso, penso», disse Helen.

«Ho pensato che potevo comunque dichiarare una cosa e sentirmi a posto con la coscienza», aggiunse Nate. «Ad ogni modo, è servito a chiudere il caso e a far seppellire Costello. Ora l'unico lavoro rimasto in sospeso è quell'attentato dinamitardo al Fisk Research».

«Oh», disse Helen con ovvio disgusto. «È quel laboratorio dove sono morte dieci persone, non è così?»

«Nove», la corresse Nate. «Molti del nostro staff sono stati chiamati a occuparsi di quel caso. Routine, almeno finché non vengono trovati degli indizi, ma la legge statale ordina comunque che le autopsie vengano eseguite».

«Allora cosa ti manca?»

«Solo alcune annotazioni sugli incartamenti», rispose lui. «Voglio che sia tutto in ordine prima di partire. Quando torno non voglio trovare una manciata di promemoria nella cassetta perché non ho finito di sistemare ogni cosa. Tu invece?»

«Io? Sono a buon punto. Ho ancora una lezione serale e poi gli esami di metà corso. È di questo che mi sto occupando adesso. Dopo stasera non avrò altro da fare se non le valigie».

«Non è del tutto vero», disse Nate con tono autoritario. «Dovrai anche cenare domani sera. Come me. Penso che potremmo risparmiare tempo se ceniamo insieme».

«Ok», convenne lei con civetteria. «Ma non dobbiamo fare tardi. Devo prendere l'aereo sabato mattina».

«Non ti preoccupare», le disse sicuro di sé. «Ti porterò a casa e a letto per le nove». Poi, rendendosi conto di come doveva essere parsa quell'affermazione, balbettò in fretta: «Ah, io... volevo dire che ti farò arrivare a casa in modo che possa andare a dormire... per le nove». Serrò le palpebre e digrignò i denti.

«Cielo, voi patologi bruciate proprio le tappe, eh?». Ovviamente si stava godendo l'imbarazzo di lui. «Be', spero solo che non russi».

«Eh?». Era rimasto inebetito dalla sua franchezza.

«Ho detto», cominciò lei lentamente, «che spero che non russi. La traversata sull'Atlantico è parecchio lunga, e penso che schiaccerò un pisolino. Ma non ti preoccupare, il ronzio dei motori probabilmente coprirà i tuoi rumori molesti».

Lui si schiarì la gola, le disse che sarebbe passato a prenderla per le sei, venerdì sera, e riagganciò. Entrambi stavano sorridendo quando misero giù la cornetta. Nel sorriso di Nate c'era un ombra di mortificazione. Mentre Helen rideva di gusto nella privacy del suo ufficio.

***

Prima di fare altre indagini sulla morte di Walt Hargate, Nate decise di portare a termine il suo lavoro d'ufficio. Chiamò la squadra omicidi e parlò con Sid Fargo, il segretario: a medicina legale lo conoscevano tutti.

«Sid, sono Nate Forester. Spero di non averti svegliato».

«Nessun problema, Doc», disse Sid ridendo. «Non ho nessun sonnellino in programma fino a mezzogiorno. Cosa posso fare per lei?»

«Sid, ti chiamo per quell'esplosione al Fisk, ho bisogno del numero di controllo e del nome del detective assegnato al caso, li devo aggiungere al mio rapporto».

«Glielo prendo in un attimo, Doc. È proprio qui tra i fogli riassuntivi».

Mentre Fargo sfogliava le pagine, Nate gli chiese distrattamente se avessero fatto qualche passo avanti.

«Sì, Doc», rispose quello con tono indifferente. «Credo che si stiano concentrando sugli animalisti. Hanno fatto un sacco di picchetti davanti a quei laboratori. Può parlare con Jimmy Farrell. È lui il detective assegnato al caso. So che sono venute alcune persone per intervistarlo. Ah, il numero di controllo è 22867. Oh, aspetti Doc. C'è Farrell, qui».

Il telefono venne riagganciato quasi immediatamente, prima che Fargo potesse sentire la protesta di Nate: «No, va bene così, Sid. Non disturbarlo». Ma era troppo tardi. Dopo pochi secondi il telefono riprese vita.

«Detective Farrell. Come posso aiutarla?».

Nate non conosceva bene Jimmy Farrell. «Mi dispiace disturbarla, detective. Ho solo chiesto a Sid Fargo come stavano procedendo le cose con l'indagine Fisk, dato che ho eseguito alcune delle autopsie. Ero solo curioso, niente di più». Nate cercò di sembrare disinvolto.

«Nessun problema, dottore. Abbiamo avuto delle informazioni su un possibile sospetto. Ho appena fatto diramare una segnalazione per una Volkswagen verde del '75 registrata a nome Clementine Hillmond, donna, razza bianca, ventitré anni».

Nate pensò che il detective o era stato trasferito da poco alla squadra omicidi, o era un uomo estremamente dedito al proprio lavoro. Farrell, l'avrebbe scoperto presto, era entrambe le cose.

«Il movente?», chiese Nate, cercando di sembrare più interessato di quanto in realtà non fosse.

«Uno dei gruppi rintracciati dal reparto investigativo si chiama Ordine dell'Equilibrio Terrestre. Apparentemente è una organizzazione preoccupata per l'ecologia sulla scorta di Greenpeace, ma è ben più militante».

«Lei è appena arrivato dal reparto investigativo?», disse Nate ad alta voce.

«Sì, il mese scorso», rispose Farrell, poi riprese in fretta. «Quelli dell'Equilibrio Terrestre hanno alcune filiali in quest'area del paese, ma il braccio più cospicuo è in Asia».

«In Asia?»

«Già. I loro primi obiettivi sono stati le navi baleniere giapponesi. Non si fanno scrupoli a sparare con fucili ad alta potenza contro le imbarcazioni che secondo loro vanno a caccia. Alcuni membri delle autorità pensano che siano solo una specie di pirati, ma in realtà sono dei fanatici. Non si fanno scrupolo ad assaltare un'imbarcazione se pensano di poterla tirare giù».

«È una cosa alquanto rischiosa, non è così?», chiese Nate.

«Assolutamente. Diversi membri dell'OET sono stati feriti a morte o dispersi in mare nel corso degli anni. Ma questo non li preoccupa. Adorano fare la parte di quelli che vengono maltrattati. Il martirio è quasi il loro obiettivo».

«Dunque questa Hellman è una di loro?». Nate controllò il suo orologio.

Aveva molte cose da fare, e il tempo stava diventando più prezioso di un'opera di Rembrandt. Stava pensando al modo meno scortese per terminare la conversazione.

«Hillmond», lo corresse Farrell. «A quanto pare c'è una frangia del OET all'Eastern State College. Ho interrogato un ragazzo e una ragazza. Molti di loro non sarebbero venuti, così sono andato a cercarli al campus. Hanno fatto un mucchio di capricci; usato un sacco di cliché marxisti. Sa di che tipo: sfruttamento del proletariato, sfruttamento degli animali indifesi, prostituzione industriale... e altro. Ma non erano in alcun modo collegati all'esplosione. Si capiva che davvero non sapevano cosa diavolo fosse successo al Fisk quel giorno».

«Allora perché cercare questa Hellman, ehm, Hillmond».

«I due ragazzi che sono stati qui l'hanno menzionata. Hanno detto che è una pazza in buona fede, e che si lamentava continuamente del fatto che il gruppo era troppo pacato, che le manifestazioni non servivano a niente visto che quei laboratori continuavano a fare le stesse cose. Ma soprattutto, dopo l'esplosione la Hillmond non ha più frequentato le lezioni. E alcuni giorni dopo ha rinunciato agli studi. Da allora nessuno l'ha più vista. Ci piacerebbe parlare con lei».

«Be', buona fortuna detective», disse Nate con un pesante sospiro. «Spero che troviate la pazza. Abbiamo già abbastanza nemici». Si stava preparando a riagganciare.

«È proprio così che si fa chiamare, stando ai due che erano qui: nemica del genere umano. Sostiene che questo la equipara spiritualmente agli animali. Be', devo andare, adesso, dottore. C'è qualcos'altro di cui ha bisogno?»

«Sì», disse Nate con rinnovato interesse. «Che aspetto ha questa ragazza?».

Farrell esitò. «Mmm, mi lasci pensare. Mi hanno detto che è alta un metro e settantadue o settantacinque centimetri, pesa cinquantaquattro chili, ha i capelli di un colore castano spento e benché la ragazza che avevamo qui non abbia aggiunto altri particolari, il ragazzo ha detto che è parecchio bruttina – l'ha sottolineato più volte – e che la sua personalità rispecchiava il suo aspetto».

Nate chiese a Farrell se poteva tenerlo aggiornato. Diede al detective sia il suo numero dell'ufficio che quello di casa. «Nessun problema, dottore», rispose Farrell.

«Grazie detective». Nate attaccò prima che Farrell potesse rispondere cordialmente. Mentre si riaccomodava sulla sua poltrona, tamburellò con le dita sopra il tavolo. «Nemico del genere umano», rifletté. «Dov'è che l'ho già sentito?».

CAPITOLO 27

Il detective James Farrell seguiva le azioni dell'OET da diverso tempo. Ecco perché gli era stato affidato il caso Fisk. Conosceva i loro metodi come nessun altro.

Dopo aver parlato con Nate Forester, cercò sul database nazionale la macchina Clementine Hillmond, ma non trovò riscontri né per il numero di telaio né per la targa. Questo lo condusse alla successiva pista.

Prese l'elenco telefonico delle tre contee, lo aprì alle pagine gialle e si accomodò a una scrivania appartata della squadra omicidi. Dopo diciassette telefonate e quarantadue minuti, ebbe il primo risultato positivo... che lo portò immediatamente a sfogliare le pagine blu[4]. C'erano solo tre posti che potevano essere in possesso dell'informazione di cui aveva bisogno. Cominciò da quello che con maggiori probabilità gli avrebbe fornito delle risposte. Trovò il materiale che stava cercando, ma da una semplice telefonata non avrebbe potuto scoprire molto. Doveva accertarsi dell'informazione di persona, ma prima di uscire, volle fare un'altra rapida chiamata.

Nate Forester nel frattempo era finalmente riuscito a mettersi in contatto telefonico con Steven Lynus dopo tre tentativi a vuoto.

«Detesto seccarti, Steven, soprattutto perché ci vedremo tra un paio di giorni, ma vorrei parlarti di una cosa prima di partire con Helen».

Nate fece un riassunto delle conversazioni avute con Henry Bushman e col detective Farrell. Lynus era ben più che interessato.

«Nathan, questa sì che sembra una cosa degna di nota. In realtà potrebbe essere saggio ritardare la tua partenza di alcuni giorni per raccogliere ulteriori informazioni. Helen può partire come previsto. E tu puoi raggiungerla dopo».

Nate non trovò allettante quella prospettiva. «Preferirei evitarlo, se possibile, Steven. Vorrei trascorrere più tempo possibile a Gerusalemme. Credo che potrebbe essere utile per aiutarmi a prendere una decisione circa il mio eventuale trasferimento».

[4] Elenco dei recapiti di tutte le agenzie governative, gli uffici nazionali, federali e locali, nonché dei servizi essenziali come le scuole, le autorità portuali, i vigili del fuoco, la forestale ecc. (*n.d.r.*).

La risposta di Lynus fu pacata. «Comprendo. Non insisterò. Questa è una delle decisioni più importanti della tua vita. E anche di quella di Helen. Mancano meno di quarant'otto ore. Cerca di scoprire tutto quello che puoi».

«Steven», disse con franchezza Nate, «e se... dovessi imbattermi davvero in una di quelle creature?».

Il telefono rimase muto per un momento. «Nathan, hai un'arma da fuoco?»

«Sì», disse lui con una punta di umorismo. «E ovviamente ho il porto d'armi, anche se finora non ne ho avuto bisogno. Ma non pensavo che una cosa ordinaria come una calibro trentotto fosse efficace contro... quelli lì».

«L'arma può anche essere ordinaria», ribatté Lynus, «sono i proiettili che non devono esserlo».

Stavolta Nate non riuscì a trattenersi e scoppiò a ridere. «E con cosa la dovrò caricare, proiettili d'aglio?».

Con la pazienza di un genitore benevolo, Lynus rispose alla domanda di Nate con un'altra domanda. «Nathan, vuoi forse dirmi che un uomo della tua età, cresciuto in America, non ha mai sentito parlare del Cavaliere Solitario?».

***

Jim Farrell teneva una mano nella giacca mentre parlava al telefono. «Pensavo che magari avrebbe voluto saperlo, dottore. Ci sto andando proprio adesso».

«Le dispiacerebbe molto se ci trovassimo là, detective?»

«Venga pure. Posso anche passare dal suo ufficio. Può venire insieme a me».

«D'accordo, ma prima devo fare due brevi soste. Non ci vorranno più di dieci minuti».

«Sarò da lei tra mezz'ora, dottore».

Nate selezionò un'altra linea sul suo telefono, quindi compose il numero che stava per fare quando Farrell l'aveva interrotto, cinque minuti prima.

«Armeria Lucas», rispose la voce.

«Sto cercando munizioni calibro trentotto con la punta in argento», disse Nate.

«Possiamo fornirle Remington 95, testa d'argento, punta cava», disse il venditore. «Può comprarli sfusi, ma una scatola da cinquanta è più conveniente».

«Va bene la scatola. Che documenti servono?»

«Con un porto d'armi, o un permesso della polizia, e un documento d'identità con foto glieli posso vendere subito».

Trentacinque minuti più tardi, Nate e Farrell entrarono nell'armeria. Dieci minuti dopo erano di nuovo nell'anonima macchina di servizio di Farrell, e Nate stava inserendo i nuovi luccicanti proiettili nel suo revolver Smith & Wesson.

«Grazie per aver fatto una sosta a casa mia perché potessi prendere questa», disse Nate mentre chiudeva il tamburo e faceva scivolare la pistola nella fondina attaccata alla sua cintura.

«Buona idea», rispose Farrell succintamente. «Se scopriamo qualcosa di losco, chiederò assistenza alle autorità locali».

«Avremo bisogno di un mandato?», chiese Nate.

«Resteremo seduti ad aspettare in posizione finché non ne avremo uno. Probabilmente ci vorranno un paio d'ore. Non so quanto siano disposti a cooperare i loro giudici».

Nate controllò l'orologio. Mancavano circa quattro ore e mezza prima del tramonto. Si sistemò con qualche difficoltà la cintura di sicurezza. «Mi parli di come ha condotto le ingagini», disse, cercando di distogliere la mente dalla sensazione di ansia che sentiva crescere dentro di sé.

Farrell continuò a guardare avanti mentre guidava. «So come ragionano queste persone, dottor Forester. Ho trattato con loro per anni. Cerco di entrare nella loro testa. Da quello che ho messo insieme finora, il profilo di questa ragazza lascia pensare si tratti di un lupo solitario. Una vera misantropa». Si girò verso Nate. «Capisce cosa intendo?».

Nate annuì. «Odia la gente».

«Proprio così». Farrell tornò a concentrarsi sulla strada. «Probabilmente ha fatto da sola, o con un minimo di aiuto. Ovvero con una piccola copertura finanziaria. Quindi probabilmente se ne sta nascosta da qualche parte. La prima cosa che farei al posto suo sarebbe sbarazzarmi della macchina. Non sono riuscito a scoprire niente sulla Volkswagen consultando il database, quindi penso che abbia tenuto la macchina, e ne abbia bisogno. Perciò l'avrà dipinta. Ma non ne aveva il tempo, né i soldi, né la possibilità di andarsene in qualche carrozzeria economica. E così avrà fatto da sé».

«Da sé?»

«Certo. Non doveva essere un lavoro professionale. Probabilmente ha pensato che era comunque una cosa temporanea... Ho iniziato a chiamare i negozi di vernici nelle vicinanze dei laboratori. Sono partito da quelli più vicini, per poi allargare il raggio. Ho ottenuto quello che cercavo dopo una dozzina di telefonate».

«Di che si trattava?»

«Be', nel primo posto in cui ho telefonato ho chiesto cosa avrei dovuto usare se avessi voluto verniciare una macchina in fretta, a mano e senza spendere troppo. E mi hanno segnalato delle bombolette di smalto per esterni. Ho chiesto quanto fossero sicure per l'ambiente, e mi hanno risposto di avere una marca che non contiene piombo, non è tossica quando si secca, e asciuga in quindici minuti». Si girò nuovamente verso Nate. «È la chiave di questa indagine: sicuro per l'ambiente».

Tornò a guardare davanti a sé. «Mi hanno detto che sarebbero servite una decina di bombolette per coprire un colore come il verde, e che pensavano sarebbe stato meglio usare un colore scuro. Così ho cominciato a cercare chi avesse effettuato un acquisto ingente di smalto spray per esterni nell'ultima settimana. Ovviamente poteva anche averla acquistata molto tempo fa in un altro stato, ma dovevo cominciare da qualche parte.

Ad ogni modo, un negozio di vernici appena fuori città ha registrato una transazione in contanti tre giorni fa. Dodici bombolette di smalto per esterni blu oltremare da trecentotrenta millilitri ciascuna. Non sapevano dire con certezza chi li avesse comprati, ma non potevano neanche escludere che potesse essere una donna bianca alta e magra. Domani li vedrò di persona e mostrerò loro la sua foto della patente. Adesso voglio seguire questa pista».

«Ma cosa diavolo la conduce alla discarica?», disse Nate, girandosi su un fianco per guardare in faccia il conducente.

«Quanto le ho appena detto, dottore. Mi metto nella loro testa. Questa ragazza è una fanatica ecologista. Una volta finito con le bombolette di vernice, non si limiterà a gettarle nel fiume o a bruciarle. Andrebbe contro tutto quello in cui crede. Le porterà dove verranno smaltite in tutta sicurezza. E ci sono solo tre discariche per i rifiuti tossici qua intorno».

Guardò di nuovo Nate. «Sa, sono molto inquinanti».

«Lo so», disse Nate con una certa irritazione.

«Be', quei posti tengono un registro di tutto il materiale in entrata e in uscita. E la discarica di Pickering ha registrato nel giorno di martedì una partita di bombolette di smalto blu oltremare. È tutto quello che mi hanno detto al telefono. Devo incontrare il responsabile per avere più dettagli».

«Mmm», mugugnò Nate mentre guardava attraverso il parabrezza. «A volte le cose sono così semplici, è spaventoso».

«Già», convenne Farrell. «A volte».

Quando arrivarono alla discarica per la raccolta di rifiuti tossici di Pickering, vennero indirizzati verso una baracca prefabbricata grigia, l'ufficio del responsabile. Farrell esibì il distintivo e il tesserino di riconoscimento, e gli vennero subito mostrati i registri delle attività di quel martedì.

«Per scaricare qui qualsiasi materiale», spiegò il dirigente, «bisogna essere del distretto. Si può venire con un veicolo qualunque, ma bisogna dimostrare di essere residenti. Questo impedisce a un qualsiasi Tizio, Caio o Sempronio di venire a scaricare qui».

I registri del martedì mostravano la consegna di una cassetta di bombolette spray usate e gli estremi del certificato di residenza. La colonna riguardante le generlità e il tipo di documento riportava il nome di Jonathan Beralli, seguito da un indirizzo e la nota: «pagamento della tassa eseguito».

«Grazie», disse Farrell mentre stringeva la mano del responsabile. «Adesso potrebbe indicarci la strada per la stazione di polizia del distretto?».

CAPITOLO 28

Clementine Hillmond faceva fatica a tenere gli occhi aperti mentre fissava il libretto davanti a sé. Adesso le sue giornate erano diventate molto lunghe, ma si sentiva stranamente rinvigorita la sera, quando si risvegliava Jonathan. Lui le faceva delle domande sui nomi arcani e sui luoghi di cui aveva letto durante tutto il giorno. Stava imparando in fretta, e lui sembrava soddisfatto dei suoi progressi, benché i suoi modi mostrassero una crescente agitazione da quando era stato chiamato nel sotterraneo due notti prima. Era tornato da quell'incontro e, per la delizia di lei, le aveva detto che avrebbe assaggiato di nuovo il suo sangue quella stessa notte e tutte le notti a venire, finché lui non l'avesse ritenuta capace di procurarsi il sangue da sola da una vittima che lei stessa avrebbe adescato.

Dormiva poco durante le assenze notturne di Jonathan, camminava eccitata avanti e indietro mentre la notte svaniva, e salutava il suo ritorno alle prime luci dell'alba con l'entusiasmo di un bambino che si ricongiunge a sua madre. Jonathan non doveva mai attendere che lei si preparasse; era già pronta nel momento in cui lui appariva con il volto acceso e soddisfatto per essersi nutrito a sazietà. Quella notte, per la terza volta consecutiva, si sarebbe fuso con lei, avvicinandola ancor di più al momento in cui le avrebbe ordinato di uscire nella notte per provvedere da sola al proprio nutrimento.

Adesso che i suoi occhi cominciavano a chiudersi, lei ripose il libro e camminò fino alla porta d'ingresso. Gli orologi ormai erano oggetti che appartenevano al suo passato, da quando Jonathan aveva insistito affinché capisse che ore fossero scrutando il cielo. Guardò fuori e si massaggiò il collo dolente mentre esaminava l'angolazione del sole. Era più basso, rispetto all'ultima volta, e nell'ora successiva avrebbe controllato con maggior frequenza. La sua ansia cresceva con l'avvicinarsi del tramonto.

Mentre tornava nella libreria pensò alla notte precedente. Era stata la fusione più intensa, fino a quel momento, e lo stesso Jonathan era parso sopraffatto dal suo assalto. Quando era rientrato l'aveva trovata nella libreria, lo aspettava seduta in terra tra due candele. Si era alzata quando lui aveva fatto il suo ingresso e gli aveva sussurrato: «Signore». Jonathan era diventato rosso avvicinandosi a lei. Silenziosamente aveva afferrato la sua testa e l'aveva piegata all'indietro con decisione. Clementine si era abbandonata a un lungo sospiro mentre lei l'accostava a sé.

«Mi sono nutrito a sufficienza stanotte, Clementine», aveva detto. «Ma prenderò altro sangue da te».

Lei non era riuscita a vedere le sue fauci lucenti quando l'aveva morsa. Non aveva visto nient'altro se non l'oscurità che l'avvolgeva. La pelle del suo collo si era lacerata senza arrecarle alcun dolore. Aveva sentito la forza con cui lui aveva attinto da lei, e si era ritrovata a pensare che tutto il suo corpo sarebbe stato risucchiato in quel vortice. Il suo cuore aveva preso a battere freneticamente, quasi volesse aiutare il sangue a fluire dal suo corpo in quello del suo Signore.

Presto – troppo presto secondo lei – Clementine aveva sentito le forti braccia di Jonathan spingerla verso il basso costringendola a mettersi in ginocchio. Lei si era seduta sulle caviglie, disorientata ma felice.

«Tu esisti *in articulo mortis*», aveva detto lui guardandola dall'alto. «In punto di morte». Si era afferrato la camicia con entrambe le mani e l'aveva strappata, lasciando scoperti il petto e il ventre. «Ora torna qui, te lo ordino. Riprenditi il sangue che ho preso da te, e altro ancora. Finché la tua forza non ne verrà decuplicata», aveva esclamato spalancando le braccia e offrendosi a lei.

Lei si era aggrappata esausta ai suoi pantaloni per tirarsi leggermente su. Aveva sollevato la mano sinistra e graffiato dolcemente il suo stomaco, e per poco non era caduta in avanti mentre lo faceva. Un altro graffio, questa volta con più forza, una forza tale che le sue unghie si erano conficcate nella pelle proprio sopra il fianco di lui. Jonathan era rimasto immobile a osservarla mentre si metteva dritta in ginocchio, con una mano ancora salda sul suo ventre e l'altra che correva dietro la sua schiena per cingerlo in un abbraccio.

Clementine aveva piegato la testa all'indietro guardandolo bramosa, e aveva esalato quello che era sembrato il suo ultimo respiro. Se il suo udito non fosse stato tanto sensibile, non l'avrebbe sentita sussurrare: «Mi nutrirò come tu mi ordini».

Con una riserva di energia che aveva sorpreso lo stesso Jonathan, si era avvicinata a lui. Le urla di lei si erano mescolate al rumore del tessuto che veniva lacerato. Jonathan aveva sentito la morsa della bocca di Clementine, e il sangue che lentamente lo abbandonava: quello che aveva preso quella stessa notte da un musicista di strada e il suo. Aveva percepito la forza che riaffiorava in lei a ogni singolo movimento della mascella. Era rimasto immobile, lasciando che lei consumasse quello che poteva, senza sapere se sarebbe stato in grado di fermarla se l'avesse voluto.

Clementine si era scostata da lui con un certo sforzo. Respirando a fatica con la bocca cremisi spalancata, gli aveva lanciato uno guardo per poi abbandonarsi sul pavimento. Non aveva potuto prenderne altro.

Jonathan si era avvicinato a lei. Nel corso dei secoli si era fuso con più di un *amicus*, ma nessuno era mai stato così bramoso. Si era voltato appena prima di abbandonare la stanza, e nell'oscurità Clementine era riuscita a sentire la voce di lui che sovrastava il suo respiro affannoso.

«Molto bene, Clementine. Non mi hai deluso. Ora devo riposare».

Per la prima volta lei era riuscita a sentire il suono dei suoi passi mentre si allontanava. Era rimasta immobile a terra, e mentre riacquistava l'autocontrollo aveva leccato il sangue rimasto sulle sue labbra, in fretta. Non perché il sangue fosse appetitoso – anche se lo era – ma perché era estasiata da ciò che aveva percepito la sua lingua. Mentre sfiorava il labbro superiore, si era accorta di quanto fossero lunghi e aguzzi i suoi canini – molto più della notte precedente.

Adesso, a ore di distanza, stava ancora passando distrattamente il pollice sui suoi denti aguzzi. Mentre si faceva strada lungo il corridoio, pensò che Jonathan si sarebbe svegliato di lì a poco. Ormai cominciava ad abituarsi a misurare il tempo osservando l'orizzonte.

CAPITOLO 29

Il sole del pomeriggio proiettava lunghe ombre sul vialetto di ghiaia che serpeggiava dalla strada fino alla vecchia casa vittoriana. Quattro di quelle ombre si stavano muovendo verso l'abitazione.

«Deve andare da qualche parte, dottore?», chiese Farrell sottovoce mentre si spostavano rapidamente lungo il ciglio della strada, sul limitare del bosco che circondava la casa di Jonathan.

«Eh? No. Perché?»

«Perché non fa che guardare l'orologio. Può tornare in città con la macchina se vuole. Posso sempre farmi dare un passaggio da loro». Farrell fece un cenno del capo verso i due agenti in uniforme che camminavano davanti a loro.

«No», sussurrò Nate. «Voglio esserci. Mi stavo solo chiedendo quante ore di luce ci restano».

Farrell guardò verso l'orizzonte a ovest. «Direi che il sole dovrebbe tramontare nel giro di un'ora. Tutto sommato, abbiamo ottenuto il mandato di perquisizione a tempo di record».

«Lo so», disse Nate. «Le autorità locali sono state estremamente collaborative». Indicò i due agenti. «Quei due da quanto tempo sono appostati intorno alla casa?»

«Da quando abbiamo chiesto al loro capo di tenere d'occhio la Volkswagen. Quando hanno confermato che c'era una Volkswagen blu parcheggiata fuori dalla casa hanno piazzato una macchina a lato della strada vicino alla fine del vialetto». Controllò l'ora. «Sono circa due ore». Farrell si fece più vicino all'orecchio di Nate. «Dovrebbero essere due dei migliori che hanno qui. Mi domando quanti casi di omicidio abbiano seguito».

Il gruppo si fermò all'ultima curva del vialetto, a una decina di metri dall'ingresso principale. Gli agenti Chad Herman e Diane Montgomery avevano entrambi quindici anni di esperienza sul campo, ma non gli era capitato spesso di occuparsi di casi d'omicidio. Herman superava abbondantemente il metro e ottanta e si vantava sempre del suo passato di marine.

La Montgomery era divorziata, campionessa di combattimento con la pistola e nei weekend insegnava ju-jitsu nella scuola di addestramento. Quando era entrata in servizio, quattordici anni prima, era la prima agente donna del distretto.

«Io faccio il giro della casa, ok?», disse Herman. «Interverrò dal retro nel caso cercasse di fuggire da quella parte».

«Bene», disse la Montgomery con tono autoritario. «Hai un minuto per metterti in posizione prima che iniziamo a bussare alla porta».

Con un semplice cenno Herman partì velocemente verso il bosco. Farrell indicò la porta della casa. «Intanto andiamo là».

Il trio si mosse in fretta cercando di fare meno rumore possibile. Erano a dieci passi dall'ingresso quando un'ignara Clementine Hillmond aprì la massiccia porta di legno e mise fuori la testa per guardare il cielo. Istintivamente, Farrell cominciò a correre verso la porta, con la Montgomery subito dietro. Momentaneamente sorpresa, Clementine esitò, cercando di capire cosa stesse succedendo, e richiuse bruscamente la porta. Farrell continuò a correre finché non fu sulla soglia e sollevò la gamba all'ultimo istante per poter sferrare un potente calcio appena sopra la maniglia.

Il legno scricchiolò mentre Farrell indietreggiava di due passi e ripeteva subito la manovra. Stavolta la serratura cedette e la porta si aprì su un ingresso buio e vuoto. Farrell tirò fuori il suo revolver e gridò a squarciagola «Polizia!» mentre entrava. La Montgomery era dietro di lui con la pistola spianata. Nate li seguì, ma la sua arma era ancora nella fondina.

«Accendi la luce!», gridò la Montgomery. Aveva una torcia nella mano sinistra e si accovacciò mentre faceva correre il fascio di luce lungo le pareti.

«Non vedo l'interruttore», disse Farrell. Si fermò alla fine dell'ingresso e si piegò su un ginocchio. Estrasse una minuscola torcia dalla tasca interna della giacca e illuminò il lungo corridoio che si affacciava sull'ingresso. Un suono di passi affrettati riecheggiò nella casa.

«Non vedo nessuno stramaledetto interruttore», disse la Montgomery, ora accanto a Farrell.

Il detective imboccò il corridoio e si fermò. La Montgomery lo seguì, ed entrambi gettarono sulle pareti degli sfreccianti fasci di luce.

«Se è uscita dal retro, Chad la bloccherà», disse la Montgomery. Non era un'esagerazione, ma una semplice affermazione.

S'incamminarono lentamente per il corridoio. I passi che avevano sentito non erano più udibili. Giunsero in corrispondenza della prima stanza lungo il corridoio e la Montgomery si affacciò all'uscio, con la luce rivolta verso il basso.

«Questa sembra la cucina», disse sussurrando. «Una cucina maledettamente grande». Mise la torcia nella tasca posteriore e fece correre la mano libera lungo il muro della cucina. «Ovviamente», mormorò disgustata, «nessun dannato interruttore».

Sentirono dei passi pesanti alle loro spalle e si girarono. Farrell puntò la luce nella direzione dalla quale erano venuti. Chad Herman stava svoltando l'angolo con espressione minacciosa. «Che diavolo è successo qui», disse con la mano di fronte agli occhi, «un blackout?»

«Non riusciamo a trovare le luci», disse Farrell, sentendosi un poco stupido. «Non è uscita dal retro, vero?»

«Se l'ha fatto, allora è in grado di attraversare i muri», disse Herman. «Le due porte sul retro e tutte le finestre sono murate. Questo posto sembra uno stramaledetto bunker».

«C'è un'altra stanza qui sulla sinistra», disse Farrell mentre puntava la torcia sul muro. «Dividiamoci e controlliamo entrambi i lati di questo posto».

La Montgomery si rivolse al suo compagno. «Hai una torcia?»

«In macchina», rispose Herman.

«Allora faresti meglio a venire con me», disse lei.

«Un momento», s'intromise Farrell. «Dovrebbe esserci qualcuno in uniforme in ciascuna squadra. Se questa imbecille vede due persone in borghese e spara, può sempre dire di aver pensato che fossimo degli intrusi».

«Hai ragione», convenne la Montgomery. «Venga con me, dottor Forester». Non attese la risposta di Nate. Si piegò rapidamente ed entrò in cucina con la torcia a un braccio di distanza dal corpo. Farrell e Herman s'incamminarono per il corridoio: adesso Herman aveva estratto il revolver.

Dentro la cucina, Nate seguì quella luce che rimbalzava su ogni superficie, a circa un metro dal pavimento. «Sembra vuota», disse lei. «Non c'è molto qui». Illuminò un grosso tavolo di legno. «Solo quel tavolo in mezzo alla stanza e un mucchio di spazio intorno. Niente forno, niente frigo, niente di niente».

Nate era proprio dietro di lei. Cominciava a trovare tutto ciò estremamente stimolante, e la sua iniziale apprensione pian piano lo abbandonò. «Queste vecchie case di solito avevano una cucina e una stanza adiacente con tutto ciò che serviva», disse lui. «Vede una porta da qualche parte?».

La Montgomery illuminò il muro alla loro sinistra. La luce finì su un'apertura priva di porta. «Che cos'è»?, disse lei mentre si muoveva circospetta in quella direzione.

Si sistemarono ai lati di quell'ingresso. «È un maledetto scantinato», disse la donna, facendo brillare la luce in basso su quei vecchi gradini di legno. Ispezionò le mura all'interno di quel varco. «E naturalmente nessun maledetto interruttore. Be', un ottimo posto per nascondersi. Com'era il nome di quella ragazza?»

«Hillmond», replicò Nate, senza distogliere lo sguardo dalla rampa di scale. «Clementine Hillmond».

La Montgomery sbirciò lentamente attraverso la soglia e gridò verso l'oscurità: «Clementine, è la polizia. Vieni fuori adesso e non ci saranno ulteriori problemi».

Attesero in silenzio, sforzandosi di sentire qualsiasi rumore che rivelasse la presenza di qualcuno sotto di loro. Non si sentì alcun suono.

«Ecco fatta la negoziazione», disse la Montgomery. Tenendo le spalle contro il muro deteriorato, cominciò la sua discesa. Aveva il revolver nella mano destra, dritto davanti a sé, e la torcia illuminava le scale davanti. Nate seguiva a quattro passi di distanza, lasciandole lo spazio per muoversi, se necessario. Non aveva ancora neppure pensato a estrarre la pistola.

A metà strada lei cominciò a proiettare il fascio luminoso oltre le scale e nel sotterraneo. «Cristo, questo posto è vecchio», disse. «E profondo». Fece correre la luce lungo quelle pareti erose dal tempo. «Ci vorrebbe qualcosa di più che un tavolo da biliardo e uno stereo per fare di questo luogo una stanza confortevole».

Nate si piegò impazientemente in avanti per dare un'occhiata. «Ugh!», fu tutto quello che disse. Ed entrambi continuarono lentamente a scendere, guardando al di là del corrimano rovinato verso quel tetro ambiente.

«Non sembra esserci molto quaggiù», disse la Montgomery. Aveva raggiunto la fine, e fece due passi circospetti alla sua sinistra in quel sotterraneo. Nate era ancora diversi gradini sopra di lei nell'oscurità. Poteva vedere la luce, e sentire la sua voce, ma era intento a esaminare lo spazio che si apriva davanti a lui.

«Mi è sembrato di aver visto una vecchia caldaia a carbone in quell'angolo», disse indicando alla sua destra. «Agente, punti la luce verso destra». Nate diresse lo sguardo verso il punto il cui la mano dell'agente – nascosta dall'oscurità – proiettava un fascio luminoso attraverso l'aria polverosa dello scantinato. Vide la luce muoversi lentamente secondo il suo suggerimento, poi un'ombra nera fendette quel raggio, accompagnata da un terrificante tonfo metallico. Sentì un breve sibilo gutturale simile a un gemito strozzato, e vide la torcia rotolare a terra e bloccarsi bruscamente.

Indietreggiò e inspirò profondamente. Si mise con le spalle al muro e finalmente pensò alla pistola che portava attaccata alla cintura. La estrasse puntandola contro la luce ancora a terra, cinque passi sotto di lui. «Agente Montgomery!», gridò debolmente.

Non vi fu risposta, né movimento, solo particelle di polvere che ondeggiavano nel fascio immobile a terra. Nate ebbe la prontezza di ignorare la sua paura e discese guardingo gli ultimi gradini per raccogliere la torcia caduta. Avvertendo la presenza del corpo della Montgomery davanti a sé, proiettò la luce in quella direzione. L'agente giaceva su un fianco, con lo sguardo che sembrava rivolto verso di lui, gli occhi fissi sul raggio di luce. Un copioso rivolo di sangue sgorgava da un taglio netto sulla tempia e correva lungo il suo mento e a terra.

Senza nutrire alcuna speranza, Nate pensò di controllare le pulsazioni sotto il mento. Non sentendole, all'improvviso si rese conto di quale pericolo stesse correndo e indietreggiò immediatamente verso il muro, puntando davanti a sé sia la torcia che la pistola. Sentì il proprio respiro farsi affannoso, e mosse lentamente la luce da destra a sinistra. Poi, quando il fascio tremolante di luce colpì l'angolo sinistro della cantina, si accostò al muro e per la prima volta si rese conto che il respiro che sentiva non era solo il suo.

Clementine era in piedi davanti a lui, e lo guardava con una grossa pala per il carbone stretta tra le mani, come un soldato che impugna il fucile per l'ispezione. I suoi occhi erano spalancati, e il suo respiro le usciva sibilando dai denti digrignati. I piedi erano ben piantati a terra, e le gambe leggermente divaricate, come se stesse montando la guardia a un portale.

«Quella pala non ti sarà di alcun aiuto, Clementine», l'avvertì Nate mentre si raddrizzava e si muoveva cautamente verso di lei. «Ho in mano una trentotto carica e in questo momento non vedo nessuna maledetta ragione per non usarla».

Si mosse verso sinistra e vide che lei seguì il suo movimento spostandosi di lato. Ma quando si faceva più vicino lei non indietreggiava, anche se poteva vedere che almeno una dozzina di passi la separavano dal muro alle sue spalle. Ancora una volta si mosse verso sinistra e lei si mosse insieme a lui, ma senza fare un solo passo in avanti o indietro. Si spostò leggermente a destra mentre faceva tre passi per avvicinarsi e lei ancora una volta lo imitò muovendosi a sinistra, sempre mantenendo la posizione "di guardia". Fu in quel momento che Nate comprese cosa stesse facendo.

Si era concentrato sul volto di lei, in cerca di indizi che potessero rivelare un imminente attacco. Adesso puntò lentamente il fascio di luce verso il basso, tra le gambe di Clementine, e finalmente vide a cosa stesse facendo la guardia.

«Oh mio Dio!», esclamò. Tenne la luce fissa tra le sue gambe, mentre la sentiva ringhiare di rimando alla manifestazione di stupore. Clementine manteneva la sua posizione, tra l'intruso e il suo Signore. Là, in una bara dietro di lei, giaceva la figura supina di un uomo. La testa era reclinata, le braccia distese lungo i fianchi. Era nudo dal torso in su, e quelli che erano stati dei pantaloni erano brandelli di stoffa che coprivano le sue gambe. Sembrava in tutto e per tutto morto.

Nate avanzò lentamente in linea retta. La ragazza allargò di più le gambe e avvicinò le mani lungo l'impugnatura della pala. Ruotò un poco verso sinistra, come se fosse pronta a colpire come un battitore di baseball. Mentre si muoveva, la visuale di Nate del corpo nella bara si fece più ristretta, e sapeva di non avere più molto tempo a disposizione. Armò la trentotto e puntò dritto allo stomaco di Clementine. Dopo aver tratto un respiro, allineò la traiettoria del colpo, abbassò la mira di mezzo metro, espirò un po' d'aria per avere la mano più ferma, e sparò.

Lo scoppio del proiettile ad alta velocità raggiunse le sue orecchie nello stesso istante in cui il lampo dalla canna abbagliò i suoi occhi. Nonostante le orecchie gli fischiassero per quel boato, sentì comunque Clementine gridare senza controllo. Si era buttata a terra girandosi di spalle. Aveva lasciato cadere la pala accanto a sé e adesso fissava carponi la bara, gemendo confusamente.

Nate fece un passo avanti, cercando di tenere ben salda la torcia, ma non servì. Il bagliore tremava spasmodicamente a ogni passo. Non sentiva più la ragazza che gemeva, era troppo concentrato sulla bara. Il proiettile dalla punta d'argento aveva trafitto il corpo disteso proprio al di sotto della gabbia toracica. Nate vide quella stessa foschia che aveva visto quella sera all'obitorio, con Lynus, e sentì la terra tremare sotto di sé. Senza preoccuparsi della ragazza, osservò la carne del cadavere putrefarsi in fretta intorno alla struttura dello scheletro, e dissiparsi come l'acqua che penetra nel terreno riarso.

Mentre le scosse si affievolivano, Nate udì dei passi pesanti sopra di sé e delle vigorose voci maschili che cercavano vanamente di nascondere la paura con l'autorità. Corse indietro verso i gradini e proiettò la luce verso le scale. «Quaggiù!», gridò. «Nel sotterraneo! In cucina! È quaggiù!».

Vide la luce di Farrell danzare selvaggiamente contro il muro della cucina. «Diane!», gridò Herman. «Dove diavolo sei?»

«Quaggiù!», ripeté Nate.

La luce discese rimbalzando per i gradini, e Nate appoggiò le spalle al muro per guardare di nuovo quel sepolcro. La ragazza non era in vista, e nella bara non restava altro che uno scheletro.

«Sta bene, dottor Forester?», chiese Farrell, facendo brillare la luce sul volto di Nate.

Nathan era sempre addossato al muro: respirava a fatica e guardava verso la bara.

«Sto bene», disse con il petto pesante. «Ha preso Montgomery».

Farrell istintivamente fece correre la luce sul pavimento. La fermò sul volto impassibile della Montgomery.

«Dannazione!», era la voce di Herman. Superò Farrell e si piegò sulla sua compagna. Le chiuse gli occhi, strinse dolcemente le sue spalle senza vita, poi si girò e prese la torcia dalla mano di Farrell. «Mi dia quella dannata luce».

Si alzò e fece correre il fascio per la cantina. «Dov'è?», domandò.

Nate si scostò dal muro e deglutì a fatica. «È qui da qualche parte. Io... le ho sparato», mentì. «Ma l'ho mancata».

I tre camminarono con cautela per lo scantinato, con Herman in testa. Si fermò così bruscamente che Farrell quasi gli andò a sbattere contro.

«Cosa diavolo è quello?», disse Herman mentre faceva brillare la luce sulla bara.

Nate tossì per la polvere. «Qualunque cosa sia», disse, «probabilmente è qui da molto tempo».

«Quella troia è davvero una psicopatica», disse Herman con voce carica di odio. «Conservare un maledetto scheletro in cantina».

Farrell prese la torcia dalle mani di Nate. «Mi dia questa, dottor Forester». Diede le spalle a Herman e puntò la luce dall'altra parte, per evitare sorprese da quel lato.

Il trio si fece più vicino alla bara, sempre ispezionando il pavimento, le pareti e il soffitto della stanza.

«Dov'è andata?», disse Herman raggiungendo la pala.

«Credo che abbia usato quella», disse Nate mentre Herman la spingeva da una parte con il piede. «O almeno la stava impugnando subito dopo che ho sentito crollare a terra Montgomery».

Farrell andò verso la vecchia caldaia nell'angolo opposto. Aprì la porta munita di chiavistello e vi puntò la luce dentro. La cenere giaceva indisturbata da tempo. Fece un giro completo intorno alla caldaia e annunciò che non c'era traccia di Clementine Hillmond.

Herman e Nate stavano esaminando la bara. Nessun indizio lasciava pensare che fino a pochi minuti prima quello scheletro fosse ricoperto di carne. Farrell li raggiunse e unì il proprio fascio di luce a quello di Herman. Rimasero lì in contemplazione per un minuto, poi Farrell spostò la luce sul muro cui era accostata la bara.

«Be', non è risalita dalle scale», disse. «E non c'è altra via d'uscita da... ehi, cos'è quello?».

Si mosse verso il muro dietro la bara. «Questa parete s'interrompe di colpo qui dietro», disse. «C'è un'apertura qui, tra la parete e il soffitto, come se questo muro fosse stato aggiunto per dividere la stanza».

Il muro di mattoni finiva bruscamente a circa trenta centimetri dal soffitto: più che sufficiente a lasciar sgusciare via una persona esile come Clementine Hillmond. Farrell arrivò lentamente alla fenditura e illuminò il passaggio. Herman e Nate lo seguirono.

«Non puoi andare in nessun posto, Hillmond», disse. «Vieni fuori adesso, non costringerci a venirti a prendere».

In tutta verità, Farrell dubitava che lui o Herman riuscissero a passare attraverso il varco. Non vi fu alcuna risposta al suo ultimatum, e si avvicinò alla fessura, facendo brillare la luce direttamente nell'altra stanza creata dal muro divisorio. Si guardò intorno ed esaminò attentamente quello che c'era dall'altra parte. «Dannazione!», esclamò piano. «Sembra un vecchio deposito per il carbone. C'è un'apertura dall'altra parte. Probabilmente si trova là perché non vedo nulla qui».

«Fammi vedere», disse Herman, ficcando la testa e la torcia nel buco. «Già. È la che si trova. Deve essere là». Si girò per guardare Farrell. La luce rivolta al soffitto illuminava dall'alto il locale. «Ma io non ci passo, sicuro come la morte».

Nate si allungò e prese la torcia. «Io credo di farcela. Fatemi vedere».

«Attento, dottor Forester», lo avvertì Farrell. «A questo punto non ha più nulla da perdere».

«Lo so. Cercate solo di fare più luce che potete».

«D'accordo», disse Farrell.

Nate si appiattì contro il muro, con la torcia davanti a sé. Aveva spazio sufficiente per muoversi attraverso l'apertura se piegava la testa da una parte. Una volta passato, esaminò rapidamente le pareti. Dietro di lui, Farrell illuminava la stanza attraverso l'apertura.

Il deposito era un quadrato di circa tre metri per lato, e sul muro più lontano, a circa due metri dal pavimento, c'era un'apertura circolare di una sessantina di centimetri. Una volta assicuratosi di essere solo lì dentro, Nate si mosse verso l'apertura e vi puntò la luce.

Farrell si stava sforzando di guardare all'interno. «Vede qualcosa?», chiese.

«Sì», disse Nate. «Ma non è quello che volevamo vedere».

Nate tornò al varco nel muro e sgusciò di nuovo nella cantina principale. «Quel buco è uno scivolo», spiegò. «Una volta lo utilizzavano per consegnare il carbone quando la caldaia era a pieno regime».

I tre rimasero fermi nell'oscurità, le due torce illuminavano in modo lugubre i loro volti.

«Conduce all'esterno», disse Nate demoralizzato. «Quando ho alzato lo sguardo ho potuto vedere le ultime luci del giorno».

CAPITOLO 30

Era buio quando arrivò l'ambulanza. La squadra rimase lì finché la scena del delitto non fu minuziosamente fotografata, e il corpo di Diane Montgomery portato via. Adesso lo scantinato era ben illuminato da lampade portatili e diversi gruppi di agenti avevano perlustrato a fondo la casa e il bosco circostante. C'erano poche possibilità che riuscissero a trovare la ragazza. Farrell aveva localizzato la bocca dello scivolo per il carbone. Era sul retro della casa, nascosta dalla densa vegetazione e coperta da una tavola di legno che vi era stata appoggiata davanti in tutta fretta: senza dubbio da Clementine Hillmond prima di scappare.

Nate, insieme a Farrell e Herman, era tornato alla stazione di polizia del distretto e per il resto della serata fu occupato a fornire dichiarazioni e ad aiutare una disegnatrice incaricata di elaborare l'identikit di Clementine Hillmond sulla base delle descrizioni dei testimoni, oltre che della foto della patente ormai vecchia di tre anni. Quando la disegnatrice della polizia ebbe stampato il primo ritratto, lo mostrò a Nate perché confermasse la somiglianza. Lui si limitò semplicemente ad annuire. Al che lei lo depose sul tavolo accanto alla tastiera mentre stampava l'immagine seguente. Mentre attendeva il secondo ritratto, guardò i tratti corrucciati di Clementine Hillmond, scosse la testa e mormorò: «Farebbe scappare le palle da un tavolo da biliardo».

Alla fine vennero prodotti quattro identikit – immagine frontale del volto, profilo destro, profilo sinistro e figura intera. In tutto lo stato venne trasmesso un messaggio radio che ordinava di arrestare Clementine Hillmond sulla base di dieci capi d'accusa per omicidio: le vittime dell'attentato al Fisk e Diane Montgomery. Venne descritta come «probabilmente armata, fuori di sé, ed estremamente pericolosa».

Arrivato a casa a mezzanotte e mezza, Nate aveva intenzione di chiamare Helen nonostante l'ora. Prima di chiamare trovò due messaggi nella segreteria telefonica. Entrambi di Helen. Aveva chiamato alle sette per sapere se avesse sbrigato tutte le faccende; e poi alle dieci, e stavolta aveva lasciato detto di chiamarla immediatamente, a qualunque ora.

Rispose al primo squillo.

Nate le raccontò del pomeriggio e della serata, e lei lo ascoltò senza interrompere. «Abbiamo finito poco dopo le undici», disse mentre stendeva il collo all'indietro per alleviare il senso di fatica. «Ho chiamato il dottor Gambuzzi a casa, gli serve un rapporto completo per domani. Dice che non dovrebbe interferire con le mie ferie, sempre che il dipartimento di polizia non abbia bisogno di me».

«E ne avrà?», chiese timidamente Helen.

«Domattina per prima cosa andrò alla squadra omicidi. Raccoglieranno la mia testimonianza, magari anche una deposizione filmata, per procedere mentre sono fuori. Sarà una giornata densa, ma sarò pronto a partire per sabato mattina».

«Dobbiamo cancellare la cena di domani sera?»

«Improvviseremo, Helen. Non so proprio con quante persone dovrò parlare domani, ma sono certo che ci sarà più d'una persona che vorrà farmi firmare qualcosa, o giurare qualcosa, o... descrivere qualcosa».

«Allora immagino che farai meglio a riposare», disse lei.

«Non credo che ci saranno difficoltà. Vuoi sapere cosa trovo singolare in tutta questa faccenda, Helen?»

«Stai scherzando? Cosa *non è* singolare?»

«No», disse lui terribilmente serio. «Intendo a proposito di me stesso. In realtà trovo tutto questa situazione molto accettabile. Qualsiasi dubbio avessi, è svanito stanotte, quando quel dannato corpo è scomparso proprio davanti ai miei occhi. Santo cielo, Helen, quelle cose sono reali! Esistono, per l'amor di Dio».

«Non proprio per amor suo...», disse lei con una debole risata, cercando di alleggerire quella conversazione così lugubre.

Comprendendo l'ironia della sua affermazione, cercò di ridere a sua volta. «Be', diciamo allora per l'amore di qualcun altro».

Seguirono diversi secondi di imbarazzato silenzio, poi le chiese: «Helen, come ti poni di fronte a tutto questo? Voglio dire, sul serio».

Nate la sentì trarre un profondo respiro e sospirare gravemente. «Nate, in passato ho sempre considerato le offerte di Steven con confuso entusiasmo. Ero lusingata che mi incitasse a unirmi al suo staff, ma trasferirmi dall'altra parte del mondo, be'...», le parole morirono sulle sue labbra, poi proseguì. «Non che non abbia mai considerato quell'idea, ma la vedevo sempre come una cosa che avrei potuto fare *un giorno o l'altro*. Capisci che intendo?»

«Perfettamente», disse lui, reprimendo uno sbadiglio.

«Poi c'è stato quell'incontro a casa tua, lunedì sera». Nate la immaginava con lo sguardo dritto davanti a sé mentre le sue parole proseguivano dolcemente attraverso il ricevitore. «Ovviamente tutto ciò ha gettato una luce ben diversa su questo cambio di carriera».

«Quanto sei propensa ad accettare?», chiese Nate con discrezione.

«Oh, non lo so. Molto più propensa di quanto non fossi la settimana scorsa, direi». Fece una risatina debole. «Tu?»

«Alla luce di quello che è successo...», indugiò per un istante, «...e di quello che ho visto, be', in parte mi sento già ingaggiato. Ascolta, Helen», le sue parole tornarono ad essere serie. «So che non hai visto quelle cose con i tuoi occhi, quindi non posso aspettarmi che tu ti senta come me...».

«Nate, non ho alcun dubbio che tutto quello che mi avete detto tu e Steven sia sacrosanto. Presto saprò che strada prendere». Fece una pausa. «Dipende tutto da quello che accadrà la settimana prossima».

«Hai ragione. Mi dispiace se ti ho dato l'impressione di volerti mettere fretta. Credo che prima faremmo meglio a vedere cosa succede a Gerusalemme».

«Già. La settimana prossima, a questa stessa ora, le cose potrebbero essere molto diverse». Si schiarì la voce. «Domani per gran parte della giornata sarò a casa a preparare le valigie. Sentiamoci. Si sta facendo tardi. Faresti meglio a dormire un po'».

«Credo di essere già sulla buona strada...», disse lui mentre riagganciava.

***

Venerdì mattina Nate trascorse tre ore alla squadra omicidi. Fornì un resoconto dettagliato dell'incidente di giovedì a uno stenografo, molto simile a quello che aveva rilasciato la sera prima alla piccola stazione di polizia del distretto. E, come si era aspettato, ripeté il racconto davanti a una videocamera, «nel caso in cui non potessimo averla qui con noi», gli disse l'agente preposto. «Dov'è che sta andando: in Egitto?», chiese incerto il capitano mentre porgeva a Nate le copie stampate delle sue deposizioni.

«Israele. Gerusalemme», rispose Nate. «Vado a fare un giro turistico. Ho sempre desiderato vedere quei luoghi».

Il capitano scosse la testa. «Stia attento. Si sparano l'un l'altro laggiù».

«E qui no?», rise Nate.

Il capitano scoppiò in una sonora risata. «Giusta osservazione, dottore.

Faccia buon viaggio. Non credo avremo bisogno di lei nelle prossime settimane».

«Non appena mi sarò sistemato vi farò avere il mio recapito telefonico», lo rassicurò Nate.

«Bene. dubito che saremo costretti a disturbarla, ma non si sa mai...».

Per l'una del pomeriggio Nate era nel suo ufficio. Fotocopiò la sua deposizione alla squadra omicidi e ne diede una copia al suo assistente, Ted, e alla segretaria del dottor Philip Gambuzzi, il medico legale a capo dell'ufficio. Poi lui e Ted si sincerarono che tutti i rapporti in sospeso fossero completati e firmati. Alle tre e mezza venne chiamato dal suo capo.

Rimase nell'ufficio del dottor Gambuzzi per quarantacinque minuti, per spiegargli come fosse rimasto coinvolto in un arresto per omicidio in un'altra giurisdizione. Gambuzzi non era particolarmente irritato per la faccenda, ma riuscì a far capire a Nate che i medici si occupano di medicina, mentre buttare giù le porte è compito degli ufficiali di polizia. In sintesi, disse che avrebbe preferito che i suoi medici si dedicassero a esaminare cadaveri piuttosto che a crearne.

Alle quattro e mezza salutò Ted, che gli augurò di fare buon viaggio. Per le cinque era a casa che si sbottonava la camicia e attendeva che Helen rispondesse al telefono, cosa che accadde al terzo squillo. Le disse che sarebbe passato a prenderla alle sette per una cena rapida e tranquilla, e per scambiarsi le loro impressioni prima di incontrarsi l'indomani mattina per andare all'aeroporto. Mentre cominciava a radunare gli abiti che riteneva adatti per un soggiorno in Medio Oriente, Nate non riusciva a liberarsi dalla sensazione che sarebbe passato molto tempo prima di potersi godere un altro pasto piacevole.

PARTE SECONDA

CAPITOLO 31

Nate sonnecchiò a tratti durante il volo sopra l'Atlantico. Lui ed Helen avevano in programma di continuare la discussione che avevano iniziato a cena la sera prima, ma la vicinanza degli altri passeggeri rese impossibile una conversazione approfondita. Parlarono dei vantaggi offerti da una vita in Medio Oriente e delle eventuali reazioni dei loro colleghi, e si chiesero che genere di soddisfazioni li avrebbe attesi se avessero scelto di unirsi alla «Squadra di Steven», come adesso la chiamavano.

Nate trascorse le ultime ore dormendo tra una pagina e l'altra di *Cuore di tenebra* di Conrad, e lanciando di tanto in tanto un'occhiata a Helen quando un vuoto d'aria lo destava. Lei o passava in rassegna diversi capitoli del raffinato lavoro di Campbell sulla mitologia, *L'eroe dai mille volti*, o guardava pensierosa fuori dal finestrino la distesa interminabile di nuvole sotto di loro.

Fecero solo un'ora di scalo all'aeroporto De Gaulle-Orly di Parigi prima di imbarcarsi sul volo per l'aeroporto Ben Gurion di Tel Aviv. In Israele il cielo si stava rischiarando mentre salivano sul minivan che Steven aveva messo a loro disposizione. L'autista che li andò a prendere era una giovane donna yemenita che li accolse cordialmente, e disse loro che il dottor Lynus aveva riservato delle stanze all'American Colony Hotel, nel settore nord di Gerusalemme. In un inglese con una deliziosa inflessione, ma perfettamente comprensibile, riferì il consiglio di Lynus di riposare un poco, e li avvertì che lo avrebbero incontrato nel salone dell'albergo alle sei di sera, per la cena.

Benché fisicamente esausto, Nate trascorse gran parte del tragitto dall'aeroporto all'albergo a guardare il dispiegarsi della pianura costiera israeliana. Non si aspettava che Tel Aviv gli avrebbe ricordato così tanto una grande città americana. Percorrendo la Route 1, un'autostrada a più corsie che correva verso est, dalle principali metropoli israeliane fino a Gerusalemme, osservò taciturno il paesaggio che da industriale si faceva man mano agricolo. Nell'avvicinarsi a Gerusalemme, il panorama si trasformò negli altipiani giudeo-galilei, nei canyon poco fertili in mezzo a montagne leggermente tondeggianti. Alcune parti di quella terra sarebbero state ancora familiari a Salomone, Davide e forse persino Abramo.

Gerusalemme costeggia la linea montuosa che attraversa Israele da nord a sud. I sobborghi più moderni della città erano recentissimi se paragonati alla zona all'interno delle mura della città, che risaliva ai tempi precristiani. A ogni modo, il traffico non era intenso a quell'ora, e mentre il van faceva scendere i suoi stanchi passeggeri, l'alba cominciava a dissipare la fresca aria notturna del deserto e i suoi primi raggi rimbalzavano sulle facciate di pietra calcarea.

Le loro stanze erano sui lati opposti del corridoio. Una volta entrato nella sua, Nate non si preoccupò di disfare le valigie né di spogliarsi. Posò le borse, tirò le tende scure per evitare che la luce del sole invadesse la sua camera, scalciò via le scarpe, mise il cartellino "Non disturbare" sulla porta e si stese sul letto. Quando aprì di nuovo gli occhi, il suo orologio digitale lo informò che erano appena passate le sei del mattino della domenica. Quello che non gli disse fu dove si trovava o perché fosse così terribilmente affamato.

Nate rimase a sedere sul bordo del letto per diversi istanti, lasciando che il sonno abbandonasse la sua testa. Mentre esaminava la stanza intorno a sé, dapprima rimase sorpreso dalla sella da cammello accanto alla porta che conduceva a un'ampia stanza da bagno, e dalle modeste sedie di legno che si trovavano sopra un tappeto molto colorato sul pavimento in pietra che portava dal letto al bagno. Lentamente si rese conto di essere in un hotel a Gerusalemme, di aver trascorso gran parte del sabato e alcune ore della domenica su un aereo, e di aver dormito per sette ore con un orologio regolato ancora sull'ora della costa est del Nord America. In realtà adesso non era che l'una del pomeriggio.

Pensò che Helen doveva essere rimasta a letto come lui, e dato che non conosceva le sue abitudini in fatto di sonno, non ritenne saggio disturbarla. Benché a quell'ora stessero servendo il pranzo nel ristorante francese dell'albergo, Nate riuscì a ordinare una sostanziosa omelette e a farsela portare in camera. Rimase particolarmente soddisfatto dal rösti svizzero e una volta ripulito il piatto con della pita, prese il caffè e il romanzo di Conrad e si mise a sedere al tavolino vicino alla finestra.

Leggendo il racconto di Conrad, esemplificativo del cuore oscuro dell'essere umano, si ritrovò a identificarsi lentamente con l'autore. Concluse senz'alcuna difficoltà che Lynus aveva cercato di ottenere proprio quel risultato, quando gli aveva raccomandato quella storia ambientata durante l'imperialismo belga nell'Africa Centrale come lettura appropriata per il viaggio.

Il suo crescente interesse per il racconto fu interrotto da alcuni colpi alla porta. Chiuse il libro, tenendovi in mezzo un dito per non perdere il segno, e lo portò con sé all'ingresso. Qualche istante dopo lui e Helen si stavano guardando attraverso la soglia, e sul volto di entrambi era evidente la preoccupazione.

«Non sei neanche lontanamente pronto», annunciò lei indicandolo. Indossava una camicia di popeline bianco, pantaloni verde chiaro e una veste marrone ricamata. Non mostrò alcuna intenzione di entrare.

«Oh, ah...». Nate guardò i suoi pantaloni spiegazzati e si lisciò distrattamente la maglietta.

«Sono le cinque passate, Nate», aggiunse rapidamente mentre guardava l'orologio. «Dobbiamo incontrare Steven alle sei. L'avevi dimenticato?».

Nessuno dei due si era mosso di un millimetro. «No, io... mi sono fatto prendere dalla storia...», sollevò il libro di Conrad quasi a fornire la prova delle sue parole. «Ah, mi dispiace, Helen. Devo aver perso il senso del tempo. Dammi solo mezz'ora per farmi una doccia e...».

Lei assentì distrattamente. «Nessun problema. Abbiamo tre quarti d'ora». Si girò verso la sua stanza. «Bussa quando sei pronto».

Nate chiuse la porta e si mise a riflettere. Controllò l'ora, le dieci e dieci del mattino. Fece un rapido calcolo mentre ripiegava la pagina cui era arrivato e posava il libro sul tavolo. Significava che erano le cinque e dieci, ora locale, e aveva quasi terminato il suo romanzo. Il finale avrebbe dovuto attendere. Sistemò sul letto il suo zaino di nylon, aprì la cerniera e prese il kit per radersi per poi correre in bagno.

Per le sei meno dieci (adesso il suo orologio era regolato a dovere) indossava pantaloni grigi, una camicia blu botton down col colletto aperto, e una giacca sportiva nera e grigia spigata mentre aspettava nel corridoio fuori dalla porta di Helen, in attesa che lei uscisse dalla stanza. Lei uscì, chiudendo immediatamente la porta dietro di sé. «Adesso va meglio», disse mentre metteva sotto braccio una borsetta, lo prendeva per il gomito e lo conduceva giù lungo il corridoio. «Decisamente molto meglio degli abiti di prima».

«Mi dispiace», disse lui timidamente. «Quello che hai visto era in realtà un uomo in pigiama. Sono crollato non appena sono entrato in camera. E poi sono rimasto ammaliato dalla lettura del libro dopo aver dormito per tutta la mattinata. Mi hai colto del tutto alla sprovvista, quando hai bussato alla mia porta». La guardò di sbieco. «Quanto hai dormito tu?»

«Più o meno fino a mezzogiorno. Non volevo disturbarti perché non sapevo per quanto avresti dormito. Pensavo fossi un poco più stanco di me. I tuoi ultimi due giorni sono stati decisamente più febbrili».

Nate rivolse uno sguardo tetro davanti a sé mentre camminavano verso le scale. «Eh già».

Steven Lynus, con un completo beige chiaro e un cappello Panama, conversava distrattamente con il concierge quando Nate e Helen entrarono nel salone. Vedendoli, diede una pacca affettuosa sul braccio dell'uomo e terminò la conversazione, affrettandosi a salutare i suoi ospiti. Fece un ampio sorriso e allargò le braccia, con un gesto accogliente.

«Benvenuti a Gerusalemme». Quindi congiunse le mani. «Mi dispiace di non essere venuto ad accogliervi di persona, ma siamo stati distratti».

Helen si protese per baciargli la guancia. «Non importa, Steven. Nessuno di noi era in condizioni di ricevere visite».

«Spero che abbiate fatto buon volo», disse mentre con un gesto indicava la porta principale.

Camminarono l'uno accanto all'altro verso la porta, con Nate al centro. «Molto confortevole, Steven, ma non quanto il materasso della 308. Sono crollato».

«Lo stesso vale per quello della 307», disse Helen. «Ma il fatto che io abbia dormito fin dopo mezzogiorno non significa che sia pronta per un altro volo transoceanico prima di un giorno o due. Credo che avrò bisogno di andare a dormire presto stasera, tanto per mettermi in pari».

Steven si fermò quando raggiunsero la porta. «Allora mi scuso in anticipo, mia cara, perché dubito seriamente che quella che seguirà sarà una serata breve. Gli ultimi avvenimenti ci costringono ad accelerare il nostro programma». Li accompagnò fuori senza tante cerimonie, verso un taxi che li aspettava davanti all'ingresso. «Il mio superiore vuole incontrarvi stasera».

«Pensavo che non sarebbe successo fino a domani», disse Nate allarmato. «Vuoi dire che stiamo andando a conoscerlo adesso?»

«No. Prima ceneremo», disse Steven mentre si affrettava davanti a loro. «Ho prenotato al Mamma Mia. Servono un'eccellente lasagna. Tutta la loro pasta è fatta in casa».

Nate sorrise a Lynus con scetticismo. «Vuoi dire che per cena andremo in volo fino a Napoli?»

«Si vede che sei poco sofisticato, Nate», disse Helen con aria furba. «Gerusalemme non sarà Tel Aviv, ma ha ristoranti a sufficienza. E la cucina italiana va per la maggiore».

«Già», aggiunse Lynus. «Ecco perché ho scelto il Mamma Mia. Abbiamo molto tempo per goderci la cena e aggiornarci sugli ultimi avvenimenti. Inoltre, in questo momento Longinus sta riposando». Controllò l'orologio. «Un uomo della sua età deve riposare se vuole stare sveglio a notte fonda». Aprì lo sportello posteriore del taxi, tenendolo perché loro potessero entrare. «Ritiene sia meglio parlarvi il prima possibile. Lo incontreremo tra tre ore».

Prima di piegarsi per salire Nate si girò verso Steven. «Longinus?», chiese con un ciglio corrugato. «Volevo chiedertelo la prima volta che hai menzionato quel nome: perché mi suona familiare?»

«Non è il suo vero nome, Nathan. È una designazione antica e onorabile. Che ben presto erediterò». Fece cenno a Nate di entrare, lo seguì e richiuse lo sportello. Si protese verso il sedile anteriore e disse ad alta voce al conducente: «Al trentotto di King George Street». Poi, mentre la macchina partiva, confidò tranquillamente a Nate: «Ma spero che la mia eredità non giunga prima di poterci godere il dessert. La torta di mele calde del Mamma Mia è persino meglio di quella di Greenberg a New York».

CAPITOLO 32

Si pensa spesso a Gerusalemme come a due città distinte. In realtà non è diversa da una qualunque municipalità che si sia espansa inglobando le periferie circostanti. Fin da diversi millenni prima di Cristo, il nucleo originale – la Città Vecchia – è racchiuso nei due chilometri quadrati delimitati dalle antiche mura di pietra, e l'atmosfera può facilmente descriversi come biblica. Il profumo e i suoni del mercato sembrano quasi teatrali, nell'aura esotica in cui si espandono. Le grida dei venditori, l'odore di cibo che cuoce sulla fiamma e il fascino salmodiante delle antiche preghiere non si scostano molto dalle testimonianze dei primi crociati che giunsero in quei luoghi quasi mille anni fa.

Gli abitanti della Città Vecchia sono meno di cinquantamila, e tra essi vi sono ebrei, musulmani e cristiani, molti dei quali sembrano essere usciti dalle pagine del Vecchio Testamento o delle *Mille e una notte*. I luoghi sacri per ogni culto sono dislocati lungo le antiche stradine di ciottoli dentro le mura, ma la vita notturna della città – così come il novanta per cento dei residenti – prospera nella Gerusalemme Nuova, che circonda la primeva barriera di pietra.

Il Mamma Mia si trovava a un chilometro e mezzo a ovest della Città Vecchia – circa la stessa distanza che separava l'American Colony Hotel dalle mura. Mentre gustavano il dessert, Helen e Nate condivisero l'entusiasmo di Steven per la superba torta di mele del Mamma Mia. Fuori era scesa la notte di Gerusalemme e con essa anche la temperatura autunnale. Durante il giorno la temperatura del suolo aveva raggiunto un picco di sessantaquattro gradi, ma una volta sparito il sole, i venti del deserto l'avevano abbassata di almeno cinquanta gradi.

Solo quattrocento metri a nord del Mamma Mia, mentre Steven pagava il conto del ristorante, due donne camminavano giù per una scalinata in pietra poco illuminata appena fuori Zion Square, nel distretto centrale, e scendevano nell'Unholy Sepulcher, una delle più moderne discoteche della Gerusalemme Nuova. La donna più alta camminava con passo impacciato, insicuro. Lo sguardo apprensivo sul suo volto non abbelliva certo i suoi tratti ordinari. La donna che era con lei era più minuta, i capelli di un castano dorato con dei riflessi ramati. Fu lei che fece girare la testa ai tre baristi quando le due donne si sedettero al bancone semivuoto.

Era ancora troppo presto perché la vita notturna di Gerusalemme fosse degna di nota. I gruppetti di giovani che riempivano simili locali non cominciavano ad arrivare prima della mezzanotte, e la domenica non era un giorno particolarmente vivace a nessuna ora. Il più vecchio dei baristi aggirò rapidamente i suoi colleghi asciugandosi le mani mentre si avvicinava alle nuove arrivate con un ampio sorriso.

«Che cosa prendete, ragazze?», disse in un inglese biascicato. Prese due sottobicchieri e li mise sul bancone. Fu la più alta delle due a fare l'ordinazione.

«Per me birra. Una qualsiasi, basta che sia leggera». E indicando la sua silenziosa amica con un cenno del capo: «Club soda senza ghiaccio».

Il barista sorrise, annuì e rapidamente aprì il cestello di acciaio anodizzato sotto il bancone, tirandone fuori una bottiglia marrone. La donna più piccola non aveva tolto gli occhi di dosso dall'uomo dai capelli biondi che aveva preso loro le ordinazioni, e questo particolare non sfuggì al barista. La donna più alta scese dallo sgabello, mise dei soldi sul bancone e si piegò verso la sua compagna.

«Devo farmi da parte adesso?», sussurrò.

La donna più piccola non mosse la testa, solo gli occhi si spostarono di lato in una risposta silenziosa incontrando quelli della donna più alta, la quale si limitò ad annuire e s'incamminò verso i bagni situati in fondo a quell'ambiente buio.

L'Unholy Sepulcher teneva fede al suo nome. Le pareti di pietra annerite presentavano ogni sei metri dei gargoyle di ceramica e pacchiani ritratti di uomini e donne in catene, ognuno dei quali raffigurava una diversa tortura demoniaca. Una luce ultravioletta inondava ogni dipinto. In fondo alla sala c'era un piccolo palco che ospitava una batteria inutilizzata e degli amplificatori. I musicisti non sarebbero saliti sul palco prima di tre ore. Gli unici altri clienti del bar erano due giovani uomini, vestiti, come tutti i turisti, in modo esageratamente elegante per la vita sociale di Gerusalemme. Stavano chiedendo ai baristi più giovani a che ora il locale sarebbe diventato più affollato e rumoroso.

All'estremità opposta, il barista più maturo stava sistemando i drink sui sottobicchieri, il club soda davanti alla ragazza che adesso sorrideva timidamente, e la bottiglia con il bicchiere davanti allo sgabello vuoto accanto a lei. Non si preoccupò di prendere i soldi.

«Il primo giro lo offre la casa», disse mentre appoggiava il piede sulla mensola sotto il bancone e le mani sopra il ginocchio sollevato.

«Be', grazie», disse la donna con un tono dolce, mentre osservava le sue dita che con delicatezza accarezzavano il bordo del bicchiere. «Sei davvero gentile».

«Cerchiamo di far sentire a proprio agio tutti i nostri clienti». Si schiarì la voce e rimise giù il piede, assumendo una posizione più diritta mentre si avvicinava. «Io... credo di aver già visto qui la tua amica», indicò in direzione dei gabinetti. «Ma non credo di avere mai visto te. Me ne sarei ricordato. Sei nuova in città?».

Lei giunse le mani e lo guardò. «Ho fatto qualche giro».

«Allora immagino tu conosca abbastanza bene i locali della zona».

«Non particolarmente», rispose lei. «Sono molto esigente quando vado in giro. Ho sentito dire che questo è un posto dove si può trovare qualcosa di... insolito».

Lui fece un gesto con la mano. «Sì, be', questo probabilmente era vero un po' di tempo fa». Si guardò intorno nel locale. «Ora tutto questo...», agitò nuovamente la mano, «...è diventato un po' vecchio, sai cosa intendo». Si piegò leggermente in avanti verso di lei, che sorrise timidamente mentre lui le confidava: «Ci sono posti molto più interessanti... Se sai dove cercare».

Lei accarezzò di nuovo il bordo del bicchiere. «E tu sai dove cercare?».

Lui infilò le mani in tasca, lasciando fuori solo i pollici. Si dondolò leggermente sui talloni mentre parlava. «Tesoro, se non conosco un locale io, significa che non ha ancora aperto».

Lei appoggiò il mento sul palmo della mano. «Allora immagino che tu sia una buona guida turistica?».

Lui appoggiò il piede sulla mensola sotto il bancone e si fece vicino ancora una volta. «Be', organizzo anche visite individuali, ma che ne pensi di...», con la testa fece un cenno verso i bagni.

Lei si raddrizzò e parlò vivacemente. «Ha un appuntamento con una persona, più tardi. Probabilmente sarei solo il terzo incomodo. Puoi andartene via con un preavviso così breve?».

Lui si slegò il grembiule, lo appallottolò e lo gettò delicatamente sotto il bancone. «Tesoro, io sono il capo qui. E la domenica è comunque una serata tranquilla». Indicò con il pollice l'altra estremità del bancone. «I miei due ragazzi possono occuparsi di tutto. E posso sempre dare una controllata ogni ora o giù di lì». Aggrottò le ciglia. «Cosa dobbiamo dire, eh...?». Ancora una volta indicò i gabinetti.

Lei scese dallo sgabello. «Basterà dire a uno dei ragazzi di avvertire la mia amica che ce ne siamo andati. Non ti preoccupare. Lei capirà alla perfezione».

«D'accordo», disse lui. «Dammi solo un secondo. Torno subito».

Raggiunse gli altri due baristi, e gesticolò in fretta mentre dava loro istruzioni. Entrambi seguirono il suo dito mentre indicava prima i gabinetti, poi la donna che lo aspettava accanto alle scale che conducevano fuori dal locale. Annuirono all'unisono, e lo osservarono mentre afferrava la giacca da sotto il bancone e raggiungeva la piccola donna. Le prese la mano e scomparvero su per le scale.

Per strada lui si gettò la giacca su una spalla mentre camminavano mano nella mano. «Non fa troppo freddo stasera», disse lui. «Proprio come piace a me. Non hai freddo, vero?».

Lei guardava dritto davanti a sé mentre parlava: «È difficile che senta troppo caldo o troppo freddo».

«Bene. Ci fermeremo sotto casa mia per prendere la mia macchina. Io vivo proprio dietro il prossimo palazzo. Al locale ci vado a piedi. Ci servirà la macchina per raggiungere alcuni dei punti migliori di Talpiot». Tirò fuori le chiavi mentre svoltavano l'angolo. «Eccoci qui». Indicò una coupé blu ultimo modello.

«Vivi in una di queste case?», chiese lei.

«Proprio lì». Indicò una casa in pietra arenaria di tre piani, «al secondo piano».

Lei si fermò bruscamente e lasciò la sua mano. «Ti dispiacerebbe molto», fece un cenno rivolta al suo appartamento, «se mi rinfrescassi un po'? Non ne ho proprio avuto il tempo prima che lasciassimo il locale».

«Oh, fai pure, tesoro», disse mentre s'incamminava verso l'edificio. «Anch'io preferirei mettermi una camicia più comoda».

In cima alle scale inserì la chiave nella prima porta alla sua sinistra, la aprì e si sporse dentro, accendendo l'interruttore. Poi le fece cenno di entrare per prima. Lei sorrise timidamente e varcò la soglia, e lui la seguì dentro, chiudendosi la porta alle spalle.

«La prima porta alla tua destra», indicò lungo il corridoio, e s'incamminò verso la porta davanti a sé. «Mi cambio e sono da te».

Nella camera da letto, si tolse il pullover nero aderente che indossavano tutti i baristi dell'Unholy Sepulcher e si mise un'ampia camicia sportiva. Si pettinò rapidamente i capelli, tornò nel salotto, e con somma sorpresa la trovò distesa con naturalezza sul suo divano. Lei lo guardò senza tradire il minimo turbamento, mentre lui era sicuro che il proprio volto mostrasse un'espressione meravigliata.

«Oh», disse lui bruscamente, «una cosa rapida». Appena finì di pronunciare quelle parole si rese conto di quanto potessero sembrare volgari. «Voglio dire, sei pronta?»

«Come sempre», disse lei con convinzione. Poi, dando delle piccole pacche invitanti sul divano, disse: «Perché prima non riprendiamo fiato? È stata una bella scarpinata su per quelle scale...».

Lui si sedette, sentendo che il fiato gli si faceva più corto. «Certo, come vuoi».

Lei gli passò una mano dietro il collo e lentamente, ma con decisione, lo attirò a sé. «Non riesco a ricordare quando sono stata così a mio agio», disse mentre si strusciava contro il suo collo.

Lui la strinse a sé mentre si stendevano entrambi sul divano, lui sotto. Lei intrecciò le gambe alle sue, e lui sentì il sangue rimescolarsi nelle sue vene e gemette. La donna fece correre la mano lungo la coscia del barista, liberò la camicia dai pantaloni e gli sfiorò il torace. Indugiò sul capezzolo e all'improvviso gli strinse il petto con una forza che lo eccitò e lo sorprese allo stesso tempo.

«Ah!», urlò lui eccitato, mentre lei spingeva la testa indietro. Era bellissima, con lucenti capelli ramati e occhi nocciola: proprio il tipo di occhi che aveva sempre trovato attraente. Quegli occhi lo guardavano con quel desiderio su cui gli uomini fantasticano sempre, ma era il suo sorriso a ipnotizzarlo. Era il più bello che avesse mai visto. Le labbra erano carnose, i denti bianchi e perfetti. Ebbe l'impressione che la ragazza stesse di nuovo piegando la testa verso di lui, ma ben presto si rese conto che invece lo stava tirando a sé con una forza inaspettata. L'uomo schiuse le labbra per ricevere il suo bacio, ma quasi senza sforzo lei gli piegò la testa all'indietro e lui avvertì le sue labbra sulla gola. Erano gelide mentre toccavano la sua pelle e gemette pregustando quello che sarebbe successo. Il suo sangue scorreva tumultuoso... la sua non era una semplice sensazione, lo udiva pulsare. Sentiva i battiti del cuore scuotergli il petto, le mani leggermente intorpidite. Avrebbe voluto gemere ancora, con forza, ma la sua bocca non riuscì ad emettere alcun suono. Sentì solo un gorgoglio ritmico e una stretta penetrante e intensa appena sotto l'orecchio.

CAPITOLO 33

Steven controllò l'orologio. «Eccellente», disse con aria compiaciuta. «Abbiamo tempo a sufficienza per fare un breve giro». Un minivan si stava accostando al marciapiede davanti al Mamma Mia. Steven aprì lo sportello scorrevole per i suoi compagni, e salì accanto al conducente.

«Spero che il vostro riposo sia stato sereno e la cena appagante», disse una voce familiare dal sedile del conducente. Si trattava della stessa donna yemenita che li aveva presi all'aeroporto di Tel Aviv, e solo in quel momento si accorsero che si trattava dello stesso veicolo.

«Oh, salve di nuovo», disse Nate in modo cortese. «Sì, entrambe le cose, direi». Si girò verso Helen in attesa che confermasse le sue parole.

«Steven non avrebbe potuto trovare sistemazione migliore», concordò Helen.

La conducente si immise nel traffico dirigendosi a nordest senza attendere le istruzioni di Lynus. «Immagino che avrete bisogno di un giorno o due per ambientarvi. Ma il tempo qui passa in fretta, ve ne accorgerete presto».

Il loro tranquillo itinerario costeggiò le mura settentrionali della Città Vecchia e li ricondusse sulla strada per l'American Colony Hotel. La donna yemenita era affabile e parlò quasi sempre. I passeggeri scoprirono che il suo nome era Shara e che si era trasferita a nord quando lo Yemen si era schierato dalla parte dell'Iraq nella Guerra del Golfo.

«Troppa storia in questo posto», disse lei mentre teneva gli occhi fissi sull'oscurità davanti a sé. «Troppa per essere ignorata in nome di una scoperta relativamente nuova». Si girò per guardare in faccia Nate e Helen. «Il petrolio, intendo».

«Il carburante fossile sembra davvero essere la forza che guida la vita di tutti, in quest'epoca », disse Helen distrattamente.

«Non di tutti». Quelle furono le prime parole che Steven pronunciò da quando era salito sul van.

«Be', intendevo dire in senso figurato, Steven», si difese Helen. «È questo che fa girare il mondo adesso».

«E prima del petrolio», disse Steven, «c'è stato il commercio delle spezie. E dopo il petrolio sarà qualche altra materia prima». Rise sommessamente. «Chissà? Magari le barbabietole».

Tutti risero con garbo, e Shara guidò lentamente il van attraverso un cortile che era stato strappato secoli prima all'arida superficie rocciosa. «Mi piacerebbe trascorrere il mio tempo a studiare quei fossili», disse Shara, indicando gli antichi scavi fuori dal finestrino. Stavano superando le Tombe dei Re, e lei spiegò brevemente che in realtà erano state scavate nella roccia durante il primo secolo affinché divenissero la tomba di una vecchia regina persiana e della sua famiglia. «Sono state esplorate solo in tempi recenti», li informò, come se stesse facendo un tour guidato.

Steven si girò per guardare Nate ed Helen. «Dovete capire che quando Shara dice "recenti", parla da un punto di vista archeologico».

Shara rise piano. «È vero», confessò. «Sono state esplorate più di un secolo fa».

«Un lasso di tempo relativamente breve», convenne Nate. Guardò fuori dal finestrino l'enorme pietra tonda che in passato veniva usata per sigillare le catacombe. «Il tempo sembra essere un'illusione qui».

Steven guardò fuori dal parabrezza mentre le tombe scomparivano dietro il van. Dopo un profondo sospiro, disse: «Alcune illusioni possono essere molto pericolose».

Proseguirono in silenzio, dirigendosi infine verso nordovest per diversi minuti, finché il van non svoltò su una strada laterale più stretta fiancheggiata da abitazioni beige di due e tre piani. Non erano distanti dalle propaggini più estreme di Gerusalemme, in quello che era conosciuto come il quartiere Bukharian, e la concentrazione urbana stava gradualmente diminuendo fino a una bassa densità abitativa.

«Queste invece sono molto recenti», disse Shara, guardando fuori dal finestrino laterale le strutture in pietra. «Questo quartiere risale solo alla fine del diciannovesimo secolo».

Soltanto due lampioni stradali brillavano alle due estremità del vicolo. Le case più modeste sembravano essere tutte occupate, con luci visibili in molte finestre. Non c'erano pedoni su quella strada poco illuminata, solo un piccolo numero di automobili sferzate dai freddi venti che provenivano dal deserto della Giudea a meno di quindici chilometri a est.

Shara condusse il van lungo un vialetto di ciottoli che si apriva subito dopo un edificio a tre piani. Steven scese, ringraziò l'autista, chiuse lo sportello e aprì quello laterale per Helen e Nate. Entrambi ringraziarono

Shara, che si limitò a sorridere e annuire. I tre rimasero là mentre il van indietreggiava per uscire dal vialetto e si allontanava subito, nascosto dalla casa dietro la quale si trovavano. Ad una delle finestre buie, proprio dall'altra parte della strada, una tenda scostata tornò al suo posto, ma nessuno di loro se ne accorse.

Steven s'incamminò verso la grande porta che si apriva sul fianco della casa. Due piccole lanterne brillavano accanto a ciascuno stipite. «Credo che il nostro ospite ci stia aspettando», disse mentre premeva il campanello sulla destra dell'ingresso. Un istante dopo si sentì scattare la serratura della porta. Steven spinse il portone e lo tenne aperto per gli altri due.

Si ritrovarono in un ampio ingresso, in fondo al quale, proprio davanti a loro, si apriva un'ampia scalinata che conduceva al piano superiore. Lungo uno dei corrimano era montato un montascale. A destra della scala c'era una porta che conduceva al resto del piano terra. Il parquet che rivestiva il pavimento dell'ingresso era vecchio, ma in buone condizioni: gli mancava solo quella lucentezza che anni di via vai avevano reso sempre più difficile preservare. All'inizio e alla fine della scalinata erano attaccati dei piccoli lampadari accesi, le cui luci si sovrapponevano l'una all'altra.

Steven richiuse la porta e fece cenno a Nate e a Helen di andare verso i gradini. «Longinus dev'essere nel suo studio. L'ascensore è in cima». Camminò verso la scala. «L'illuminazione è fastidiosa, lo so, ma è meglio che ce ne sia troppa, di luce, piuttosto che poca». Mise il piede sul primo gradino, poi si fermò e si girò verso di loro. «Come vi ho detto la settimana scorsa, ha quasi centoquattro anni, e dice di non vederci più bene, ma ormai sono più di quarant'anni che lo ripete». Fece loro cenno di seguirlo e cominciò a salire. «Può ancora camminare, ma ha pur sempre centoquattro anni».

Fu Helen a parlare sommessamente mentre salivano le scale prive di tappeti. «Steven, c'è qualcosa che dobbiamo sapere prima di conoscere quest'uomo? Qualcosa per cui dobbiamo essere pronti?»

«Siete pronti per questo incontro, Helen. Fidati di me. L'unico consiglio che vi posso dare è: siate voi stessi. Se avessi pensato che poteva essere un problema, non vi avrei portato fin qui».

Mentre salivano i quindici scalini, Helen prese sottobraccio Nate quasi senza rendersene conto. Lui si girò verso di lei, le afferrò delicatamente la mano e si scambiarono sorrisi prudenti mentre proseguivano. La scalinata terminava in un corridoio che si dipanava in entrambe le direzioni. Steven gli indicò la strada quando raggiunse la cima. «Lo studio è da questa parte».

Il corridoio proseguiva per un metro e mezzo prima di terminare davanti a una porta aperta che mostrava una stanza di modeste dimensioni, con dei pannelli scuri che correvano dal soffitto bianco fino alla sfumatura color smeraldo del pavimento, completamente coperto da un tappeto. Un inconfondibile profumo di essenza di limone si spandeva intenso dai rivestimenti in legno delle pareti. Tre grandi finestre davanti a loro si affacciavano sulle case più basse lungo la strada e offrivano una vista sugli edifici sparsi di là da esse. Una scrivania di legno era disposta ad angolo retto rispetto alle finestre, in modo che chiunque vi fosse seduto di giorno sarebbe stato illuminato da sinistra. Due lampade d'ottone erano accese alle estremità dello scrittoio. L'unica altra fonte di luce era una piccola lampada attaccata direttamente sopra a un dipinto immediatamente dietro lo scrittoio. Sotto il dipinto, l'uomo che fino a qualche istante prima era stato l'unico occupante della stanza alzò lo sguardo verso i suoi tre ospiti appena arrivati. Non fece alcun tentativo di alzarsi dalla sua poltrona girevole mentre parlava.

«Dottoressa Norwich e dottor Forester, benvenuti». La voce era chiaramente udibile, e manifestava solo un leggero sforzo.

Lynus terminò rapidamente le presentazioni. «Helen, Nate, questo è Longinus». Con un ampio movimento del braccio indicò l'uomo seduto alla scrivania, che non attese la replica dei suoi ospiti.

«Prego, sedete». Stese la mano, e con lunghe dita ferme indicò le sedie disposte a semicerchio di fronte a lui. Lynus raggiunse la sedia centrale appena dietro le altre due, e mise una mano sul braccio di entrambi i colleghi per farli accomodare.

L'uomo, con un gesto aggraziato, intrecciò le dita sul sottomano appoggiato tra le due lampade di ottone. Guardò prima Helen, poi Nate alla sua destra. I primi segni di un sorriso s'insinuarono appena nei suoi tratti. «Mi rendo conto che non avete avuto tempo a sufficienza per riprendervi dal vostro viaggio, e mi scuso per aver affrettato questo incontro, ma ho pensato che non fosse il caso di indugiare ulteriormente, soprattutto alla luce delle recenti gesta del dottor Forester nell'emisfero occidentale».

Era ben rasato e sul suo volto rugoso spiccavano un naso aquilino e un mento marcato. Le sue spalle erano curve e di tanto in tanto il bagliore che illuminava i suoi occhi riusciva a penetrare attraverso gli spessi occhiali dalla montatura di metallo appoggiati sul suo naso. I capelli grigi erano radi, ma non si poteva dire che fosse calvo, e nonostante la piacevole temperatura autunnale, indossava una pesante veste da camera blu sopra a un caldo maglione verde scuro abbottonato fino al collo. La sua età e il suo piglio autorevole pervadevano tutta la sua figura. Ad ogni modo, le prime parole che pronunciò colsero alla sprovvista i suoi nuovi ospiti.

«Qualcuno di voi due conosce questo dipinto?», disse indicando con un gesto incerto la tela alle sue spalle.

Fu Helen a interrompere il silenzio per prima. «Io, ah… penso di averlo già visto prima… da qualche parte». Si girò con aria esitante verso Nate.

Quest'ultimo stava scuotendo la testa. «Mi dispiace… Longinus, ma le confesso di conoscere ben poco l'arte». Si mosse goffamente, imbarazzato.

Il vecchio sorrise e abbassò lo sguardo sulle mani giunte. «La conoscenza dell'arte non è importante, dottor Forester. Ovviamente il dipinto è una copia. L'originale è appeso al Louvre di Parigi». Alzò lo sguardo verso i suoi ospiti. «È di Nicolas Poussin, ed è stato realizzato intorno alla metà del diciassettesimo secolo. S'intitola *I pastori dell'Arcadia*».

Sia Helen che Nate stavano guardando l'immagine mentre il vecchio spiegava. Il dipinto rettangolare mostrava quattro pastori intenti a esaminare in una radura boscosa l'iscrizione su un sepolcro di pietra.

«Quello che i pastori stanno esaminando», continuò il vecchio, «è la scritta latina incisa sulla tomba: ET IN ARCADIA EGO. Il significato simbolico di questa frase suggerisce che la morte raggiunge anche il mitologico Eden di Arcadia». Fece una pausa, che portò i suoi ospiti ad abbassare lo sguardo sul suo viso. «Il dipinto è un monito costante per coloro che si sono assunti questa responsabilità». Sorrise di nuovo. «*Pulvis es et in pulverem reverteris*».

Lynus si protese in avanti e sussurrò la traduzione per i suoi contegnosi compagni. «Polvere sei e polvere tornerai».

Il vecchio fece una risata soffocata e si appoggiò allo schienale. «Suppongo che Custos vi abbia detto della nostra propensione per il latino; o, meglio, della mia propensione per la lingua antica. È di maggiore impatto rispetto all'inglese, non trovate?»

«È vero», disse Helen, rianimandosi al cambio di tono del suo intrattenitore. «Ma sono felice che lui sia qui per farci da interprete».

Il vecchio si piegò in avanti e lentamente si alzò in piedi. Si appoggiò a un bastone a quattro punte accanto a lui e cominciò a muoversi intorno alla scrivania. «Non vi preoccupate se i miei assiomi vi sono poco familiari. Come vi dirà Custos, spesso adotto un modo di fare un po' teatrale. Avrete tutto il tempo necessario per abituarvi ai nostri rituali. *Vero, nunc bibemus*».

Mentre Longinus si avviava verso il corridoio, Lynus si allungò ancora una volta in avanti verso la coppia confusa e mormorò un'altra traduzione. «Ad ogni modo, adesso beviamo».

«Custos», chiese il vecchio mentre raggiungeva la porta, «vuoi venire ad aiutare Victor?»

«Certamente, Magister». Lynus si alzò, mettendo una mano sulla spalla di Nate mentre parlava. «Il suo servitore. Voi due rilassatevi. Torniamo subito. So che Longinus ha un brandy squisito. Molto vecchio». Ammiccò. «Non quanto lui, ma quasi». Uscì in fretta, accompagnando il vecchio lungo il corridoio.

Per un minuto o due Nate e Helen esaminarono in silenzio lo studio. Il muro alle loro spalle era totalmente occupato da scaffali pieni di libri, i cui titoli erano illeggibili nell'oscurità che inghiottiva metà stanza. Improvvisamente i loro sguardi s'incontrarono.

«Che ne pensi di lui?», chiese Nate.

Helen si strinse nelle spalle. «Incute un po' di timore, ma come ha detto lui stesso, tende ad assumere un modo di fare un po' teatrale».

«Probabilmente per intonarsi all'ambiente».

«Suppongo di sì».

«Mi chiedo quanto sia vecchio davvero», rifletté Nate mentre entrambi guardavano il dipinto.

«Ha detto che è del diciassettesimo secolo».

«No», disse Nate. «Intendevo il brandy».

In una grande dispensa dall'altra parte del corridoio Lynus aspettava che il vecchio sistemasse l'ultimo dei quattro bicchierini su un vassoio che già conteneva una bottiglia verde con un tappo ovale d'argento.

«Per favore portalo nello studio, Victor, e dì ai nostri ospiti che arriviamo subito».

Il domestico fece un piccolo inchino, prese il vassoio e uscì dalla stanza. Il vecchio mise la mano sull'avambraccio di Lynus mentre osservava il ragazzo camminare nel corridoio. Quando Longinus fu certo di non essere udito, si girò verso l'uomo più giovane.

«Custos, penso sia saggio affrettare i tempi. Dobbiamo mandare uno di loro al di là del Mediterraneo il prima possibile».

Lynus non si sforzò di nascondere la propria sorpresa. «Ma Magister, resteranno qui solo per un breve periodo di tempo, e non sappiamo neppure se saranno interessati a un cambiamento definitivo».

Il vecchio si appoggiò pesantemente al suo bastone, e alzò la mano per interromperlo. «Custos, sono sicuro che provi le stesse sensazioni che provo io. Di sicuro percepisci anche tu che quei due si sono già impegnati».

Lynus fece un profondo sospiro. «Devo ammettere che ho fiducia in loro… in entrambi. Ma far correre a uno dei due questo pericolo…». Scrutò con coraggio il volto davanti a sé e dichiarò: «Hanno certamente bisogno di ulteriore indottrinamento».

Il vecchio stava scuotendo energicamente la testa. «Ci sarà tempo per quello, ma adesso sento che il viaggio ha la precedenza assoluta».

Lynus sapeva che ogni sua obiezione sarebbe stata inutile. Guardò distrattamente verso lo studio. «Suppongo che in questo caso non possiamo far altro che confidare nel destino. So che Nathan non si sottrarrà. Spero solo che sia pronto».

Il vecchio sorrise tristemente. «Vieni», tirò leggermente la manica di Lynus. «Dobbiamo tornare. Ma il dottor Forester non può compiere il viaggio».

Lynus si fermò bruscamente. «Ma Magister, lui è certamente la scelta più ovvia. Si è già dimostrato un valido combattente. I dettagli che le ho riferito non erano assolutamente esagerati. Ha agito senza commettere nemmeno un errore. Si è sbarazzato di un *hostis* che con ogni probabilità era antecedente alla Rivoluzione Americana».

«Vero», disse il vecchio, ancora una volta tirando la manica di Lynus, «ma stai dimenticando qualcosa, Custos».

Lynus guardò il suo maestro col volto corrugato.

Il vecchio ispirò profondamente. «Il dottor Forester era presente all'esorcismo da te eseguito all'obitorio. E quindi potrebbe essere noto al Primum Malum. L'anonimato della ragazza, unito al suo patrimonio di conoscenze, fa di lei la scelta più ovvia. Ora andiamo. Abbiamo indugiato abbastanza. Devo parlare ancora con i nostri due novizi».

Il vecchio si girò e si avviò con passo incerto per il corridoio. Il suo discepolo più giovane lo seguì, cercando di celare il proprio sconforto.

CAPITOLO 34

«A quanto si dice fu un capitano di vascello olandese a inventare nel sedicesimo secolo il brandy», disse Longinus mentre esaminava il piccolo bicchiere che teneva delicatamente tra le fragili dita. Era tornato dietro la sua scrivania, e i suoi ospiti erano nuovamente seduti davanti a lui. Tutti avevano assaggiato – e commentato positivamente – il brandy che era stato loro servito. Longinus guardò i suoi ospiti e sorrise cordialmente mentre aggiungeva: «È vecchio, ma non poi così tanto».

Parlarono amabilmente per i successivi venti minuti. La conversazione spaziò dalle tensioni politiche in Terra Santa, alla differenza tra la più moderna Tel Aviv e la provinciale Gerusalemme, al clima temperato della regione.

«Quelli di noi che vivono qui», disse Longinus mentre osservava la propria mano deporre il bicchiere vuoto sulla scrivania, «si ritengono fortunati. Questa è la culla dell'umanità, di quanto c'è di buono», alzò gli occhi verso il suo pubblico, «e di quanto è in grado di generare il male nella nostra specie».

Helen e Nate tenevano i loro bicchieri vuoti stretti in mano, ascoltando attentamente. Lynus era altrettanto attento, dietro di loro. Di tanto in tanto Helen lanciava un'occhiata a Nate. E ogni volta che lo faceva, osservava la notte israeliana attraverso le grandi finestre alle spalle del giovane patologo. Lì, nello studio, erano al di sopra degli edifici adiacenti, e quel poco di luminosità che c'era saliva incerta dalle case sottostanti. Poteva vedere alcune luci, in lontananza, che diradavano verso l'orizzonte indistinto. Il livello della strada immediatamente fuori dall'edificio le era nascosto, erano troppo in alto. Non poteva vedere le tende che si muovevano di tanto in tanto al primo piano dell'abitazione proprio di fronte a quella di Longinus. Non vedeva il contorno sfumato di un viso che guardava quelle tre grandi finestre, per poi controllare la strada da una parte all'altra prima di tirare le tende.

Il vecchio si schiarì con decisione la gola e si raddrizzò sulla sedia. Si guardò le mani giunte sulla scrivania davanti a sé. «So che il professor

Lynus vi ha spiegato a grandi linee la nostra missione – il fatto che siamo il baluardo contro l'invasione dei *revenant* – ma ha evitato di entrare nei dettagli, e di dirvi *cosa* difendiamo». Batté le palpebre lentamente, e sollevò la testa in modo che i suoi occhi fossero sui suoi ospiti quando li riaprì. «Col tempo verrete a sapere anche questo, ma prima vorrei spiegarvi come trascorrerete la prossima settimana, perché a breve dovrete decidere se assumervi un impegno ben più vincolante».

Il vecchio si voltò leggermente verso Nate. «Dottor Forester, nei prossimi giorni lei sarà costantemente in mia compagnia». Sorrise in modo rassicurante. «Sono abbastanza autosufficiente, e per la maggior parte del tempo sarete il mio autista, mentre vi farò da guida presso alcuni dei più interessanti scavi archeologici della zona».

Girandosi verso Helen, ma facendo cenno con la mano a Lynus, disse: «La dottoressa Norwich invece accompagnerà il suo mentore nella nostra città portuale di Haifa a nord, e in altri luoghi».

Si appoggiò allo schienale della poltrona. «In questo lasso di tempo entrambi riceverete degli illuminanti chiarimenti. Ci incontreremo tra tre giorni in questa stessa stanza. A quel punto, sono certo che le vostre vite saranno cambiate in maniera considerevole. Quella notte voi dovrete prendere una decisione coraggiosa. Sarà allora – dopo giorni di rivelazioni – che dovrete decidere se consacrare la vostra esistenza alla nostra causa o tornare a vivere la vita che conoscete.

Il dottor Lynus non vi avrebbe portati fin qui se non avesse creduto fortemente nella vostra ambizione. Perché questo è sicuramente ciò che vi ha influenzato: l'ambizione di avere un senso in questo mondo, il desiderio di fare qualcosa di più che guadagnare un salario, vivere agiatamente e poi morire in pace».

La voce del vecchio aveva acquisito forza e fervore. Fece una pausa e un paio di respiri affannati e di nuovo forzò un sorriso sulle sue labbra secche. «Perdonatemi, forse le mie parole vi saranno sembrate una predica. Cerco di evitarle... le prediche. Di solito scoraggiano le persone anziché persuaderle». Allungò le braccia. «Ma adesso, raccontatemi delle recenti prove che avete dovuto sostenere. Dottor Forester, lei ha avuto a che fare con un *revenant*. Ha visto una di quelle creature con i suoi occhi e sperimentato la sua forza». Il vecchio attese una risposta.

Nate balbettò, non sapendo esattamente cosa ci si aspettasse da lui. «Ah... Longinus... mi scusi», si giustificò, «mi sento un po' a disagio. In che modo dovrei rivolgermi a lei, esattamente?».

Il vecchio fece un ampio sorriso. «Forse è meglio spiegare alcuni dei nostri appellativi. Longinus non è il mio nome di nascita, ma semplicemente una designazione, un titolo che accompagna la mia posizione.

Probabilmente avrete notato che il dottor Lynus e io ci rivolgiamo l'un l'altro con dei termini latini abbastanza semplici da comprendere. "Custos" significa semplicemente custode. "Magister", vuol dire maestro».

Nate e Helen si scambiarono dei pacati sguardi di soddisfazione, e il vecchio fece una risatina mentre li sbirciava da sopra gli occhiali. «Vi ho detto che tendo a essere un po' teatrale».

Dopo essersi schiarito la gola, proseguì con tono professionale. «Il latino non è soltanto una lingua antica, è una lingua stabile. La connotazione relativa al suo messaggio è dunque sempre identica». Poi, come per scusarsi, assunse un tono apologetico. «Ma in quanto scienziati questo naturalmente lo sapete già, dato il frequente uso del latino nella moderna terminologia scientifica».

Nate assicurò prontamente al loro ospite che più d'una volta aveva tentato di convincere i suoi colleghi che i dottori usavano il latino non soltanto per fare gli snob in ambito professionale.

«Ultimamente porto come esempio la parola "gay"», spiegò Nate. «Tradizionalmente significava soltanto felice e di umore festoso. Ma oggi la parola si è evoluta fino a includere nel suo significato uno stile di vita distinto e fortemente strutturato. Questo è ciò che accade a una lingua utilizzata costantemente. Le parole significano qualcosa di diverso rispetto a quello che significavano una generazione fa. O persino un anno fa».

«Con il latino, invece», s'intromise Lynus, «non è possibile una simile speculazione riguardo al significato. La lingua è rimasta immutata per secoli. L'interpretazione è incisa nella pietra».

Longinus sorrise e indicò il dipinto dietro di sé. «Letteralmente».

Scoppiarono tutti a ridere, e il vecchio riprese poco dopo. «Non mi aspetto che voi diventiate esperti di questa lingua, ma vi accorgerete che c'è chi travisa le vostre parole a proprio vantaggio. Questo rappresenta sempre un pericolo, specialmente nel mondo di oggi, fatto di comunicazione immediata. È un rischio nel quale chiunque può incorrere senza sospettarlo. Il latino elimina questo rischio. Mi aspetto che vi abituiate al suo utilizzo in determinate occasioni, e divertendovi».

Abbassò lo sguardo e spazzò via residui inesistenti sotto la sua mano. «Forse, dottor Forester, sarebbe meglio se ci raccontasse di persona il suo incontro con... Jonathan Beralli, si chiamava così Custos?»

«Sì, Magister». Lynus toccò la spalla di Nate. «Nate, ho fatto un riassunto a Longinus della tua avventura, e sono certo che tu l'abbia raccontata una o due volte, ma è meglio se ne ascoltiamo tutti i particolari».

Nate scosse la testa mentre si guardava i piedi. «Oh, ho spiegato tutto per bene, Steven. Prima agli agenti che erano con me, poi di nuovo ai loro superiori, e innumerevoli altre volte ai nostri investigatori e al mio stesso capo». Indicò Helen con un cenno del capo e sorrise. «Naturalmente, soltanto tu e Helen conoscete la vera storia». Guardò serio Longinus. «Da dove vuole che inizi?».

Il vecchio aprì le braccia con indifferenza. «Penso dal momento in cui ti sei interessato a questa...», si sporse verso Lynus chiamandolo in suo soccorso.

«Hillmond, Magister», rispose in fretta Lynus. «Clementine Hillmond».

Il vecchio si riaccomodò. «Sì. Dicci cosa ha fatto sì che rivolgessi la tua attenzione su di lei».

Nate cominciò il suo racconto, rivelando per la prima volta come fosse stato attirato dalla descrizione che la Hillmond aveva dato di se stessa. Spiegò come avesse ascoltato con educata indolenza il detective Farrell, finché non gli aveva accennato che la Hillmond si definiva "nemica del genere umano". «Queste parole mi hanno fatto tornare in mente la conversazione che avevo avuto con Steven, e le parole latine che aveva pronunciato», disse Nate con un sorriso.

«Ah», il vecchio comprese deliziato. «*Hostis humani generis*!».

«Sì», convenne Nate. «Nemica della razza umana. Credo che dicendolo in latino rimanga più impresso. O almeno, fortunatamente in questo caso è stato così».

«Presto scoprirà, dottor Forester, che noi confidiamo nella dea bendata molto meno che non nel destino», rispose gravemente Longinus. «Ora prego, continui, e non ometta alcun particolare, per quanto insignificante le possa sembrare».

CAPITOLO 35

Era appena passata la mezzanotte quando tornò il minivan. Mentre il trio scendeva le scale, il domestico stava entrando nello studio: poco dopo, udirono le parole di rimprovero del vecchio. «Non sono ancora un invalido, Victor. Sono ancora in grado di trovare la mia camera da letto. Potresti usare il tuo tempo in modo migliore lavando i bicchieri e tirando le tende».

Si videro all'esterno e Lynus richiuse la porta alle loro spalle. La conducente yemenita li salutò in maniera educata e qualche istante dopo il van stava svoltando sull'autostrada diretto nuovamente a sud verso l'hotel, attraverso strade dove non solo l'aria, ma anche la solitudine del vicino deserto sembravano entrare di soppiatto.

Il van aveva appena svoltato l'angolo quando un'esile figura con una tuta scura uscì dalla casa di fronte. La figura fece quattro passi e si fermò, guardando dritto in alto verso le tre finestre del secondo piano. Un giovane magro che stava tirando una grande tenda abbassò lo sguardo e annuì; la figura con la tuta ricambiò il cenno, e tornò dentro casa sua. L'uomo magro finì di chiudere la tenda, oscurando la luce che proveniva dall'interno, in modo che dal basso fosse visibile solo un buio rettangolo di vetro.

Mentre Nate e Helen scendevano dal van di fronte al loro hotel, Lynus, sensatamente, diede loro alcune istruzioni finali. «Nate, un altro van verrà a prenderti domattina alle dieci. Questo dovrebbe consentirti di riposare a lungo. Helen, sarò qui per te alle nove. Prepara le cose per una permanenza di tre giorni a nord. Diversamente da Nate, non tornerai nella tua stanza prima di un paio di giorni. Buon riposo». Chiuse il finestrino e il van ripartì in fretta.

Nate e Helen non dissero nulla fin quando non ebbero raggiunto il corridoio fuori dalle loro stanze.

«Nate», disse Helen tenendo stretta la sua chiave, «mi piacerebbe discutere alcune cose. Non ci vedremo per un po'. Entra un minuto, ti dispiace?».

Si accomodarono su sedie di calamo uno di fronte all'altra. In mezzo a loro c'era un piccolo scrittoio beige a ridosso del muro.

Helen si slacciò le scarpe e le scalciò via. «Pensi che dividerci così presto sia una tattica già pianificata?»

«Penso che nulla sia lasciato al caso col nostro amico», replicò Nate con pacato cinismo.

«Pensavo che ci avrebbero detto un poco di più di quello che abbiamo sentito stasera», disse lei delusa. «Il vecchio ha passato parecchio tempo a interrogarti. Ha indugiato solo su alcune frasi in latino e su una fonte medievale largamente conosciuta di vampirismo popolare. È stato interessante ma...». Lasciò la frase a metà, rapita dai suoi pensieri.

Nate si sporse in avanti e appoggiò i gomiti sulle cosce, guardandosi i piedi mentre parlava. «Helen, non ho pensato ad altro da quando abbiamo lasciato Longinus».

«Ultimamente non c'è molto altro a cui pensare», replicò lei. Si sorrisero in silenzio, poi Nate riprese.

«Comincio a credere che non ci sia molto altro da sapere».

«Cosa intendi dire esattamente?»

«Pensaci, Helen. Steven era disponibile a rispondere a quasi tutte le nostre domande quando eravamo negli States. Solo di rado rimandava, dicendo che questa o quella particolare informazione sarebbero state fornite in seguito dal suo superiore. Ricordo che aveva detto che doveva omettere il "chi e il perché"». Fece una pausa, poi disse a bassa voce: «Posso solo pensare che entrambi otterremo queste informazioni durante i prossimi giorni. Tu da Lynus; io da Longinus... e solo se ci votiamo a questo... compito».

Helen pareva sprofondare nei suoi pensieri mentre annuiva. «Sì... forse hai ragione».

«Forse», aggiunse Nate, «ma forse loro non sanno molto di più su quelle creature».

«No, io penso che ci siano molte cose che non ci stanno dicendo, Nate. Io credo che Steven scoppi dalla voglia di dirci tutto quello che vogliamo sapere. È il vecchio che sta trattenendo le redini». Fece una risatina. «Il vecchio: riesco quasi a pensare a Steven come a un ragazzino se paragonato a lui».

«Mmm», mugugnò Nate. «Quegli occhi hanno visto qualcosa, non c'è dubbio. Ma se ci pensi, Helen, se avessimo saputo il "chi e il perché", allora avremmo saputo pressocchè tutto. Sembrano queste le informazioni cruciali».

«E non le otterremo fino a quando non avremo acconsentito a restare».

Nate piegò la testa e sollevò un sopracciglio. «Uno di noi due lo farà».

«Vuoi dire, se uno resta e l'altro dice grazie non mi interessa?».

Nate si limitò ad annuire.

«Credi che ci siano buone possibilità che accada?», chiese Helen timidamente.

«Credo che si stiano preparando a questo. Dev'essere uno dei motivi per cui ci separeranno nei prossimi giorni».

Helen si allungò e gli accarezzò la mano. «Si risolverà tutto. E credo che Steven pensi la stessa cosa. Sembra avere grande fede in noi».

Nate si alzò in piedi stiracchiandosi. «Sì, la fede sembra avere grande rilevanza in questa storia. Per tutti gli interessati. Ma adesso suppongo sia meglio lasciarti riposare. Domani hai la sveglia prima di me».

Lo accompagnò alla porta. Lui si girò, appoggiò delicatamente la mano sul viso di lei e la baciò teneramente sulle labbra. Fu un gesto istintivo, che sarebbe dovuto durare una frazione di secondo, ma lei lo tirò a sé, e presto il loro respiro si fece affannoso. Sentì le ginocchia di Helen premere contro il suo corpo, poi le cosce, i fianchi e i seni come un'onda, in un unico movimento, finché i due sembravano aggrappati l'uno all'altra disperatamente.

Lui si allontanò piano e il bacio terminò delicatamente, mentre si fissavano dritto negli occhi, continuando a tenersi stretti. Nate sospirò, lei fece lo stesso ed entrambi scoppiarono a ridere.

«Uno di noi due lo desiderava da tanto tempo», disse lui.

«Uno dei due?», rispose Helen, piegando la testa.

«Sì, ma adesso sarebbe difficile stabilire chi».

Sorrisero in silenzio, poi il viso di Helen si fece serio. «Nate, e se uno di noi vuole restare e l'altro sceglie di non farlo?»

«Siamo padroni del nostro destino, Helen. Non c'è ragione perché non si possa giungere a una decisione conveniente per entrambi».

«Credo che Steven pensi la stessa cosa».

«E il suo superiore?».

Erano ancora abbracciati, Helen gli prese una ciocca di capelli tra le dita e scosse delicatamente la sua testa. «Quei due non sono degli stupidi, Nate. Di certo riescono a vedere quello che hanno proprio sotto gli occhi».

«Perché dovrebbero? Noi non l'abbiamo visto».

«Non mentirmi, dottore». Lo avvicinò a sé baciandolo di nuovo. Stavolta la sentì gemere piano.

Nate si schiarì la voce. «Qualcosa mi dice che farei meglio ad andarmene finché sono ancora in tempo».

Lei gli strinse le braccia fissando il suo petto e rispose: «Sì, credo di sentire anche io la stessa voce». Sollevò lo sguardo. Erano quasi alti uguale. «Strano, vero? Siamo due adulti, qualcuno potrebbe dire prossimi alla mezza età...».

«Ehi», la interruppe Nate, «parla per te».

«Be', intendevo dire», continuò lei, «non siamo certo ragazzini. Siamo soli in una stanza d'albergo, entrambi consenzienti...». Lo guardò in cerca di assenso.

«Su questo non c'è dubbio», riconobbe lui in fretta.

«Ed invece tu sei qui pronto a sfrecciare nel corridoio, e io non vedo l'ora di sbatterti fuori».

«Forse è per questo che la chiamano la Terra Santa», disse lui con aria innocente.

Lei inarcò un sopracciglio, poi fece un ampio sorriso avvicinandosi di nuovo. «Buonanotte, Nate». Si baciarono, poi lei si allontanò colpendolo delicatamente sul petto mentre lo spingeva via. «Tutto questo parlare di cose sacre ha fatto stancare molto uno di noi due».

«Uno dei due?»

«Sì ma adesso sarebbe difficile stabilire chi».

Lui aprì la porta e s'incamminò per il corridoio. Girandosi disse: «Vi guarderò andar via domattina».

Lei si appoggiò alla porta. «E noi due ci vediamo per cena tra un giorno o due... o tre».

«Fai buon viaggio», disse lui. «Ci vediamo quando torni»

«E faremo una lunga chiacchierata sulla Terra Santa», sussurrò lei, poi richiuse la porta.

CAPITOLO 36

Nate sperò che Helen non stesse incontrando le sue stesse difficoltà a prendere sonno. La sua mente non era occupata dal saluto che si erano scambiati sulla porta: quello sarebbe stato un pensiero piacevole. Nonostante cercasse di ricordare le carezze e il profumo di lei, non riusciva a mutare il corso dei suoi pensieri. Continuava a sentire solo le parole di Longinus, e la storia che aveva narrato loro poco prima. Helen l'aveva liquidata definendola una storia "interessante", e questo l'aveva infastidito.

Nell'arco della sua carriera come medico legale si era imbattuto in molti crimini efferati. Alcuni gli avevano dato il voltastomaco. Alcuni avevano nauseato persino il suo superiore, il dottor Gambuzzi, famoso per restare impassibile anche davanti ai crimini più violenti. Il mantra di Gambuzzi era: «Fai il tuo lavoro, e non farti coinvolgere».

Ma Nate pensò che sarebbe stato arduo persino per Gambuzzi evitare di farsi coinvolgere nella storia che aveva sentito. Era infastidito dal fatto che Helen l'avesse ascoltata con tanta nonchalance. Forse era turbata tanto quanto lui, ma riusciva a non darlo a vedere. Desiderava solo di poter spegnere la voce del vecchio per dormire un poco. Rabbrividiva al pensiero che il giorno dopo Longinus potesse continuare con quello o con altri racconti altrettanto cruenti.

Forse rientrava nei piani del vecchio, pensò Nate. Se creature come Elizabeth Bathory non erano sufficienti a destare il suo interesse e a convincerlo a dedicarsi alla missione, cos'altro avrebbe potuto? E poi, come lei stessa gli aveva detto, Helen aveva già sentito parlare di quella donna infame da Steven, quindi la sua reazione poteva essere stata mitigata da una certa familiarità con l'argomento. Ma se quello era il genere di creature contro le quali dovevano combattere, pensò Nate, avrebbero avuto bisogno di tutto l'aiuto possibile.

«Una personcina davvero squisita», l'aveva definita Helen. Longinus aveva continuato dicendo che era tempo di sfatare un falso mito invero molto diffuso. «È effettivamente esistito un Dracula», aveva cominciato il vecchio, «ma prima di proseguire bisogna che vi spieghi cosa avveniva a quel tempo in Transilvania. Sarà un lungo cammino prima che possa insegnarvi a conoscere il vostro nemico. "Transilvania" significa "oltre la foresta" ed è una regione che si trova in Romania, vicino al confine ungherese. "Romania" significa "terra dei romani". I Daci si insediarono in Romania nel 300 avanti Cristo, ma l'imperatore Traiano conquistò la Dacia nel 106 dopo Cristo e Roma governò quella provincia fino a quando i barbari dell'est li cacciarono verso la fine del 200. Vari gruppi si dettero battaglia per il controllo della regione fino al 1100, e quindi nel frattempo la Romania non poté diventare un paese unito. I rumeni sono l'unico popolo dell'Europa orientale che fa risalire la propria lingua e la propria origine ai romani. La loro lingua deriva dal latino. I primi passi verso l'unificazione si ebbero tra il 1250 e il 1350. La Valacchia si costituì come stato indipendente governato da un principe. I turchi la conquistarono nel 1476, ma il principe dichiarò fedeltà al re di Ungheria. Quel principe era il voivoda di Valacchia, Vlad V, detto Dracula, che significa "figlio del drago". Vedete: suo padre era Dracul... il drago. Vlad era un intellettuale, un occultista che studiava i segreti della pietra filosofale. Era un grande guerriero, amato dai suoi sudditi per essere riuscito a cacciare gli odiati turchi. Ma fu decisamente spietato nell'occuparsi di quella faccenda. Impalò ventimila prigionieri, di qui il nome Vlad l'Impalatore. Una simile sete di sangue non derivava da un semplice desiderio di vendetta, o furore nella battaglia. No, amici miei, questa brama può associarsi solo a un *revenant*, ma uno privo di controllo, e un *revenant* privo di controllo agisce contro l'obiettivo del suo Signore. Ma avremo modo di riparlarne in seguito.

La seconda moglie di Vlad, una sospetta strega, fu uccisa dai suoi fratelli, mentre il figlio riuscì a mettersi in salvo. La leggenda vuole che, dopo la morte di Vlad, un suo discendente vendicherà il tradimento di quei fratelli. La discendente che riuscì a superare persino le atrocità di Vlad fu Elizabeth, contessa di Bathory, pro-pro-pro pronipote di Vlad, nata nel 1560. Era una ragazza intelligente della potente famiglia Bathory e la sua educazione fu migliore di quella di molti maschi del suo tempo. Quando si sposò con il conte Ferenc Nadasdy, scelse di mantenere il suo nome. Tanto lei quanto il marito erano decisamente crudeli con i loro servitori, ma questo non era insolito nell'Ungheria del sedicesimo secolo. Comunque, alla morte del marito, Elizabeth diede libero sfogo alla sua malvagità, condotta che le valse il soprannome di Contessa sanguinaria».

Nate non voleva che gli eccessi di Elizabeth Bathory riaffiorassero dal subconscio mentre scivolava nel sonno, ma non riusciva a liberarsi dall'immagine del vecchio dietro la scrivania che spiegava in dettaglio la condotta sempre più infame di quella donna.

«Tutto ebbe inizio quando una delle servitrici stava pettinando i capelli della contessa. La ragazza tirò una ciocca ribelle facendo sussultare Elizabeth per il dolore. La principessa cominciò a percuotere la ragazza a mani nude, fino a farla sanguinare. Mentre la contessa cercava di ripulirsi le mani dal sangue della ragazza, notò che questo lasciava le sue mani bianche e levigate. Da quel giorno in poi ritenne che il sangue delle giovani donne poteva giovare al suo corpo».

Il vecchio aveva proseguito illustrando alcuni esempi degli atti indicibili che alla fine condussero alla morte per tortura di più di seicento paesane. Il castello di Elizabeth, Cachtice, divenne letteralmente una prigione dove le giovani ragazze rapite venivano condotte innanzi alla padrona, tormentate per il suo divertimento, e poi prosciugate del sangue che Elizabeth avrebbe usato per i suoi scopi.

La contessa era solita mordere la carne umana e fare il bagno nel sangue umano, ma alcune delle sue pratiche crudeli erano spesso così gratuite da passare inosservate. Nessuno le impediva, ad esempio, di mettere le dita nella bocca di una ragazza allargandola fino a che non si spaccava. Un'altra delle sue pratiche preferite era ungere i peli pubici per poi dargli fuoco. Per puro e semplice divertimento era solita far spogliare completamente una dozzina di servitrici portandole fuori in mezzo alla neve dove venivano bagnate con acqua gelida fino a quando non congelavano. La punizione standard per non aver svolto correttamente il lavoro assegnato era quella di venir percossa con una mazza… fino alla morte. Certe volte, venivano punite così tante ragazze che sul pavimento scorreva sangue a profusione, e dovevano essere sparse le ceneri affinché la contessa potesse camminare. Il sangue naturalmente veniva messo da parte per il suo bagno».

Alla fine, aveva detto il vecchio, i suoi crimini divennero talmente noti che il clero e la nobiltà cristiana convinsero il principe e la sua guardia ad armarsi sia di armi convenzionali che dei necessari emblemi di fede. Il castello fu perquisito e nel sotterraneo umido e fetido trovarono la contessa che distruggeva un corpo mutilato di recente mentre altri marcivano tutt'intorno a lei. Fu processata, e condannata a essere rinchiusa nel torrione del castello di Cachtice. Visse in solitaria prigionia per tre anni, senza vedere nessun essere umano, nutrita per mezzo dell'unica piccola apertura nella volta, finché non fu trovata morta nell'agosto del 1614.

«Il suo corpo fu sepolto sotto una chiesa protestante», aveva detto Longinus, «ma non poteva essere lasciato in terra consacrata, quindi venne trasportato in uno dei possedimenti di famiglia nel nord dell'Ungheria».

Longinus aveva proseguito spiegando che la Contessa sanguinaria della Transilvania era uno dei tanti *revenant* che nel corso della storia hanno superato ogni limite, vivendo solo per soddisfare la loro inesauribile sete di sangue umano. Al giorno d'oggi se ne occupano i loro padroni, di solito allarmati dai primi segni di eccesso. Se il comportamento non può essere ripreso, è concessa la distruzione del *revenant* insubordinato, o più spesso può essere segregato per anni, decenni, o persino secoli; accompagnato unicamente dalla sua insaziabile brama di sangue umano, una punizione davvero tremenda per un vampiro disobbediente.

Durante la notte ogni tanto Nate riusciva ad addormentarsi. Alle sette del mattino si sedette al bordo del letto e passò le dita tra i capelli. Sorrise tra sé, ricordando il sogno che era stato interrotto dalla sveglia. Cercava di spiegare a Lou Costello che il suo errore era semplicemente semantico nel non capire cosa volesse dire Bud Abbott quando continuava a ripetere: «Chi gioca in prima base»[5].

[5] Abbott e Costello sono due comici americani, molto popolari negli anni Quaranta. Tra le loro gag più famose c'è quella resa celebre anche dal film *Rain Man* con Tom Cruise e Dustin Hoffman: "Who's on first?" (Chi gioca in prima base?) (*n.d.t.*).

CAPITOLO 37

Quando il proprietario aprì la porta dell'Unholy Sepulcher il lunedì mattina tardi, lo fece con totale distacco. Non avvertiva la consueta depressione da inizio settimana come era accaduto nei precedenti lunedì. Non sentiva nulla, solo una calma determinazione nell'eseguire certi compiti che sapeva di dover fare. Alcuni di questi sarebbero stati gli stessi che aveva svolto nei mesi passati, altri sarebbero stati nuovi.

Avrebbe aperto la cassaforte nel piccolo ufficio dietro il bar. Avrebbe controllato gli incassi della sera precedente, e letto gli eventuali messaggi dei due ragazzi che aveva lasciato là più di dodici ore prima. Poi avrebbe aspettato il custode che sarebbe arrivato immediatamente dopo pranzo. Per le tre avrebbe potuto chiamare il barista più anziano per dirgli che anche quella sera l'Unholy Sepulcher sarebbe rimasto senza il suo capo. Aveva alcune faccende personali di cui occuparsi, ma avrebbe fatto qualche telefonata per assicurarsi che le cose stessero andando bene, come aveva fatto la sera prima.

Tuttavia, per quanto si sforzasse, non riusciva a ricordare cosa gli avessero detto i ragazzi nelle telefonate della sera prima. Al punto che non era in grado di ricordarsi nemmeno se gli avessero detto: «Nessun problema, tutto a posto», o se l'avessero avvertito che quello stramaledetto soffitto era crollato. A dire il vero non ricordava neppure di averli chiamati, benché fosse sicuro di averlo fatto. Non ricordava e non gliene importava nulla. La faccenda gli era del tutto indifferente. Sapeva solo che la notte prima aveva incontrato una donna, diversa da tutte quelle che aveva incontrato prima, e che avrebbe trascorso la serata di nuovo in sua compagnia. Non riusciva a ricordare di averle dato un appuntamento, sapeva solo che sarebbero stati insieme quella notte, e non si sarebbe lasciato sfuggire l'occasione.

Si sedette alla scrivania e controllò assonnato le misere ricevute della sera prima. Dopo aver fatto le necessarie verifiche, poggiò i gomiti sulla scrivania e si massaggiò le tempie con la punta delle dita. Aveva un leggero mal di testa, dovuto probabilmente all'aver bevuto troppo pensò, anche se non ricordava che cosa di preciso lui e Cleo – il nome almeno lo ricordava – avessero bevuto.

Per le due e tre quarti il custode se n'era andato e lui era al telefono. «Hank, sono Charley. Vieni un po' prima stasera, va bene? Devi aprire tu. Io non ci sarò».

«Che diavolo, Mel, che ha fatto quella ragazzetta, ti ha portato a Montecarlo?»

«Sono al locale, volpone. Ho appena controllato gli incassi e salutato il vecchio Benny».

«Oh, credevamo che non ti avremmo più sentito dopo che te ne sei andato con quella brunetta ieri sera».

«Sembravo tanto ubriaco quando ho telefonato?»

«Che vuol dire, quando ho telefonato?»

«Ieri notte, dannazione, quando ho chiamato per sentire come ve la cavavate».

«Santo Dio, Sam, quella gattina deve averti succhiato il cervello. Non so chi diavolo hai chiamato, ma di sicuro non me. Non ieri sera».

Charley si sforzò di riflettere. «Aspetta un momento, non hai parlato con me ieri sera?»

«Diavolo, no, Joe. O le piccole labbra di questa tipa sono fenomenali, oppure vi siete fatti una bottiglia di ottimo scotch».

Charley rise, nonostante fosse confuso. «Ti dico la verità, Hank. Non mi ricordo cosa diamine ci siamo bevuti».

«Be', devi aver bevuto qualcosa. Senti, se scopri cos'era, ordinamene una cassa. Dev'essere roba buona».

«Ascolta, Hank. Stasera vi chiamo… promesso. Non ci sono stati problemi ieri, vero?»

«Nessun problema, Brad. Più tranquillo del solito per essere una domenica».

«Bene. Richiamo più tardi. Sul serio. Ascolta, se non mi senti per mezzanotte, fammi uno squillo, intesi?»

«Certo, Bing. Ma quando non ti sei fatto sentire ieri sera, abbiamo chiamato a casa tua più o meno all'una di notte. Pensavamo fosse meglio farlo prima che tu ti addormentassi… o altro».

«Avete chiamato a casa mia?»

«Già, intorno all'una, come ti ho detto. Non ci hai risposto, e non è scattata la segreteria».

«Hank, sono stato a casa tutta la notte. Nessuno ha chiamato, e non c'erano messaggi stamattina».

«Diavolo, Mel. Lascia perdere lo scotch. Devono essere le piccole labbra. Ha una sorella?»

«Senti Hank, non scherzare. E spegni quella merda di Paul Simon. Stanotte vi telefono perché non so dove diavolo me ne andrò. Dubito che resteremo di nuovo a casa mia. Quando ci sono di mezzo le ragazze quell'appartamento stufa subito. Probabilmente lei vorrà divertirsi un po'».

«Ok, Charley, ma prima di andartene dal locale, portati appresso un paio di bottiglie di Perrier».

«Ah, non ricordo nemmeno cosa abbiamo bevuto, figurati se abbiamo fatto dei mix».

«Non è per stanotte», rispose Hank astutamente. «Bevitela oggi pomeriggio... liscia».

«Per quale cavolo di motivo?»

«Mi sa che dovrai rifornirti di liquidi, amico. Quella dev'essere proprio un deposito di fluidi».

«Vai a farti fottere, volpone».

«Sì, mi piacerebbe. Ci vediamo dopo, Charley».

Ma Charley non si fece mai più vivo all'Unholy Sepulcher.

CAPITOLO 38

Rispetto ai soliti van, pensò Nate, quello era sontuoso. Sedeva al volante, diretto a nord. Longinus era seduto di fianco a lui su un divanetto che Nate pensava fosse più consono a un salotto che a un veicolo. Il vecchio era appoggiato diritto su cuscini imbottiti di velour, con le mani che accarezzavano delicatamente i braccioli amaranto mentre il sole di metà mattina si riversava sulla sua spalla destra offrendo un calore rilassante.

Quella mattina Nate aveva salutato Helen e Steven prima che entrassero in ascensore. Trenta minuti dopo un giovane aveva bussato alla sua porta, informandolo che il suo veicolo lo attendeva all'ingresso principale, poi aveva fatto un leggero inchino e se n'era andato. Aveva trovato il van grigio e amaranto parcheggiato proprio davanti all'hotel, con Longinus seduto al posto del passeggero. Il vecchio lo aveva invitato a mettersi alla guida, dicendogli che era tempo di partire. Li seguiva un fuoristrada color bronzo occupato da un uomo alla guida e dal ragazzo che aveva bussato alla porta di Nate.

«La nostra scorta», spiegò Longinus mentre entrambi i veicoli si mettevano in moto. «Vigileranno sempre su di noi. A dire il vero, siete sorvegliati sin dal vostro arrivo a Tel Aviv».

Nate espresse silenziosamente la sua sorpresa e il vecchio proseguì. «C'è un nutrito esercito di persone che veglia su di noi. In questo momento anche il professor Lynus e la dottoressa Norwich sono sotto scorta. La notte scorsa, come ogni notte, qualcuno ha fatto la guardia alla mia casa e ha sorvegliato il vostro arrivo e la vostra partenza. C'è sempre qualcuno nelle vicinanze, ma sono persone talmente discrete da essere praticamente invisibili».

«Siamo così in pericolo?», chiese scettico Nate.

«Giri qui a sinistra», indicò momentaneamente Longinus, poi si riaccomodò sul sedile lussuoso. «Il pericolo si nasconde, ma è sempre in agguato. Un attacco allo scoperto, infatti, sarebbe quanto meno straordinario e improbabile, considerando che queste creature sono costrette a seguire una routine molto particolare. I nostri predecessori lavoravano da soli. Non avevano bisogno di simili scorte, né di tali precauzioni. Ma il mondo è diventato più complesso. Queste... aggiunte al nostro staff si sono sviluppate più per prudenza che per necessità».

Nate aggrottò le sopracciglia, ma tenne gli occhi fissi davanti a sé, guidando con esagerata prudenza per quelle strade strette e sconosciute. «Allora mi perdoni se glielo chiedo, Longinus, ma se potete disporre di una tale forza lavoro, perché mandare un emissario negli Stati Uniti per reclutare un patologo e un'antropologa?»

«Questi sono semplici impiegati. Vengono pagati per eseguire compiti banali quali guidare, osservare e riferire. Ci fidiamo di loro per simili incarichi e nulla più. E per favore, non si scusi. È questo il momento giusto per le domande. Nei prossimi giorni, dovrà prendere una decisione importante». Si protese visibilmente verso di lui. «Se non l'ha già fatto».

Si mise nuovamente comodo e sospirò. «Dottor Forester, siamo da sempre un'organizzazione ben finanziata. Fino a poco tempo fa le nostre spese erano modeste, quasi insignificanti, e così il nostro patrimonio si è consolidato. Ma il mondo progredisce a un ritmo molto più rapido di prima, e le spese sono proporzionali a tali cambiamenti. Laddove prima bastavano un servitore o due e un autista, adesso ingaggiamo un gruppo di lavoratori stipendiati. Un tempo le trasferte potevano implicare un'escursione nel deserto o magari un viaggio in Europa. Adesso possono voler dire un volo transoceanico».

«Quanti membri di questa organizzazione sono di sua completa fiducia?»

«Molti dei nostri benefattori sono messi a parte del nostro lavoro solo in termini generici. I dettagli sono riservati a pochi eletti».

«Questo significa che ci sono persone nel mondo occidentale – persone influenti – che sanno dell'esistenza di queste creature e mantengono comunque la notizia riservata?». Si girò brevemente per guardare in faccia il vecchio. «Sembrerebbe una cosa molto difficile».

«Ha mai visto un UFO, dottore?».

Il brusco cambio di argomento parve irritare Nate. «No, non posso dire di averlo visto», rispose brevemente.

«Senza dubbio ha sentito di persone che ne hanno visto uno».

«Sì, naturalmente».

«E la sua opinione su queste persone?».

Nate si strinse nelle spalle, continuando a tenere gli occhi sulla strada. «Probabilmente credono a quello che hanno visto, pur essendo condannati a essere criticati e malvisti dagli altri».

«E quanti altri pensa che abbiano visto quello che credevano essere un

UFO, ma non hanno detto nulla... temendo di incorrere negli insulti dei colleghi e stampa?»

«Oh, parecchi immagino».

«I nostri sostenitori sono scelti con la stessa accortezza che usiamo per selezionare i nostri membri. Difficilmente possono permettersi di annunciare pubblicamente che forniscono ingenti somme di denaro a persone il cui scopo è assicurarsi che un *revenant* sia tenuto sotto controllo».

«Capisco che cosa intende», rispose timidamente Nate. «Non molte persone ben in vista sarebbero disposte ad ammettere di credere nei vampiri. Ma devono essersi accumulate prove evidenti nel corso degli anni. Il caso di Elizabeth Bathory per esempio. Ha detto che la notizia delle sue nefandezze si era diffusa a tal punto che il principe alla fine assalì il suo castello e la imprigionò».

«Sì, e fu persino processata e condannata. Il suo processo è di dominio pubblico. Ma una simile manifesta brutalità non rappresenta il vero pericolo – per quanto possa sembrare contraddittorio. Il vero pericolo è nella seduzione che queste creature esercitano sugli esseri umani. Come le ho spiegato, il *revenant* riesce a essere ciò che la sua vittima desidera. In questo risiede la sua grande forza. Sopravvive per seduzione. Dice quello che la vittima vuole sentire e gli offre quello che desidera. Non è facile contrastare un simile potere».

«Ma di sicuro molte persone sono in grado di affidarsi al proprio buon senso. Quante volte abbiamo sentito dire: "Se è troppo bello per essere vero, allora probabilmente è così"?»

«L'anima dell'essere umano è spesso spaventata e insicura, dottor Forester. È così dal momento in cui usciamo dal ventre materno e diventiamo indipendenti dalle nostre madri. Durante tutta la vita non facciamo che cercare conforto. Quelli che cercano un conforto di natura materiale, rinnegando la loro vera essenza – ossia lo spirito –, sono le prede più facili per il *revenant*».

«E questi sono tempi estremamente materialistici», suggerì Nate.

Il vecchio allungò la testa all'indietro e diede così voce ai suoi pensieri: «La storia scritta documenta il ciclo della debolezza umana. Abbiamo avuto epoche materialistiche, seguite da brevi periodi di condotta responsabile. Quando le persone esaminano le loro vite e cercano di superare le proprie fragilità, la specie progredisce. L'abbandono di questo senso di autoresponsabilità dà inizio a un nuovo ciclo di debolezza, e fornisce terreno fertile in cui il *revenant* può prosperare».

Si erano fermati per consentire a un bus in cattive condizioni di attraversare un incrocio. Il calore del deserto nel tardo mattino stava cominciando a far aumentare sensibilmente la temperatura, e Nate vide diversi passeggeri sporgersi fiaccamente dai finestrini aperti. Si girò a guardare Longinus mentre lo ascoltava. «In questo momento in particolare, stiamo attraversando un pericoloso periodo di autoindulgenza. Il rischio è grande».

Nate portò il van oltre l'incrocio, seguito a breve distanza dalla jeep color bronzo. «Tra poche centinaia di metri», disse il vecchio, «vedrà un parco acquatico sulla sinistra. Si fermi e parcheggi di fronte al cantiere».

Si trovavano nella zona più a nordest della Gerusalemme Nuova, oltre il quartiere Bukharian dov'erano stati la sera precedente. Il parco acquatico era ancora in costruzione, e il quadrante occidentale del cantiere era recintato. In quell'area, infatti, non erano stati ancora piantati alberi né siepi. Non c'erano panchine, né vialetti. La recinzione era chiusa con un lucchetto e all'interno un'enorme telone cerato copriva una parte degli scavi.

Seguendo le indicazioni di Longinus, Nate parcheggiò il van dalla parte opposta. L'area recintata era ben visibile da lì. Una brezza costante spazzava la superficie riarsa del sito, creando piccoli mulinelli di polvere. La jeep color bronzo era parcheggiata a una decina di metri di distanza, di fronte a loro. Il vecchio si girò verso Nate. Il suo viso era severo, la voce decisa. Indicò lo scavo mentre parlava.

«Sotto quel grande telo», cominciò Longinus, «si apre l'ingresso per una antica grotta che è stata scoperta dagli operai che lavorano alla costruzione del parco. All'interno della grotta c'era un contenitore di pietra, una tomba... una sorta di sepolcro che contiene resti umani. La tomba è stato nascosta all'interno di quella grotta da uno dei miei predecessori secoli fa. Più che una tomba, dottor Forester, questo era un luogo di confino. Ma quando sono iniziati gli scavi è stata scoperta, e il suo contenuto involontariamente liberato».

Nate, con le mani ancora sul volante, non aveva distolto lo sguardo dallo scavo. Ma appena il vecchio ebbe terminato quest'ultima frase, lasciò cadere le mani dallo sterzo e guardò dritto in faccia la sua guida. «E il suo contenuto era?».

Le labbra del vecchio si schiusero, simili a una crepa su una superficie di calce secca. «Per noi, è il Primum Malum. Per il resto del mondo è meglio noto come l'Anticristo».

CAPITOLO 39

Helen e Lynus avevano viaggiato per quasi tre ore quando la loro macchina e quella che li seguiva si fermarono sulla striscia d'asfalto di un piccolo aeroporto fuori dalla città portuale di Haifa, situata sul Mediterraneo a pochi chilometri dal confine sud col Libano. La loro scorta li osservò imbarcarsi su un piccolo jet privato e aspettò che l'aereo decollasse.

«La stai prendendo molto meglio di quanto avrei immaginato», disse Lynus mentre slacciavano le cinture di sicurezza una volta raggiunta l'altitudine di crociera. Erano in un'area salotto su poltrone lussuose. L'interno dell'aeroplano era allestito con i pannelli in legno di un ufficio dirigenziale in miniatura, bar incluso. La porta della cabina di pilotaggio era chiusa, così come la porta per la sezione posteriore dell'aereo. Pilota e copilota erano davanti ai comandi, uno steward era nella parte posteriore. Erano stati avvisati che le porte sarebbero rimaste chiuse, a meno che non avessero chiamato qualcuno. Lynus le aveva spiegato che questo garantiva la loro privacy.

«Be', mettiamola così, Steven. Non sono eccitata all'idea di fare un altro lungo viaggio in aereo, ma le comodità...», si guardò intorno in quella cabina lussuosa, «attutiscono il colpo».

«Allora posso occuparmi del pranzo?», chiese lui, alzandosi in piedi.

«Perfetto. Ho mangiato solo un toast e un caffè prima di partire».

Lo steward li raggiunse subito dopo che Lynus l'ebbe chiamato, ed entrambi decisero per una zuppa di cipolle e un filetto.

«Abbiamo circa quattro ore di volo», disse Lynus dopo che lo steward si fu allontanato chiudendo la porta dietro di sé. «Ma guadagneremo due ore».

«E dopo ci aspetta un altro breve viaggio, mi hai detto».

Lynus stava annuendo. «Mmm. Ci sarà un altro van ad aspettarci a Montpellier. Viaggeremo per un'ora attraverso la regione della Languedoc. Dovremmo raggiungere il villaggio di Arques diciamo...», controllò l'orologio, «...oh, direi alle due e mezza ora locale, quattro e mezza ora di Gerusalemme». La guardò con serietà. «Torneremo a Montpellier per l'imbrunire. Ci fermeremo lì e prenderemo un volo per tornare a Haifa domattina presto».

«Come dici tu, Steven». Helen sospirò. «E da adesso fino a quando atterreremo mi spiegherai esattamente cosa stiamo andando a vedere?».

Lui chiuse gli occhi ed annuì. «Per ora posso dirti che andiamo a visitare una tomba. Ma appena avremo finito di gustarci il pranzo, ci metteremo comodi per una lunga e bella chiacchierata». La guardò. Stava sorridendo, quasi rideva.

«Perché ho la sensazione, Steven, che questa è una chiacchierata che sei ben felice di posticipare?».

Lui sorrise. «Perché, come dicesti tu una volta, sono subdolo, diabolico e c'è sempre uno scopo in tutto quello che faccio».

La carne era cotta alla perfezione, e Helen si meravigliò che un filetto potesse essere preparato in modo così impeccabile a seimila metri d'altezza. Dopo che ebbero mangiato, lo steward portò via tutto e scomparve dalla solita porta. Sorseggiarono il caffè nella loro cabina che era silenziosa, eccezion fatta per il ronzio dei motori.

«Sembri pensierosa, lontana mille chilometri da qui», le disse Lynus.

Helen si girò verso di lui e fece un debole sorriso. «Sto solo pensando ad alcune cose, Steven. Cose che si sono verificate nell'ultima settimana. Devi ammettere che si è trattato di una settimana piena d'avvenimenti».

Lui bevve un piccolo sorso, senza smettere di guardarla.

Lei depose il caffè sul tavolino e fece un gesto con la mano. «Ma è del nostro viaggio che vorrei sentir parlare in questo momento». Incrociò le braccia e accavallò le gambe, facendo girare il suo sedile nella direzione di Steven. «Nel van hai accennato ad alcuni potenziali rischi connessi a questo viaggio».

Lui la indicò educatamente. «E in quel momento mi pare di ricordare che hai risposto qualcosa a proposito del fatto che il pericolo in questa faccenda è una specie di costante inevitabile».

«Quello che ho detto», lo corresse, «è che riuscire a evitare il pericolo potrebbe rivelarsi la cosa più pericolosa, considerando quello che già so».

Lynus abbassò lo sguardo sulla tazza che stringeva tra le mani. «Helen, io credo che ci stiamo avvicinando a un punto di non ritorno. Ed ero sincero nei miei avvertimenti. Ho compiuto questo viaggio per la prima volta negli anni precedenti la seconda guerra mondiale». La guardò. «Questo viaggio in Francia ti espone a un pericolo maggiore di quello che ho affrontato io ai miei tempi. Le circostanze si sono complicate nei decenni successivi, e la tua posizione in un certo senso è diversa da quella che era la mia».

«Però Steven, io sento di non correre alcun pericolo. So che non ha senso per te, ma...».

«Al contrario», la interruppe. «Penso di sapere esattamente come ti senti».

«E perché?»

«Perché, mia cara, penso che tra il momento in cui lo steward è entrato la prima volta a prendere le ordinazioni e quello in cui hai appoggiato la tazza sul tavolo, sei finalmente giunta a una decisione».

Lei gli sorrise tristemente. «Non è stato facile, Steven. Sono rimasta sveglia buona parte della notte a soppesare le alternative che la vita mi sta offrendo in questo momento. E solo poco fa mi sono resa conto che in realtà la decisione era già stata presa».

«In tal caso, Helen, o continuiamo il viaggio mentre io ti narro una storia poco conosciuta ma affascinante, oppure modifichiamo la nostra rotta e torniamo a Haifa, come due buoni amici che si gustano un cocktail durante un viaggio di piacere». Gli occhi scuri di Steven penetrarono i suoi. «E non parleremo mai più di questo argomento».

Lei prese il suo caffè, finì di bere quel che ne era rimasto, poi posò la tazza sul tavolino. «Chiama lo steward, Steven. Penso di essere pronta per farmi uno stinger[6]». Si accomodò sulla poltroncina. «E dopo che se ne sarà andato, potrai dirmi chi c'è in quella tomba a Arques».

[6] Cocktail realizzato con brandy e Crème de Menthe bianca (*n.d.t.*).

CAPITOLO 40

Col dito indice esile e ben fermo Longinus indicò la strada che portava a destra. «Giri qui».

Nate guidò lentamente sull'acciottolato che girava intorno alle mura della città. La direzione indicata da Longinus li conduceva a sud, verso la Città Vecchia. Passando, Nate vide l'interminabile folla di turisti mescolati agli abitanti che entravano e uscivano dalla Porta di Damasco, la più utilizzata delle sette porte, situata nella sezione più settentrionale delle mura. Queste ultime non erano quelle originarie degli anni prima di Cristo: erano state erette nel sedicesimo secolo da Solimano il Magnifico, decimo sovrano dell'Impero Ottomano.

Alla fine giunsero alle mura più a sud, vicino alla Porta di Zion, quasi agli antipodi rispetto alla Porta di Damasco. Abbandonando la Città Vecchia da qui, i turisti potevano raggiungere il Monte Zion, dove si presumeva fosse la tomba di re David.

Il van si fermò a meno di un chilometro dal Monte Zion. La collina ondulata appariva arancione nella luce splendente di mezzogiorno. I fianchi erano cosparsi qua e là di alberi ed erba scura, ma la superficie era per lo più occupata dalla roccia. Diverse antiche chiese si ergevano in quella tranquillità solenne, inondate dalla costante luce del sole. Il vecchio ne indicò una.

«Quella è la Chiesa dell'Assunzione», disse. «Si tratta di una struttura relativamente nuova, costruita sulle rovine di un antico palazzo. Quel palazzo è stato un tempo il fertile terreno su cui il male ha prosperato».

Nate e il vecchio si guardarono. «Deve sapere, dottor Forester, che il Primum Malum non è il primo male di cui il mondo abbia fatto esperienza, ma è il principale contro cui combattiamo».

«Longinus», Nate pronunciò il nome, poi fece una pausa mentre rivolgeva la sua attenzione di nuovo alla chiesa. «Devo arguire che questo... Primum Malum un tempo è stato un essere umano?»

«Quasi certamente, dottor Forester. Primum Malum ha innescato una catena di eventi che continua fino a oggi. Il suo obiettivo è il dominio dello spirito umano. Il suo appetito in questo sforzo è insaziabile, tanto quanto la sua brama di sangue umano. Perché ciò cui aspira è esattamente questo: controllare il destino dell'umanità controllando il flusso del suo sangue, spiritualmente e fisicamente. Ma in questa strategia commette un errore fondamentale», disse. «Cerca di dominare lo spirito dominando prima il corpo. Il *revenant* è una creatura sintonizzata con tutto ciò che è corpo e materia. Esso ignora lo spirito, ed è convinto che questo alla fine collasserà una volta dominato il corpo». Toccò il braccio di Nate, e quando i loro sguardi si incontrarono disse: «Le nostre convinzioni viaggiano in direzione opposta alla loro. Noi crediamo nell'indomabilità dello spirito umano, come è espressa nel libero arbitrio di ciascun individuo. E siamo quindi convinti che prima o poi trionferemo su queste creature».

Nate fece un cenno in direzione della chiesa. Sembrava così piccola e tranquilla, in un paesaggio così brullo. «Ed è qui che viveva il Primum Malum?»

«Questo è quello che veniva considerato il suo inespugnabile dominio quando camminava sulla terra come uomo. Adesso è tornato. E il suo scopo è fare nuovamente di questo luogo il suo inespugnabile dominio, facendo essenzialmente quello che faceva in origine. Ma stavolta, le conseguenze saranno diverse… o almeno questo è quello che crede lui».

La risposta di Nate tradì un certo scetticismo. «E tutto perché qualcuno si è messo in testa di costruire un parco acquatico?».

Il vecchio si nascose il volto tra le mani, poi sollevò di nuovo lo sguardo oltre il parabrezza. «No, dottor Forester. È stato a causa della nostra compiacenza. Ci era sembrato di vedere un rischiaramento nell'ordine mondiale. La tirannia era stata sconfitta su diversi fronti. L'individuo tornava ad avere la precedenza sul cosiddetto ordine sociale. Le persone cominciavano lentamente a giudicare gli altri per quello che realmente erano, e non in base al gruppo cui appartenevano. Ci sembrava che la libertà dell'individuo avesse rinconquistato la supremazia. Ma è proprio questo che il *revenant* detesta». Fece una pausa, poi un sospiro pesante, quindi aggiunse lentamente: «E quindi abbiamo abbassato la guardia. Un errore di presunzione». Guardò Nate. «Quando pensavamo di essere ormai invincibili, il nemico ci ha dimostrato che eravamo vulnerabili come non mai. Il parco acquatico non avrebbe causato alcun problema se fossimo rimasti vigili».

Il vecchio guardò accigliato quel cielo senza nubi. «C'è un altro luogo dove devo portarla oggi. Si trova all'interno delle vecchie mura. Attenderemo fino a quando non si sarà dissipata un poco la folla di turisti. Nel frattempo faremo un pranzo leggero. Ed io risponderò a tutte quelle domande che riterrò conveniente lei mi faccia a questo punto». Sollevò un dito e aggiunse: «Anch'io ho delle domande per lei, dottore. E adesso, se vuol prendere quella strada, arriveremo a King George Avenue, circa un chilometro più avanti. Saremo a casa mia in dieci minuti».

Nate fece manovra. La jeep color bronzo si mosse tenendosi a circa trenta metri di distanza dietro di loro.

«Longinus, ho proprio ora una domanda molto ovvia».

Il vecchio accennò un sorriso e guardò dritto davanti a sé mentre Nate parlava.

«Il Primum Malum è qualcuno di cui ho sentito parlare? Voglio dire, riconoscerei chi è questa persona... o piuttosto chi è stata?»

«Il suo posto nella storia dell'infamità è incontrovertibile, dottore. Se non riconosce il suo nome, senza dubbio riconoscerà le sue azioni. Quello che dovrebbe sorprenderla è l'obiettivo che persegue ora e che ha perseguito per un tempo maggiore di quanto possa immaginare».

Nate proseguì in silenzio. La jeep color bronzo era sempre poche macchine più indietro. Era restio a porre altre domande, e Longinus non fornì ulteriori dettagli. Mentre guidava il van a nord verso il quartiere Bukharian, si chiese se quel giorno avrebbe ottenuto altre notizie dal vecchio. Perché aveva deciso di non rivelargli la sua decisione finale riguardo il futuro fino a quando non avesse parlato con Helen, ed era certo che le domande che Longinus aveva in serbo per lui giravano intorno alla sua scelta di vivere in Terra Santa.

Il sole aveva superato il suo apice, e adesso si riversava sulla sua spalla sinistra mentre giravano intorno alla Città Vecchia. Si chiese se Helen fosse giunta alla stessa decisione.

CAPITOLO 41

Lynus guidò la Land Rover attraverso la campagna francese con Helen al suo fianco. Un'altra Rover seguiva da vicino, anche questa occupata da un uomo e una donna. Erano stati accolti all'aeroporto di Montpellier dall'altra coppia, indirizzati al veicolo che li attendeva e dopo cinque minuti erano già in viaggio.

Stavano percorrendo una tortuosa strada di montagna, con il sole del pomeriggio che si abbassava davanti a loro. Erano a qualche chilometro dal Mediterraneo, e i pochi villaggi che incontravano erano molto distanti tra loro, ma la tranquillità del paesaggio era disturbata dalla lieve ansia che si respirava all'interno del veicolo.

Avevano appena superato il villaggio di Arques quando Lynus controllò l'orologio. «Dovremmo arrivare a minuti. Non vengo da anni, ma il paesaggio non è cambiato molto. Il progresso qui è praticamente inesistente. Mi sembra ancora tutto familiare».

Helen sembrava confusa e scrutava l'orizzonte. «Penso di essere più sbigottita oggi di quanto non lo fossi quella sera a casa di Nate quando mi rivelasti per la prima volta di cosa si trattava», disse.

«È tutto vero, Helen. E adesso sta per diventare il lavoro della tua vita. Ah», indicò in fretta fuori dal finestrino, «questo mi sembra molto familiare. Penso che manchino pochi minuti». Accostò e fermò il veicolo. «Lasceremo la nostra scorta qui». Scese per raggiungere il veicolo che li seguiva e disse alcune parole al guidatore. Quando fu tornato, Helen stava controllando la mappa.

«Stando a questa, abbiamo superato Arques da pochi chilometri. Sei sicuro che sia giusto lasciare qui i nostri amici?». Fece un cenno indicando l'altra Land Rover che restava parcheggiata mentre loro si allontanavano.

Lynus scosse la testa. «Nessun problema, Helen. Gli abitanti di questo posto sono abituati a sentir parlare delle leggende che girano sulla zona. Sebbene molti non le prendano sul serio, quelli che invece lo fanno sono dalla nostra parte, quindi siamo al sicuro qui come lo saremmo a casa di Longinus, o quasi». La guardò. «Tutto chiaro fin qui?».

Lei lo guardò accigliata. «Steven, come ha fatto lei ad arrivare qui?»

«Non come abbiamo fatto noi. Ci sono volute settimane, se non mesi. Non si è trattato di un viaggio piacevole. Tieni presente che ha dovuto viaggiare in segreto per tutto il tempo. C'erano quelli che la cercavano dappertutto. E ci sono quelli che continuano a cercarla». Si fermò in una radura sotto la montagna che si innalzava alla loro destra. «Ci siamo», disse solennemente.

«E sono queste le persone che speriamo di incontrare oggi?».

Lui la guardò e annuì. «Non c'è un'anima qui intorno, tranne noi», disse lei delusa.

«Sono certo, Helen, che in questo preciso istante ci stiano guardando. Andiamo. Credo che troverai questa cosa interessante».

Scesero dalla Rover e lui le fece cenno di seguirlo attraverso la radura. Oltrepassarono una fila di alberi sempreverdi e giunsero in un altro piccolo spiazzo più vicino alla base della montagna. Altri sempreverdi – più alti – si ergevano in semicerchio come sentinelle, a guardia della grande pietra nello spazio vuoto della radura. Si fermò a circa sei metri e la presentò con un gesto della mano.

«È meglio guardarla prima da questa distanza», disse piano.

La bocca di Helen si spalancò, e le ginocchia si piegarono leggermente. Si mise una mano sulla bocca. «Steven! È... la tomba raffigurata nel dipinto che ho visto nello studio di Longinus!». Alzò gli occhi verso la montagna. «È persino lo stesso paesaggio boscoso che si vede sullo sfondo».

Lui stava osservando la tomba e annuì col capo. «Sì, Poussin non è stato solo un grande pittore, ma anche uno dei nostri benefattori». Cominciarono a camminare lentamente verso la tomba. «Questo sepolcro è passato per diverse mani nel corso di tutti i secoli in cui è stato qui, e naturalmente lei ha abbandonato già da molto il suo luogo di riposo. Ma non prima di aver messo al sicuro il Graal».

Helen giunse a pochi passi dalla tomba e si fermò.

«Andiamo, Helen». La prese delicatamente per un braccio e la condusse al sepolcro. Era un grande contenitore in pietra, di forma oblunga, lungo un paio di metri, largo circa un metro e alto più o meno un metro e mezzo. Un pesante coperchio di pietra ne copriva la sommità. «Inginocchiati alla base, allungati e tocca il fianco».

Lei seguì le sue istruzioni c si picgò, abbassando la testa mentre toccava il sepolcro. Sembrava un cavaliere che riceve l'investitura del suo re.

«È importante che tu sia vista in questa posizione». Steven stava sussurrando.

Lei non mosse la testa, ma sussurrò di rimando con convinzione: «Come possiamo essere certi che ci stiano guardando?»

«Non aver paura. O forse, per essere più precisi, abbi paura. Le tue azioni sono certamente state annotate da un *amicus mali* nelle vicinanze. Chiunque viaggi fino a questo luogo è sempre interessante per loro. Non se lo lascerebbero scappare».

Lui si piegò per aiutarla a rimettersi in piedi. «Adesso dobbiamo andare. Il nostro viaggio qui è solo un pretesto. Abbiamo messo in scena questa specie di rituale solo per farli contenti».

Il sole fu momentaneamente coperto dalle nubi, e la radura si fece buia mentre si allontanavano lentamente. Helen si girò a guardare la tomba. «È stata veramente deposta per riposare qui».

«Sì», disse Lynus mentre le prendeva il braccio e la riportava alla Land Rover. «Dopo aver lasciato il Graal. E adesso dobbiamo tornare in fretta a Gerusalemme, perché presto si diffonderà la voce che il Graal è stato trovato. Non sottovalutare questa minaccia, Helen».

Lei aprì la portiera sul lato del passeggero. «Non sto sottovalutando niente e nessuno, Steven». Sorrise con soddisfazione. «E non mi sono mai sentita tanto viva in vita mia».

Mentre la Land Rover se ne andava, anche un piccolo uomo con indosso gli abiti tipici dei contadini del luogo stava sorridendo. Il suo sorriso si spalancò fino a diventare un ghigno, poi l'uomo gridò, cadendo infine in ginocchio con le braccia aperte e la testa piegata. Si rimise in piedi e si sistemò il cappello di tweed sul capo. Dopo un'ultima occhiata in direzione della macchina, si girò e corse freneticamente per il fitto sottobosco verso il villaggio di Blanchefort, a pochi chilometri di distanza.

CAPITOLO 42

Sedeva pigramente nel suo appartamento, fissando fuori dalla finestra il cielo che si oscurava a ovest. Era immobile, le mani appoggiate sulle cosce. Non sapeva perché era seduto là. Sapeva soltanto di voler sedere là. Sapeva che era la cosa giusta da fare. Non pensava alle conseguenze del suo agire, del suo non agire. Si sarebbe limitato a seguire. Non sapeva cosa avrebbe seguito né verso dove. Sapeva solo che l'avrebbe fatto.

Mentre vedeva il sole sparire all'orizzonte, si sentì trascinare in posizione eretta. Di nuovo, non sapeva cosa lo stesse trascinando o perché si fosse sottoposto a quel comando di sua volontà. Semplicemente si mosse come i suoi istinti animaleschi gli suggerivano. Era quello che voleva fare.

Senza esitazione, lasciò l'appartamento e cominciò a camminare verso la Città Vecchia. Mentre il cielo chiaro si trasformava in una buia coltre notturna, camminò verso sud, senza accorgersi dell'illuminazione che s'intensificava sulla Porta di Jaffa sotto la quale stava passando. I lampioni e le insegne luminose proiettavano riflessi lucidi su quella parte delle mura, che s'intensificavano man mano che il cielo si oscurava. A quell'ora del giorno le mura, con la loro posizione vantaggiosa, sembravano piuttosto un grande castello, con i bastioni lucenti ingoiati lentamente dalle ombre sempre più fitte del cielo notturno. Dietro questa fortezza, i templi delle tre religioni più grandi del mondo sembravano sicuri, invulnerabili.

Non si accorse di nulla di tutto ciò, ma proseguì lungo il perimetro esterno della Città Vecchia, poi svoltò dirigendosi a sudest, oltre la stazione ferroviaria, e giunse al confine meridionale della Gerusalemme Nuova. Quel pendio era noto, dai tempi della Bibbia, come la Collina del Cattivo Consiglio. Non era più brulla o spoglia di molti altri posti di quella terra, dove sorgevano ancora alcuni vecchi edifici. La British Government House era ancora lì, e risaliva ai primi anni del secolo, ma adesso ospitava gli uffici delle Nazioni Unite.

Verso sud le colline aride proseguivano, con antiche tombe che punteggiavano i terrapieni. A questo punto un viaggiatore poteva prendere la strada più a nord, per Gerico, o andare a sud verso il Mar Morto. Durante il giorno c'era poco traffico su quella strada, ma per quelli abbastanza sfortunati da vagare lì di notte, c'erano solo le rovine di una casa vicino all'incrocio.

Camminava già da diversi chilometri quando alla fine si avvicinò alla casa. I fari dei pochi veicoli lo ignoravano passando. Molti giravano verso nord, lasciandolo a camminare risoluto in quell'oscurità crescente. Dalla casa non proveniva nessuna luce ed erano visibili solo deboli stelle nel cielo della notte appena iniziata. Ma non ebbe problemi a oltrepassare quel terreno roccioso a piedi.

Perché stesse camminando verso quella casa era una domanda che non si era posto. Non aveva idea di cosa vi fosse all'interno di quelle rovine. Sapeva solo che sarebbe entrato. La porta, ben distante dalla strada, era sul retro e apparentemente non visibile, ma lui sapeva che c'era. Si diresse verso il retro e alzò un braccio per spalancare la porta, poi ebbe un'esitazione. Strinse la mano a pugno e bussò. Una candela bruciava all'altezza del petto della persona che andò ad aprire la porta, tratteggiandone i lineamenti del volto.

«Cleo», disse lui, con la voce che non mascherava l'impazienza.

La candela e il volto si mossero all'interno della casa. «Benvenuto, Charles. Entra».

Lui entrò e la porta si richiuse senza sforzo alle sue spalle. La seguì mentre si muoveva silenziosamente davanti a lui, la sua sagoma illuminata dalla candela che portava con sé.

«Siamo dabbasso», disse. «Troviamo quell'ambiente più riservato e confortevole». Ben presto iniziò a discendere una stretta scala. Mentre seguiva i suoi passi, notò altre luci soffuse che provenivano dalla stanza di sotto.

«Etta ci attende», disse lei mentre raggiungeva la fine della scala.

Poté appena vedere le mura di pietra impolverate dello scantinato che brillavano nella sfumatura biondo rossiccio della luce delle candele. Seduta in terra con le gambe incrociate all'altra estremità della piccola stanza c'era una donna ossuta con lunghi capelli scuri che le cadevano male intorno al viso scavato. Di fianco a lei, su ogni lato, c'erano due candele accese che proiettavano ombre parallele sulle pareti vicine. I suoi occhi erano spenti, il mento leggermente appuntito e piegato a sinistra, il naso era fin troppo lungo per un volto tanto esile.

Cleo si mosse verso di lei. «Non hai conosciuto Etta la notte scorsa, Charles».

Lui rimase in piedi di fronte alla donna seduta, che lo osservò senza espressione. «Eri insieme a Cleo al locale, giusto?», chiese lui.

La donna si limitò ad annuire.

Da dietro giunse la voce calma di Cleo. «Etta è soddisfatta del suo compagno, come io lo sono di te, Charles». Sentì le dita di lei che gli accarezzavano delicatamente le tempie. «Lascia che io faccia qualcosa per alleviare quel tuo piccolo fastidioso mal di testa».

Lui chiuse gli occhi e spinse la testa indietro. «Mmh… come sapevi che ho il mal di testa?»

«Ho sentito dire che è una reazione normale dopo che si è… bevuto troppo». Le due donne si guardarono scambiandosi un sorriso. «Quando tu stai male, io sto male, Charles. Ma noi sappiamo che cosa è meglio per te. Possiamo curare tutti i tuoi mali, non è così, Etta?».

Ancora una volta, dalla donna sul pavimento di fronte a lui giunse solo un sorriso appena percettibile.

«Mmm». Fece oscillare la testa lentamente avanti e indietro, seguendo il movimento ritmato delle dita di Cleo che lo massaggiavano. «Quando dici *noi*, intendi tutti e quattro?».

Lei continuava a massaggiarlo. «Il compagno di Etta della notte scorsa è stato solo un incontro occasionale. Abbiamo pensato che sarebbe meglio se tutti – noi tre – stabilissimo una relazione più duratura». Benché lui fosse molto più alto di lei, poteva sentiva le sue labbra fredde premergli contro il collo. Si girò e rimase stupito nel trovarsi a guardarla dritta negli occhi. Le mise un braccio intorno alla vita, la attirò a sé e sussurrò: «Ascoltami Cleo, io ho già te, non mi serve un'altra donna. Non sono il tipo da relazioni multiple; capisci cosa intendo? E poi, Etta non è proprio il mio tipo».

Lei sorrise timidamente e sussurrò di rimando: «Penso che tu abbia giudicato male Etta. Forse semplicemente non la stai vedendo nella giusta luce».

Senza il minimo sforzo, lo fece girare finché non fu di nuovo rivolto verso la donna sul pavimento. Con la luce delle candele che tremolava sul suo viso, la vide bene per la prima volta. I capelli erano splendenti e le arrivavano alle spalle. Gli occhi erano color nocciola e i tratti del viso finemente scolpiti. I jeans erano stretti su un paio di gambe dalla forma superba. Le fiamme su entrambi i lati illuminavano denti di forma perfetta in un sorriso dolce ma accattivante.

Non poté far altro che sorridere a sua volta. Sentì le mani di Cleo massaggiargli le spalle, e sentì la testa piegarsi all'indietro. Pensò che forse Cleo aveva ragione.

«Charles, lascia che ci prendiamo cura di te», disse da dietro. Il suo cuore prese a battere forte. Lei lo cinse con le braccia, con il palmo delle mani contro il suo petto, e cominciò a strofinarsi contro il suo collo. Lo attirò a sé, e lui sentì che i suoi piedi non toccavano il pavimento. Un freddo pizzicore s'irradiò lungo la mascella, e gemette rivolto al soffitto, ma nessun suono riempì la stanza tranne un ritmico gorgoglio vicino al suo orecchio. Le mani di Cleo gli afferrarono la camicia e senza sforzo la fecero a brandelli, scoprendo il suo petto nudo.

Sentì altre mani – mani fredde – le mani fredde di Etta che era adesso in piedi davanti a lui. Lo afferrò all'altezza dello stomaco e lo attirò a sé proprio come Cleo lo tirava indietro. Appena sopra il capezzolo avvertì la puntura gelida delle labbra di Etta, poi una scarica di calore emanò dal suo petto, arroventando la lingua fredda di lei.

Le mani di Charles penzolavano lungo i fianchi mentre veniva tirato e spinto, come una catena tra due forze opposte. Le sue orecchie ronzavano senza sosta, ma riusciva comunque a sentire gli osceni lamenti delle due donne. Il suo corpo pulsava e sentì il fluido fuoriuscire da ogni apertura del suo corpo. Nel movimento sempre più esaltato delle due donne riuscì a formulare solo un pensiero nel suo viaggio verso l'oblio. Cleo aveva ragione. Il suo mal di testa era passato.

CAPITOLO 43

Longinus sedeva alla scrivania vicino alle grandi finestre del suo studio, intento a guardare la notte stellata di Gerusalemme. Due lampade d'ottone rischiaravano la venatura scura del legno del tavolo. In alto sopra di lui, il dipinto di Poussin era soffusamente illuminato. Le sue riflessioni vennero interrotte dal basso ronzio di un telefono. Fece scorrere indietro il cassetto in alto a sinistra e rispose prima del terzo squillo. «*Dabit deus his quoque finem*». Le parole dell'*Eneide* di Virgilio erano divenute il suo saluto abituale. Letteralmente significavano: «Dio farà sì che finiscano anche queste cose».

Lynus rispose in un modo che sapeva avrebbe gratificato il suo superiore. «*Utcumque placuerit Deo*», ovvero «Comunque piaccia a Dio».

«Siete tornati da Arques, Custos?»

«Sì, Magister. Siamo a Montpellier. La dottoressa Norwich è al sicuro nella sua stanza. Questa è la prima occasione che ho avuto per chiamare. È andato tutto bene. Partiremo per Haifa domani mattina». Poi, dopo una breve pausa, disse: «Lei è dei nostri».

«Eccellente», disse il vecchio con enfasi, poi fece una breve risata. «Confesso di essermi sbagliato nel mio giudizio iniziale su questi due. Pensavo che la dottoressa Norwich rappresentasse una possibilità, mentre mi sentivo sicuro sul dottor Forester».

«Vuol dire… che il dottor Forester ha rifiutato?». La voce di Lynus era decisamente sorpresa.

«No. Mi ha fatto sapere che aspetta di incontrare la dottoressa Norwich prima di prendere una decisione. La loro relazione evidentemente è più seria di quanto avevi immaginato».

«Ma lei ha abbracciato la causa. Ha accettato in maniera totale e incontrovertibile. Ho visto la decisione sul suo volto prima ancora che me ne parlasse. Non sapevo che cosa avesse deciso, ma sapevo che aveva preso una decisione irrevocabile. Senza nessun ripensamento. Se il dottor Forester sta aspettando di parlare con lei, allora questo è di buon augurio anche per la sua decisione».

«Custos, è ovvio persino per un vecchio pellegrino come me che in questo caso la donna non condivide la stessa intensità emotiva dell'uomo. Se ne accorgeranno entrambi, nessuno dei due è uno stupido. Circostanze simili non assicurano certo una relazione duratura. Anche se lui decide di restare e di assumersi questo gravoso impegno, esiterei nel fidarmi di una scelta operata sulla base di motivazioni personali. Per questo ho interrotto ogni ulteriore indottrinamento con lui».

«Che cosa gli ha rivelato finora, Magister?».

Il vecchio sospirò. «Siamo stati allo scavo del parco acquatico, poi alla chiesa. Avrei voluto mostrargli la Cappella di Longinus questo pomeriggio, ma durante il pasto di mezzogiorno mi ha chiarito che non prenderà nessuna decisione da solo. Vuole consultarsi con la dottoressa Norwich». Senza aspettare la domanda di Lynus, aggiunse: «Ignora a chi appartenga la tomba nel parco acquatico, e quale palazzo si ergesse un tempo sulla Chiesa dell'Assunzione».

Il tono di Lynus era circospetto. «Non sarebbe una grande impresa scoprirlo, Magister. Il dottor Forester ha una curiosità innata. Nulla gli impedirà di investigare sulla storia di questi posti».

«Ne sono cosciente, Custos», replicò la voce stanca. «Ho sbagliato i miei calcoli su quest'uomo, o meglio: ho sottovalutato il suo desiderio... se è questa la parola giusta. Ma a questo punto non si può più tornare indietro. Possiamo solo imparare dai nostri errori – il mio errore». Si appoggiò sulla poltrona e lentamente si girò a guardare il dipinto. «*Nemo liber est qui corpori servit*».

Dall'altra parte Lynus annuì. Sapeva che il vecchio aveva ragione a riportare le parole di Seneca di duemila anni prima: «Nessuno, schiavo del suo corpo, può essere libero». La passione distrugge la ragione. E soltanto chi è veramente libero può combattere questa maledizione.

«Ma mi dici che l'altro nostro candidato è con noi. Ne sembri sicuro, Custos».

«Sì, Magister. La sua dedizione alla causa è totale. Nessun dubbio. Ne era convinta ancor prima che toccassimo il suolo francese, e chiunque avesse visto il suo volto alla tomba si sarebbe fidato della sua convinzione».

«Raccontami della vostra conversazione, Custos. Puoi omettere i dettagli. Qual è quell'espressione americana che ti ho sentito usare durante quella lezione la scorsa primavera, quella che mi aveva assolutamente sconcertato prima che tu la spiegassi? Credo che in questo caso sia pertinente».

Lynus rise ad alta voce. «Intende dire "Vai al sodo"? Sì, in questo caso è pertinente, Magister».

«Bene allora, Custos... Vai».

Lynus si schiarì la gola. «Prima voleva sapere chi era sepolto nella tomba di Arques. Quando le ho detto di chi erano i resti che aveva un tempo ospitato, ovviamente voleva sapere che cosa l'avesse condotta in un posto così isolato».

«Non è parsa sorpresa di scoprire di chi erano i passi che stava seguendo?»

«No, Magister. L'ha trovata una cosa curiosa, ma nulla di più. È rimasta alquanto sconcertata però quando le ho rivelato il motivo di quell'antico viaggio».

Il vecchio mormorò: «E a te è parso insolito, Custos?»

«No, Magister», rispose Lynus con ritrosia. «È stata la stessa reazione che ho avuto io molti anni fa quando mi sono ritrovato nella medesima posizione».

«E così anche io, Custos, molti anni prima di te».

«Direi che era impaurita, quando alla fine ha visto la tomba. Sembrava identificarsi con quella donna, e ammirava la sua determinazione, il suo coraggio».

«Portare il Graal a quei tempi e per una simile distanza», rifletté il vecchio.

«Si è posta delle domande in proposito, Magister. All'inizio ha pensato che avesse fatto un viaggio via terra – il che sarebbe stato assurdo. Il passaggio per mare era invece più comprensibile».

«Ah, sì, Custos», disse il vecchio perso nei suoi pensieri, «se non fosse stato per il suo benefattore nel consiglio supremo – il nostro primo benefattore – il Graal sarebbe andato perduto per sempre».

«Così come il suo predecessore, Magister. Non dobbiamo dimenticarlo», aggiunse Lynus.

«Oh no, Custos», rise il vecchio. «Non sarà dimenticato. Posso supporre che la dottoressa Norwich sappia di lui?»

«Sì, Magister. Conosce le circostanze relative alla fuga e come questa sia stata possibile».

«Comprende la sua posizione in questo momento?»

«Assolutamente».

«Non ha fatto alcuna resistenza, quando ha saputo in che modo sarebbe stata impiegata?»

«No, Magister. Pensava fosse... eccitante, quando gliel'ho spiegato».

«Mmm, tipica reazione moderna. I giovani di oggi sembrano disinteressati alla vita quando offre loro soltanto noia».

«Un segnale salutare, direi».

«Quando è correttamente canalizzato».

«Ovviamente, Magister».

«Be'...», il vecchio esitò, «se è stata vista, presto sarà nel bel mezzo di tutta l'eccitazione che vuole».

«Non ho dubbio che siamo stati osservati».

«Allora sarà seguita. Sei sicuro che sia pronta?»

«Sì».

Il vecchio sospirò profondamente. «E sia, allora».

CAPITOLO 44

Le due donne incombevano dritte sopra quell'uomo prostrato, e lo osservavano alla luce tremolante di tre candele consumate. Era collassato sul pavimento di pietra, le braccia sui fianchi, la testa reclinata, la bocca aperta, il taglio sul capezzolo sinistro macchiato di sangue rappreso – il suo – mentre il petto giaceva esposto all'aria fetida circostante.

Mentre osservava il debole movimento di quel petto, la donna più alta fece correre un dito sulla vischiosa arcata superiore dei denti, apparentemente affascinata dalla nuova crescita dei suoi canini. Tolse il dito e passò la lingua sui denti, succhiando rumorosamente i due canini.

«Ti ci abituerai, Etta», disse la donna più piccola mentre si voltava a guardare la compagna in viso. «Col tempo non sarà più così affascinante, ti domanderai invece come possano fare gli altri senza. Arriverai a capire che sono il tuo emblema – il tuo diritto ad avere il sangue degli altri. Questo è il titolo che ti è stato dato».

La donna più alta si limitò a fissare la figura a terra. Inghiottì forte, quasi forzando un boccone giù per la gola. «Me ne andrebbe… un altro po'».

«Pazienta, Etta. Stai provando quello che provano tutti i novizi». Tese una mano. «Se un poco è buono, allora di più dev'essere meglio, giusto?».

Gli occhi della donna più alta cominciavano a diventare rossi. «Sì. Di più sarebbe meglio», disse ansimando in speranzosa supplica.

La donna più piccola tornò a guardare la figura a terra. «Questo è ciò che devono pensare loro, Etta. È quello che garantisce a noi di avere potere su di loro. Sono i nostri figli. Devi disciplinarti e prendere soltanto quello che serve». Si girò e guardò severa la donna più alta. «Non hai dimenticato il concetto di disciplina, vero Etta?»

«No, mia Signora!». Si rannicchiò indietreggiando leggermente nell'oscurità. Le mani corsero al volto in atteggiamento difensivo.

«Etta», disse la donna più piccola con naturalezza, «io non sono più la tua Signora. Rivolgiti sempre a me chiamandomi per nome». Poi, con maggiore severità, «Ma sono comunque il tuo superiore. Sono ancora il tuo primo legame con il Primum Malum. Sei qui per servire il tuo padrone, e io mi assicurerò che tu lo faccia. Ora vieni, dobbiamo avvantaggiarci per le ore notturne che ci aspettano». Fece un cenno verso l'uomo. «Dobbiamo svegliarlo e nutrirlo. Deve bere prima da una e poi dall'altra. Il processo dev'essere accelerato in modo che la fusione avvenga il prima posibile. Primum Malum ha dato ordine che venga fatto così».

La donna più alta ansimò e si fece avanti. Mentre si strappava i vestiti di dosso, guardò in basso e gemette forte. Le ginocchia si piegarono e cominciò ad abbassarsi, ma una mano forte le afferrò il braccio e la bloccò. Si volse a guardare la piccola compagna.

«Come ti ho appena detto, Etta, sono il tuo superiore», disse l'altra donna, rimettendola in piedi. «Lo nutrirò io per prima».

La donna più alta deglutì per il nervosismo, poi abbassò lo sguardo sull'uomo. L'altra aveva lasciato la presa sul suo braccio, e lei obbedientemente si ritrasse. La donna più piccola si portò sopra il corpo disteso a terra e si girò verso la compagna.

«Devi vincere la tua impazienza, Etta». Abbassò lo sguardo verso l'uomo che sembrava in tutto e per tutto privo di vita sotto di lei. Rapidamente si tolse i vestiti che aveva addosso accovacciandosi su di lui. «Ti assaporerà a tempo debito. Adesso osserva e impara». Sollevò la testa dell'uomo e con tono duro gli parlò dritto in faccia. «Mangia, figlio mio. Prendi il nutrimento dal tuo progenitore». Gli occhi lucidi dell'uomo si schiusero lentamente. Il velo parve dissiparsi man mano che le pupille si dilatavano. Guardò con brama crescente la donna su di sé. Gli si avvicinò e pronunciò un ultimo ordine: «Saziati, figlio mio». Il volto dell'uomo scomparve nella sua carne, e lei gemette di trionfo mentre sentiva il primo rivolo di sangue abbandonare il suo corpo. La donna più alta rimase a guardare in attesa, immobile tranne che per il pesante, dolente respiro.

***

«Dobbiamo tornare in tempo per svegliare il nostro nuovo *amicus*. Avrà molto da fare nelle ore diurne». Si girò verso la donna più alta. «Svolgerà i tuoi compiti, Etta, poiché adesso troverai gli intensi raggi del sole quasi insopportabili».

Le donne lasciarono l'uomo disteso su un fianco. Il respiro era pesante ma regolare. Salirono per le scale, poi fuori nell'oscurità, muovendosi senza sforzo in direzione nordest, oltre la Città Vecchia, oltre il quartiere Bukharian, fino alle primitive necropoli ancora più a nord. Una debole brezza giunse dalla circostante zona disabitata, gettando una coltre di freddo su quell'arido paesaggio. Le due donne passarono oltre, insensibili e non ostacolate dal freddo.

Si fermarono davanti a una serie di caverne, scavate nella collina rocciosa secoli prima. Prima la donna più piccola, poi l'altra incrociarono le braccia e piegarono la testa. Restarono in ascolto, non del vento, né dei molti altri rumori della notte. La chiamata sarebbe arrivata, come sempre, attraverso il suolo. E infatti la terra tremò sotto i loro piedi, e un lamentoso sussurro le raggiunse dalla profondità delle caverne.

Senza esitazione, si fecero strada all'interno e seguirono quel richiamo ciecamente, la donna più piccola avanti. Si mossero in fretta giù per un passaggio stretto e uniforme, abbracciate dalla totale oscurità. Il passaggio curvava prima gradualmente, poi in maniera più percettibile verso sinistra, fino a quando raggiunsero il fondo. Entrando in una grande grotta scavata nel terreno, si misero istintivamente in ginocchio, con la testa china, inquiete. Dal muro più distante di quella tomba antica risuonò una voce che fece tremare ancora una volta la terra.

La voce riempì la tomba; il tono di autorità non poteva essere frainteso. «Un nuovo entusiasta si è unito alla nostra schiera».

«Sì, Primum», rispose in fretta la donna più piccola. «Si è unita alla nostra causa questa stessa notte».

La terra rimbombò piano, vigorosamente. «Un lieto evento, poiché mi aspetto che la nostra ricerca giunga al suo culmine entro la prossima luna – forse anche prima».

«Abbiamo sentito l'inquietudine intorno a noi, Primum. Abbiamo sentito che era il momento giusto per agire. Siamo pronte a fare come tu ci ordini».

«Questo è lodevole. Adesso che hai elevato il tuo *amicus*, posso fidarmi che ce ne sia un altro al suo posto?»

«Sì, Primum. In questo momento si sta riprendendo dalla seconda fusione. Essendo tornato due volte dallo stato di *articulo mortis*, credo che sia ormai pronto».

«Confido di non doverti fare raccomandazioni in merito alla sua educazione». La voce era dura, ma non minacciosa. «Nonostante quel che può sembrare un favorevole progresso, una terza fusione o altre ancora potrebbero rendersi necessarie».

La donna più piccola rassicurò il suo Signore che sarebbe stato adottato il metodo più adatto. «L'ho scelto con molta cura, Primum, come ho fatto con Etta. E lei non mi ha deluso. Agiremo come sarà necessario. Non ti preoccupare. Stanotte l'abbiamo consumato a dovere. Possiamo farlo di nuovo domani se lo riterrò opportuno. Mi assicurerò che sia ben coinvolto prima di fidarci di lui».

«Allora non devo sprecare il mio tempo a preoccuparmi. Ho faccende più incalzanti a cui pensare. Adesso posso dirti che siamo in attesa che colui che porta il Sang Raal venga condotto in mezzo a noi. Presto ci sarà bisogno del tuo *amicus* per averne conferma».

«Sarà pronto, Primum».

«Assicuratene, perché il tempo è prossimo. Il Sang Raal è vicino, e non voglio assolutamente lasciar sfuggire questa occasione». La voce si fece meno forte e meno fervida. «Potrebbero passare molte vite prima che si ripresenti una simile opportunità. La mente umana è imprevedibile. Adesso, allontanatevi da questo posto e rendete sicuro il mio dominio. Dev'essere reso nuovamente inespugnabile se vogliamo trionfare».

La voce della donna più piccola fu meno sicura di sé stavolta. «Noi... torneremo al tuo dominio, Primum. Manderemo il nostro *amicus* perché vigili sul portale».

«No». La voce era inflessibile. «Sarà la novizia a sorvegliare il portale».

La donna più alta, fino a quel momento silenziosa e immobile, tremò visibilmente. Si poteva sentire il secco respiro nel suo petto.

«Temi ciò che incombe sopra il mio dominio, figlia mia?», disse la voce con lieve disprezzo.

«No... no, Primum», rispose la donna più alta.

«Allora impara ad averne paura!». Le pareti tremarono per quel fragore crescente. «Perché ciò che incombe sul mio dominio è il nemico – il nemico e tutto ciò su cui noi dobbiamo trionfare. Fino a quando non avrò assaggiato il Sang Raal, non possiamo darci pace.

Adesso ascoltatemi. L'*amicus* trascorrerà le ore diurne alla Cappella di Longinus. La persona che aspettiamo di identificare passerà da lì. Deve. Non è possibile altrimenti. Quando l'*amicus* avrà identificato colui che porta il Sang Raal, te lo farà sapere, e tu a tua volta lo farai sapere alla novizia».

Il silenzio cadde nella tomba mentre la voce svaniva. Le due donne rimasero inginocchiate con la testa piegata. «Subito dopo mi attendo», continuò con autorità la voce, «che voi facciate in modo di portare il Sang Raal da me. Perché la mia sete è grande. Adesso andate. Avete molto da fare. I custodi si stanno duramente impegnando per fortificare le loro posizioni».

Le due donne si alzarono e tornarono sui loro passi. All'esterno la notte si era fatta più fredda. Viaggiarono in silenzio e rapidamente verso la casa sotto la Collina del Cattivo Consiglio, dove avevano lasciato il loro adepto. Lungo la strada, la donna alta si fermò vicino alla Valle di Kidron, una gola profonda che separa la periferia araba di Sliwan dalla Città Vecchia a nord-est. Là avrebbe trascorso la notte vigile e impaziente, non osando distogliere gli occhi da quell'edificio costruito sui resti di un antico palazzo. Sarebbe stata una notte insolita, e sarebbe stata felice dell'arrivo dell'alba per poter tornare alla sua casa e alla cripta nella cantina. Quel luogo su cui era stata chiamata a vigilare non era un posto confortevole per un *revenant*.

CAPITOLO 45

Il martedì mattina, Nate si godette una colazione senza fretta in albergo e poi gli venne messo a disposizione un van con un autista che l'avrebbe accompagnato a visitare i siti archeologici. Longinus aveva insistito.

«Voglio che veda, annusi e senta la Terra Santa», gli aveva detto Longinus quando si erano salutati il giorno prima. «Si prenda tutto domani e sperimenti in prima persona quello che molti possono soltanto leggere. Mi sincererò che l'autista che le sarà assegnato sia un'esperta guida turistica». Si erano accordati per vedersi di nuovo il mercoledì nello studio di Longinus. A quel punto Helen e Lynus sarebbero già tornati dal loro viaggio a nord. Rientrava perfettamente nelle istruzioni che il vecchio aveva dato la domenica precedente per cui si sarebbero rivisti tutti «di lì a tre giorni».

Nate si era reso perfettamente conto che Longinus aveva interrotto la loro escursione del lunedì pomeriggio. Ma lui non poteva pronunciarsi riguardo le sue intenzioni fino a quando non avesse parlato con Helen, e sembrava che Longinus avesse capito, se non proprio perdonato, la sua posizione. Quando passarono a prendere Nate il martedì mattina, l'autista lo informò che il professor Lynus e la dottoressa Norwich sarebbero tornati quel pomeriggio sultardi oppure in serata. Nate disse all'autista che il posto che più avrebbe voluto visitare era Masada, la fortezza di Erode sul Mar Morto dove gli zeloti respinsero la decima legione di Roma negli anni 72 e 73 d.C.

Helen e Lynus atterrarono a Haifa intorno alle due del pomeriggio, giungendo all'American Colony Hotel in tempo per cena. Lynus aveva insistito che lei e Nate cenassero insieme da soli quella sera. «Mi incontrerò con Longinus stasera», disse mentre l'accompagnava nella sua stanza. «Nate, ho saputo, è fuori per un giro turistico. Dovrebbe tornare presto. Senza dubbio avrete molte cose di cui discutere. Ad ogni modo ti avverto di non discutere di quello che hai appreso da quando l'hai visto l'ultima volta. Farò venire un van a prendervi domani dopo pranzo. Ci ritroveremo nello studio di Longinus».

Nate rientrò poco dopo le cinque, stanco dell'arrampicata fino alla cima della fortezza, ma enormemente soddisfatto e istruito. Era seduto al bordo del letto intento a togliere la sabbia del deserto dagli scarponi quando notò una busta sul pavimento, accanto alla porta. Doveva averla calpestata entrando.

Il biglietto era di Helen e lo informava di non fare piani per cena ma di bussare da lei quando fosse rientrato. Decise di farsi prima una doccia e cambiarsi.

Per le sette, Lynus era seduto di fronte al suo superiore al tavolo da pranzo di quest'ultimo. Dopo cena Victor aveva servito il caffè e richiuso la porta alle sue spalle mentre uscendo dalla stanza con un vassoio pieno di cibo.

«La dottoressa Norwich è al corrente della situazione del dottor Forester?», chiese il vecchio dall'altra parte del tavolo.

«No, non sa». Lynus sorseggiò dalla sua tazza, poi la rimise sul piattino. Sorrise rivolto al vecchio. «Ero certo che lei volesse presentare loro la cosa con la maggior obiettività possibile, Magister».

«Sì», disse il vecchio sorridendo a sua volta. «Assolutamente. Vedi, Custos, cominci a rispecchiare i miei pensieri».

Lynus si strinse educatamente nelle spalle. «Conosco la sua politica da oltre mezzo secolo, e forse comincio a capirne i meccanismi».

Entrambi risero sonoramente, poi assaporarono il loro caffè. Longinus ne bevve diversi sorsi, per poi deporre la tazza e pulire gli angoli della bocca con un tovagliolo. Guardò Lynus dritto negli occhi. Assunse un atteggiamento più serio nel porgli la domanda successiva.

«La dottoressa Norwich è pronta ad eseguire la rappresentazione?».

Lynus annuì solennemente.

«Domani, è possibile?»

«Farà quello che è necessario, Magister. Di questo sono certo. La sua unica richiesta è di tornare in America come programmato, terminare il semestre e dare le opportune dimissioni. A questo scopo intende essere nell'ufficio della facoltà lunedì mattina presto. Fino ad allora, è a nostra disposizione per avere quante più informazioni e indicazioni possibili».

«Forester non la influenzerà?».

Lynus sorseggiò il caffè e guardò il tavolo. «Questa è stata la mia vita, Magister – la *nostra* vita. Né lei né io abbiamo mai dovuto affrontare quei sentimenti che potrebbero influenzare una di queste due giovani persone». Alzò lo sguardo. «La mia passione è stata sorvegliare il Graal. Ma ho la sensazione che anche la ragazza sia su questa strada. Esprimo questo giudizio basandomi esclusivamente sulla mia fede».

Longinus tamburellò delicatamente con le dita sul tavolino. «Ci ha sostenuto diverse volte in passato, Custos. Affidiamoci ad essa di nuovo in questo momento».

«Non abbiamo altra scelta», disse Lynus mentre riportava la tazza alle labbra.

A un paio di chilometri da lì, Nate e Helen erano seduti a un ristorante non lontano dalle mura occidentali della Città Vecchia. Entrambi ordinarono vino prima di cena. Nate riempì i bicchieri, poi sollevò il suo.

«Helen, volevo che tu fossi la prima a sapere che ho deciso di restare qui». Con noncuranza fece tintinnare il suo bicchiere con quello di lei.

«Bene, anche io», disse lei senza giri di parole. Poi entrambi bevvero. Nate la guardò in modo interrogativo mentre assaggiava il vino.

Nate posò il bicchiere sul tavolo continuando ad accarezzarne lo stelo. «Aspetta un momento. Quando hai preso questa decisione?».

Lei sollevò gli occhi al cielo. «Oh… ieri mattina tardi, a circa tremila, quattromila metri d'altezza, da qualche parte sopra il Mediterraneo».

«Steven lo sa?»

«Certo che lo sa, sciocco. Era insieme a me. Perché? Longinus non lo sa?»

«Di me?», lui scosse la testa. «No. Ti ho detto che volevo che tu fossi la prima a saperlo».

Lei si avvicinò. «E che cosa gli hai detto?»

«Che volevo prima parlare con te».

Lei ridacchiò. «Oh oh, adesso penserà che volevi la mia approvazione».

Nate si strinse nelle spalle. «Non lo so. Credo che probabilmente si renda conto che era la cosa più gentile da fare – intendo dire, farlo sapere prima a te».

Lei annuì, ed entrambi parvero improvvisamente riflessivi, nessuno dei due guardava qualcosa in particolare. Alla fine lei sorseggiò il suo vino.

«Che cosa avresti fatto?», chiese Nate.

«Riguardo cosa?»

«Se avessi deciso altrimenti».

Lei si concentrò sul bicchiere, tenendolo tra le mani. «Sarei stata molto triste e dispiaciuta di sapere che non avrei più visto una persona alla quale stavo cominciando a volere molto bene». Alzò lo sguardo verso di lui. «E tu?».

Lui sollevò il bicchiere e appena prima di bere disse: «Questo vino di certo non avrebbe avuto lo stesso piacevole sapore che ha adesso».

CAPITOLO 46

Scese in fretta la scala buia ansimando. Trovò le due donne minacciosamente in piedi al centro della cantina. Sul pavimento sporco in mezzo a loro bruciava un piccolo falò. Il crepitio delle fiamme era l'unico suono tra quelle mura sudice. Si fermò a qualche metro da loro e deglutì. Fu la più piccola a rivolgersi a lui.

«Voglio avvertirti di ascoltare con attenzione quando ricevi degli ordini, Charles. Ti era stato detto di essere qui per l'imbrunire. Il sole è tramontato da più di un'ora, Etta ed io dobbiamo sapere tutte le novità prima di andarcene».

Lui riprese fiato e parlò precipitosamente. «Non c'era nessuno. Ho aspettato molto. Volevo esserne sicuro… intendo riguardo alla cappella e quella persona che dovevo incontrare, Cleo. Io volevo…».

«Silenzio!». La donna più piccola gli puntò un dito contro, e la forza della sua voce parve richiudergli la bocca. «Come osi! Non è corretto rivolgerti a me in modo familiare».

Parve confuso, poi balbettò: «Mi dispiace, mia Signora. Questa… è una cosa nuova per me. Non avevo intenzione di offendere nessuno. Non succederà più». Sorrise e si sfregò le mani sui pantaloni.

Lei ricambiò il sorriso dischiudendo le labbra in una smorfia sottile. «Intendo assicurarmene in questo momento». Indicò vigorosamente il muro alla sua sinistra. «Bacia la terra che ci circonda», ordinò.

La sua bocca si spalancò come per protestare, ma si ritrovò irresistibilmente attratto dal muro. Allargò le braccia. Sentì il suo viso premere contro la parete sporca; le gambe e i fianchi erano come magneticamente attratti da quella superficie.

Dietro di lui la donna più piccola tese una mano verso la sua compagna mentre si concentrava sull'uomo con le braccia aperte sul muro come le ali di un'aquila e con la schiena verso di lei. «Etta», disse con autorità.

La donna più alta si abbassò e prese un grosso pezzo di legna dal fuoco con l'estremità in fiamme. Mise la parte non arroventata nella mano della donna più piccola.

Fuori, l'aria notturna del deserto della Giudea si propagava verso ovest. Solo qualche veicolo passava sulla strada diretta a nord verso Gerico. Nessuno la percorreva a piedi. Se ci fossero stati dei pedoni avrebbero sentito quello che di certo avrebbero scambiato per il gemito di uno sciacallo, assalito da qualche parte nella vicina oscurità da un silenzioso ma letale predatore.

Le stelle riempivano il cielo, quando due figure sgusciarono fuori dalla casa desolata muovendosi rapidamente verso la zona più popolata della Gerusalemme Nuova. Prima che si separassero, la più piccola ammonì l'altra: «Sbrigati, Etta, e ricorda gli ordini del Primum Malum. Nutriti con giudizio e torna subito al tuo posto di guardia. Nessun movimento del Graal deve sfuggirci».

«Sì, Cleo. Mi rendo conto. Non è un posto che mi piace, ma farò come mi è stato detto».

«Comprendo la tua avversione, Etta, ma la ricompensa sarà grande se trionferemo. Per il momento, concentrati su quello che ti aspetta».

La donna più alta guardò bramosa verso le luci della città. «Hai ragione. Mi godrò la notte quando potrò».

Mentre la donna più alta si allontanava in fretta, l'altra aggiunse: «Non arriverò più tardi di mezzanotte, Etta». La donna alta non parve sentirla, e scomparve rapidamente nella notte di Gerusalemme.

I negozi nel quartiere commerciale della Città Nuova cominciavano a chiudere, e una piccola brunetta stava guardando con interesse la vetrina del Margo's Mainstream Boutique, origliando la conversazione proveniente dall'interno.

«Mi rompo il culo per queste turiste snob, stronze e piene di grana», stava dicendo a una cliente una donna pesante e dai capelli rossi, «e mi sembra di non riuscire a fare strada. Cercare di sfondare è un inferno per una donna d'affari».

La cliente prese il pacchetto e sorrise in modo comprensivo. «Margo, stai facendo del tuo meglio. Quella nuova Lexus qui di fronte è tua, no?»

«Bell'affare», rispose la rossa. «Con quelle vecchie babbione che lasciano qui i loro quattrini e si fanno venire a prendere dalle Rolls Royce. Dovrebbero soffocare».

La cliente rise e s'incamminò verso la porta con il suo pacchetto. «Margo, tu mi fai impazzire. Non sei mai contenta». Fece un cenno. «Ti raggiungo dopo».

«Sì», rispose la rossa, ancora disgustata. Controllò l'ora e tirò fuori dalla tasca della giacca un mazzo di chiavi mentre si dirigeva verso la porta. Fu allora che vide la brunetta che guardava la vetrina. Aprì la porta e mise fuori la testa.

«Sto chiudendo, bambola. Riapro domani alle dieci».

«È tuo il negozio?», chiese la donna minuta. «O ci lavori e basta?».

La rossa mantenne la porta aperta con una mano, l'altra era sul fianco. «Tutto mio, ragazzina. Tutto quanto». Con gli occhi indicò il soffitto. «Vivo quassù».

«Oh», gli occhi della piccola donna brillarono. «Allora puoi farmi entrare». Abbassò il capo come una penitente. «Ho bisogno di una cosa e non ci metterò molto, prometto».

La rossa spalancò la porta, facendole cenno di entrare. «C'è sempre tempo per un altro cliente, direi». Chiuse la porta, poi si girò e tornò verso il banco. «Cosa posso fare per te?».

La piccola donna indicò una rastrelliera sul retro. «Ho visto delle cose che sembravano graziose là dietro».

Le due s'incamminarono e la rossa indicò alcuni vestiti appesi a un'asta. Dava le spalle alla cliente. «Questa è la nuova merce invernale», disse. «Non sono ancora in saldo».

La cliente mise la mano sulla spalla della rossa. «Sono disposta a pagarli a prezzo pieno».

«Bene», rise la rossa, «sei il tipo di cliente di cui ho bisogno allora». Cercò di girarsi per chiederle che cosa volesse provare, ma non riuscì a farlo, né riuscì a parlare. La mano della ragazza era come una morsa alla base del collo. Voleva dirle di lasciare la presa e andarsene, ma non riusciva a pensare alle parole giuste. Sentiva un pizzicore gelido appena sopra la mano che teneva il collo, e sentì un fastidioso suono, come di una pulsazione.

Quando tutti i negozi lungo la strada erano ormai chiusi, il Margo's Mainstream Boutique era buio, la porta chiusa a chiave e Margo russava pesantemente sul pavimento sotto la rastrelliera di abiti invernali all'ultima moda appena arrivati.

Alla Digital Dash Disco, molti dei giovani clienti giocavano, o guardavano gli altri che si divertivano con quei numerosi giochi ipertecnologici che coprivano tre pareti della grande sala oblunga. Le bestie elettroniche trangugiavano i soldi dei clienti con la stessa velocità con cui questi ultimi trangugiavano la birra. L'unica illuminazione di quel posto era quella proveniente dalle macchine e da qualche lampada strategicamente posizionata dietro il piccolo bar. Persino i tavoli sul retro erano bui tranne che per il bagliore di un piccolo schermo al centro di ognuno. La cacofonia di ronzii, campane e fischietti provenienti dalle macchine quasi – ma non completamente – annegava la musica rock diffusa dal sistema di altoparlanti.

Al tavolo più distante, nella parte meno illuminata del locale, un cliente sedeva da solo con le spalle al muro. Stava scomposto sulla sedia con le gambe distese mentre sorseggiava oziosamente una bottiglietta da 33 cl. Il ventre pesava sopra la cinta, richiamando l'attenzione sul suo stomaco gonfio. Non si accorse nemmeno della ragazza fino a quando questa non fu in piedi di fianco a lui.

«La sai quella della bottega aperta?», disse lei, indicando in basso.

Per lui parve uno sforzo persino guardarla. «Eh?», fu tutto quello che disse, poi lentamente si protese e chiuse la zip come se pesasse tanto quanto l'addome che cercava di sostenere.

«Non è questa la risposta giusta», disse lei mentre faceva passare la lunga gamba sopra una sedia vuota e si accomodava.

«Perché?».

Lei strinse i pugni davanti al viso, con i gomiti appoggiati al tavolino. «Avresti dovuto dire: "No, ma se mi dici come inizia magari me la ricordo"».

«Oh». Guardò nuovamente davanti a sé e bevve indolente dalla bottiglia.

Lei si passò le dita tra i lunghi capelli piegando la testa indietro. «Senti, mi chiamo Etta. Ti dispiace se mi unisco a te per un drink?».

Lui a fatica si piegò su un lato e prese un mucchietto di banconote stropicciate dalla tasca e le mise sul tavolo in mezzo a loro. «Pago io se vai tu», disse poi bevve un altro sorso senza aspettare la sua risposta.

Lei fu di ritorno dopo cinque minuti con due bottiglie fresche. «Ho detto al barista di tenere il resto», disse mentre metteva una bottiglia di fronte a lui.

«Nessun problema».

Appoggiò la bottiglia e spostò la sedia più vicino, fino a quando non fu quasi addosso alla sua. Lui non parve notarlo. «Mi sembra che tu sia solo», disse lei.

«Già». Continuava a guardare davanti a sé.

«Sei qui da molto?».

La guardò. «Da quando sono uscito dal lavoro, un paio d'ore fa. Si aspettavano che facessi lo straordinario. Gli ho detto di andare a farsi fottere». Vuotò la bottiglia, si pulì la bocca e mise sul tavolo quella vuota mentre prendeva quella fresca che lei aveva appena portato. La tenne ferma a pochi centimetri dalla bocca mentre aggiungeva: «Solo perché mi sono dato malato ieri e venerdì, si aspettavano che oggi lavorassi di più». Bevve un lungo sorso. «Sono matti. La gente si aspetta che lavori finché non caschi per terra».

«Che cosa avevi», chiese lei, «voglio dire, perché eri malato?».

La guardò e fece una smorfia. «Era venerdì, e ieri lunedì. Ti è sufficiente?».

Lei sorrise con aria furba e con delicatezza gli mise il braccio intorno al collo. «Se è sufficiente per te...».

Lui annuì, e riportò la bottiglia alla bocca. A quel punto sentì la testa piegarsi bruscamente da una parte. Là, in quell'angolo buio, riusciva a malapena a scorgere i tratti del viso della ragazza, e non se n'era neppure preoccupato. Ma adesso, mentre cercava di vedere il volto che si avvicinava al suo, non riusciva a mettersi neppure in una posizione che gli permettesse un'occhiata laterale. Sul collo avvertì quello che pensava essere il freddo bordo della bottiglia, ma poteva ancora vedere quest'ultima intonsa sul tavolo davanti a lei. La sensazione di freddo crebbe fino a quando non gli causò un dolore acuto. Adesso lei gli si stava strofinando addosso e lui rimise pigramente la sua bottiglia sul tavolo. Il chiasso del locale svanì in sottofondo, e al suo orecchio giunse il suono di una persona che beve e ingoia avidamente. Gli sembrò di collassare e mentre si sforzava di respirare, sentì la lampo che si riapriva.

La ragazza tornò sui suoi passi attraversando il locale buio in mezzo alla folla distratta e uscì per strada. Al tavolo in fondo aveva lasciato un uomo grasso in abiti troppo stretti, con il mento appoggiato sul petto, la mano molle intorno a una bottiglia di birra sul tavolo.

Ben prima della mezzanotte era al suo posto, con gli occhi fissi sull'ingresso della Chiesa dell'Assunzione. C'era abbastanza spazio tra lei e la chiesa perché questo incarico le causasse solo un minimo fastidio, ma la semplice vista di quell'edificio le dava i conati, come sarebbe capitato a chiunque si fosse trovato nella sua posizione. Si ergeva sopra quella che un tempo era stata la roccaforte del suo Signore, il luogo dove secoli prima lui aveva dato inizio a tutto – il luogo in cui tutto sarebbe presto giunto al suo culmine, se il suo Signore non si era sbagliato e il Graal stava davvero per arrivare. Un aumento dell'attività notturna era il segnale che attendeva. Lì sarebbe dovuto infine arrivare il Graal, se il suo Signore doveva ottenerlo. Questo era quanto aveva appreso durante il suo indottrinamento. L'orgoglio, le aveva detto Cleo, avrebbe portato il Graal in quel luogo. L'orgoglio, aveva detto, era ciò che poteva spianare la strada affinché Primum Malum potesse impadronirsi del Graal. Allora, e soltanto allora, ciò che era stato fatto in passato poteva essere disfatto. Allora, e soltanto allora, l'umanità sarebbe stata completamente asservita.

CAPITOLO 47

Il sole di mezzogiorno si riversava sulla campagna della Giudea, mentre il minivan sfrecciava a nord diretto verso il quartiere Bukharian, seguito a breve distanza dalla jeep color bronzo. All'interno del van, Helen e Nate osservavano la terra che scorreva veloce mentre Shara, la loro autista yemenita, faceva un breve discorso sul tempo.

«La temperatura è già più calda di quanto dovrebbe essere in questo periodo dell'anno», disse. «Ma è quello che bisogna imparare ad aspettarsi in questa parte del mondo – l'inaspettato».

Il van imboccò il vialetto di fianco alla casa di Longinus e la jeep si fermò nella strada dietro di loro. Helen e Nate andarono alla porta laterale e premettero il pulsante bianco, mentre Steven dava loro il benvenuto.

«Nate», disse senza indugio, afferrando il patologo per il braccio, «Longinus ti aspetta nel suo studio. Puoi salire subito di sopra».

Nate sorrise con aria complice rivolto a Helen, poi salì le scale due alla volta.

Lynus si volse a guardare Helen con le sopracciglia alzate. «Non è la reazione che mi aspettavo», disse.

«Allora forse dovresti prestare maggiore attenzione all'avvertimento che ci ha dato Shara», suggerì lei.

«Ovvero?»

«Che in questa parte del mondo devi imparare ad aspettarti l'inaspettato».

Lynus la condusse nel salotto adiacente dove le disse che avrebbero dovuto aspettare un poco. L'attesa fu più breve di quanto avesse immaginato. Dopo pochi minuti apparve Victor e disse che Longinus desiderava che lo raggiungessero nel suo studio. Quando entrarono, trovarono Longinus seduto dietro la scrivania, che faceva piccoli movimenti. Nate si alzò dalla sua sedia e attese che Helen e Lynus si accomodassero.

«Un errore di calcolo da parte mia, Custos», disse il vecchio con allegria. «A questo punto della mia vita reputavo infallibile la mia valutazione della natura umana, ma non smetto mai di imparare quanto siamo soggetti a commettere errori». Poi, guardando davanti a sé con le mani giunte sopra la scrivania annunciò: «Il dottor Forester è con noi».

Lynus guardò il suo mentore e, prima che potesse commentare, il vecchio cominciò a scusarsi.

«Vede, dottor Forester, noi...», guardò Lynus con occhi colpevoli, «in realtà *io* supponevo, quando mi ha detto di voler rimandare la sua decisione fino a quando non avesse conferito con la dottoressa Norwich, che si fosse risolto a restare solo se lei avesse fatto la stessa cosa». Fece una pausa. Helen e Nate si scambiarono dei sorrisi, e il vecchio proseguì. «Volevamo un impegno senza condizioni. Apparentemente, è ciò che abbiamo ottenuto da entrambi».

Lynus mise la mano sulla spalla di Nate. Questi si voltò verso di lui e Lynus chiese: «Vuoi dire che hai scelto di restare, prima di sapere che Helen era giunta alla stessa decisione?».

Nate annuì. «Avevo già deciso alla Chiesa dell'Assunzione quando Longinus mi ha detto che era costruita sulle rovine di un palazzo che un tempo apparteneva a qualcuno del quale avrei certamente riconosciuto le imprese, e forse il nome». Si voltò nuovamente verso Longinus. «Ma, come le ho detto, volevo parlare con la dottoressa Norwich della mia decisione prima di riferirla a chiunque altro». Guardò Helen e sorrise. «Solo un mio piccolo capriccio».

Longinus si schiarì la gola, poi tossì violentemente nel pugno chiuso. «Scusatemi», disse, ricomponendosi. «Adesso che siamo tutti dalla stessa parte, ho molte cose da chiarire prima che passi altro tempo». Sbirciò l'orologio sul muro dietro i suoi ospiti, «È ora... poco dopo l'una. Dovremmo essere alla Cappella di Longinus per le tre. Adesso, forse dovremmo cominciare dicendo al dottor Forester dove siete stati voi due». Fece un cenno a Lynus.

«Siamo tornati dal villaggio francese di Arques», disse Lynus, «dove Helen e io abbiamo visitato la tomba di Maria Maddalena».

Nate si girò per guardare in volto Lynus, il quale sedeva un poco indietro rispetto a lui e Helen. Nate corrugò esageratamente le sopracciglia mentre domandava: «Intendi la Maria Maddalena della Bibbia?». Si volse e guardò Longinus in cerca di conferma.

«Lei ha portato il Santo Graal attraverso il Mediterraneo», disse il vecchio.

Nate guardò Helen. Lei sorrise in modo esitante e disse: «La sua vita era in grande pericolo là, Nate, e sono certo che puoi ben immaginarlo».

«Nate», cominciò Lynus mentre si alzava e camminava per fermarsi dietro la scrivania di fianco a Longinus, «fu portata via dalla Giudea di nascosto da due amici molto influenti. Il primo era Giuseppe di Arimatea. Questi faceva parte del Sinedrio, il Consiglio Supremo Ebraico di farisei e sadducei in carica col tacito consenso del governo militare di Roma. Era l'autorità politica e giudiziaria più eminente per gli ebrei».

«So chi era», ammise Nate. «Se non sbaglio ha sostenuto Cristo al suo processo».

«Non sbagli», rispose Lynus. «Ma nonostante i suoi sforzi, i farisei e i sadducei votarono per la condanna. Vedevano Cristo come una minaccia al loro potere, che era considerevole sotto l'occupazione di Roma, e la loro conclusione fu che un individuo dovesse essere sacrificato perché la nazione sopravvivesse. Vedi, Nate, il Sinedrio sapeva che Roma avrebbe permesso loro di mantenere il potere fintantoché loro fossero riusciti a tenere le masse sotto controllo. E così distribuivano briciole di sostegno politico e giudiziario alla popolazione mentre in realtà mettevano i piedi in testa a tutti».

«Guardatevi dal lievito, dottor Forester», disse saggiamente Longinus.

Nate guardò il vecchio con un'espressione confusa.

«È la Bibbia», spiegò il vecchio. «Matteo. "Fate bene attenzione e guardatevi dal lievito dei farisei e dei sadducei". Vero oggi come allora».

Lynus riprese il suo racconto. «Inutile a dirsi, anche molti dei seguaci di Cristo alla fine vennero eliminati. E Giuseppe capì che Maddalena era particolarmente vulnerabile, dato che era lei ad avere il Graal. Essendo un uomo ricco, orchestrò la sua fuga dal paese su una galera romana».

«Una nave romana?», chiese Nate sorpreso. «Dev'essere stato davvero influente».

Il vecchio fece un ampio sorriso e distese le mani sulla scrivania. «Giuseppe di Arimatea è stato il nostro primo benefattore», disse.

«Non avrebbe potuto farlo senza l'aiuto di un altro», svelò in fretta Lynus. «Gaio Cassio organizzò il viaggio. E fu così che lei riuscì a raggiungere la costa meridionale della Francia, dove trascorse la sua vita».

«Gaio Cassio è un nome romano», sottolineò Nate.

«Era un rispettato membro della legione», disse Lynus. «Un centurione. Tradizionalmente viene chiamato Longinus, che significa "lanciere"».

Nate si voltò sorpreso verso il vecchio che sorrise e disse: «Il mio originale predecessore. Fu lui a conficcare la lancia nel fianco di Cristo mentre pendeva dalla croce. Un possibile convertito al cristianesimo, e il primo custode del Santo Graal».

Gli occhi di Nate erano spalancati mentre passavano dal vecchio, a Lynus, a Helen. Quest'ultima piegò la testa e disse: «La mia reazione è stata essenzialmente la stessa quando Steven mi ha raccontato questa storia due giorni fa. Almeno tu hai i piedi per terra. Noi eravamo in aereo».

«Dottor Forester», intervenne Longinus, «nel corso dei millenni abbiamo avuto una profusione di benefattori. Alcuni erano uomini di potere – l'imperatore Costantino, Carlo Magno, Ottone il Grande. Altri erano persone di lettere o artisti, come Poussin e Da Vinci. Alcuni erano combattenti o semplicemente persone di ampie vedute. Mi vengono in mente Goffredo di Buglione che prese Gerusalemme durante le crociate nel 1099 e John Milton. Altri nomi non le sarebbero familiari».

«Nate», riprese la conversazione Lynus, «il *revenant* ha continuato a cercare il Graal in gran parte del mondo occidentale».

«Ovviamente», disse Nate. «Altrimenti che cosa stavano facendo negli Stati Uniti con Nicky Costello? Ma perché il Graal adesso sarebbe in America? O in qualsiasi altro posto e non in Francia?»

«Oh, il Graal si sposta continuamente», disse Lynus. «È stato in diversi luoghi nel corso dei secoli e continua oggi a essere in molti posti. Quindi i *revenant* si sono stabiliti in luoghi distanti da Gerusalemme. Ma quando viene localizzato il Graal, hanno un solo vero obiettivo – riferirlo al Primum Malum».

«Come sono riusciti a viaggiare attraverso il mare?», chiese Nate.

«In passato con molto tempo e molte difficoltà, dottore», rispose il vecchio. «Ma oggi possono viaggiare durante le ore notturne, proprio come avete fatto voi per venire fin qui».

«In aereo?», chiese Nate.

«Possono fare le stesse cose che fate voi, dottor Forester», rispose il vecchio. «Ma il Primum Malum è tutta un'altra cosa. Gli spostamenti lo affaticano moltissimo, fin quasi allo sfinimento, perché non può stare molto tempo sopra il suolo. La terra è la sua dimora. Viene in superficie soltanto per insediarsi dentro un *amicus* quando questo attraversa quella fase momentanea da umano a *revenant*. Una volta che la nuova creatura riceve il suo cosiddetto "battesimo", Primum Malum torna alla terra».

«Come fa a fare questo oltreoceano, in America? Oppure non lo fa?». Nate passò lo sguardo da Longinus a Lynus in attesa di una risposta.

«Attraverso il suolo, Nate», disse Lynus senza arroganza. «Come ha detto Longinus, questi spostamenti sono molto stancanti».

«Ci scommetto», disse Nate con leggero sarcasmo.

«L'unica altra occasione in cui verrà», continuò Lynus, «sarà quando sentirà il Graal a portata di mano. È convinto che la forza del Graal lo renderà invincibile».

Longinus parlò lentamente. «Non abbiamo prova del fatto che sarà così, ma non abbiamo prova neppure del contrario, dato che i suoi servi non hanno mai trovato il Graal».

Lynus fece uno o due passi dietro la scrivania. «I suoi seguaci – i vampiri – si nutrono di notte del sangue dell'umanità, e cercano il Graal. Hanno un gruppo di *amici mali* – amici del male – che stanno ai loro ordini e si dedicano alle ricerche durante il giorno. Per incrementare le loro schiere, un *amicus* deve essere posseduto dal Primum Malum, divenendo così un vampiro a sua volta».

Il vecchio riprese in fretta il discorso. «Ma il Primum Malum non può fare niente finché resta interrato nel suo sepolcro. Così il loro numero non aumenterà e potrebbe invece diminuire, se la creatura rimane ferma in una tomba per lunghi periodi di tempo».

«Tu stesso Nate ti sei sbarazzato di uno di loro con un proiettile d'argento», disse Lynus con un sorriso. «E Clementine, il suo *amicus*, probabilmente era abbastanza vicina da poter intervenire ma poi è fuggita. E nel caso del tuo Mr Costello all'obitorio, Primum Malum era letteralmente imprigionato nel suo corpo, pronto a condurlo nel loro reame, ma il *revenant* è stato avido, si è spinto troppo oltre ed è passato per caso un poliziotto».

«E tu hai cacciato Primum Malum da quel corpo la notte in cui siamo stati all'obitorio», aggiunse Nate.

Lynus si limitò ad annuire.

«Steven», aggiunse Nate, «perché il crocifisso non è stato sufficiente a metterlo fuori gioco allora e per sempre?»

«Il crocifisso causa gravi danni a qualunque vampiro, Nate, e indebolisce Primum Malum, ma per renderlo impotente e riportarlo al suo sepolcro abbiamo bisogno di altri strumenti». La voce di Lynus si abbassò. «Che io non avevo con me in quell'occasione».

«Deve sapere, dottor Forester», disse Longinus, «che Primum Malum sta per tornare, convinto di potersi prendere il Graal. I *revenant* attendono solo di poter dare l'allarme. Di questo siamo quasi certi».

«Come facciamo a saperlo?», chiese Nate.

«Perché abbiamo fatto in modo che rintracciassero quello che pensano sia il recipiente del Graal», disse Lynus. «Vogliamo indurre Primum Malum a venire in superficie, rendere quella creatura inoffensiva e rimandarla sottoterra».

«Perché non ucciderlo?», chiese Nate.

Fu il vecchio a parlare con una punta di stanchezza nella voce. «Primum Malum è l'Anticristo. Non possiamo distruggere questa creatura come non possiamo eliminare il male dal mondo. Furono i miei predecessori a scoprire questo spiacevole dato di fatto. Possiamo seppellirlo per secoli e impedire in tal modo il diffondersi della sua progenie». Guardò altrove e la sua voce si fece ancor più bassa. «Questo fino a quando qualche evento, qualche cataclisma non disturbi ancora una volta il suo sepolcro».

Lynus avvertì la stanchezza del vecchio e proseguì. «Quella tomba è stata spostata nel corso degli anni dalle guerre, dall'archeologia, dalle calamità, dai terremoti...». S'interruppe e fece una risata beffarda. «Fa riflettere che un terremoto venga chiamato un' "ira di Dio", non è vero?»

«All'inizio del tredicesimo secolo, uno dei predecessori di Longinus...». Si girò verso il vecchio.

«Alastair», rispose questi alla domanda ancora non formulata.

«Alastair», continuò Lynus, «riuscì a immobilizzare Primum Malum e a portarlo in una caverna che aveva una apertura nella sommità, dalla quale filtravano i raggi del sole».

«Secondo la sua relazione», disse Longinus distaccato, «la creatura sarebbe stata al sicuro per secoli».

«C'era stata una tregua nella lotta», aggiunse Lynus, «a causa di un accordo tra i Crociati e l'esercito Saraceno. Dunque Alastair era in un certo senso ottimista. Ma l'accordo ebbe vita breve. La ripresa delle ostilità disturbò nuovamente la tomba».

«Sembra, dottori», disse il vecchio guardando prima Helen poi Nate, «che ogni qual volta pensiamo di averla sotto controllo, questa oscenità riesca a risollevare la sua brutta faccia».

«Come abbiamo detto», continuò Lynus, «qualsiasi cosa, da un terremoto, a una guerra può liberarlo».

«Persino un parco acquatico», disse tristemente Longinus.

Lynus mise delicatamente la mano sulla spalla del vecchio. «Presto, Magister. Presto lo bloccheremo nuovamente».

«In che modo?», disse Nate.

«Convincendo Primum Malum che il Graal lo attende nel suo invincibile regno», disse Lynus.

«Ed ecco perché saremo alla cappella questo pomeriggio», aggiunse il vecchio. «I *revenant* avranno là i loro *amici* per controllare che il Graal sia portato là. Poi il Graal verrà portato alle rovine del palazzo. E lì sarà fatto un tentativo». Alzò lo sguardo verso Helen. «È pronta?»

«Credo di esserlo sempre stata, Longinus».

Nate la guardò. Senza rivolgersi a nessuno in particolare chiese: «Cosa intendi per "pronta"? Pensano che Helen abbia il Graal?».

Lynus passò davanti alla scrivania per rivolgersi ai suoi protetti. «Nate, è tempo che tu apprenda cosa è il Graal».

«Be'», disse Nate, «la leggenda ha sempre lasciato intendere che è il calice che Cristo ha usato durante l'Ultima Cena. Non è così?»

«Le parole Santo Graal», disse Longinus, «sono semplicemente quelle che ci sono divenute familiari. Queste parole sono in realtà un misto delle arcaiche versioni francesi e inglesi dell'opera del quindicesimo secolo di Thomas Mallory sulla leggenda di Artù, dei Cavalieri della Tavola Rotonda e della loro ricerca del Graal, che in origine veniva chiamato Sankgreal, formato da due parole: Sang Raal, che letteralmente significa "Sangue Reale"».

«La Maddalena», continuò Lynus lentamente, «condusse il Sang Raal in Francia. Portò fuori pericolo il sangue di discendenza reale. Stava portando il figlio di Gesù. Maria Maddalena era sua moglie, Nate».

«Quella linea di sangue continua fino a oggi», disse Longinus. «E questo è quello che cerca Primum Malum: bere il sangue reale. È quella discendenza di sangue che proteggiamo da lui e dai suoi *revenant*».

Nate si volse a guardare Helen, ma parlò con rabbia rivolto agli altri. «E voi li avete portati a credere che Helen appartenga a quella stirpe di sangue».

«Nate», disse Helen rassicurante, «lo considero nel migliore dei casi un onore e nel peggiore una sfida. In ogni caso, è quello per cui ci siamo impegnati. Adesso dimmi che non l'avresti fatto se ti fosse stato chiesto».

Nate si girò verso gli altri due. «Allora perché non mi è stato chiesto?»

«Primum Malum era presente all'obitorio quella notte, Nate», spiegò Lynus. «Avrebbe potuto non funzionare con te».

Nate si girò verso Helen. Con uno sguardo e una voce che tradivano la sua apprensione, disse: «Possiamo essere sicuri che con lei funzionerà?».

Longinus si appoggiò allo schienale della poltrona. «Possiamo sperarlo, possiamo provare, e possiamo avere fede. Ogni tanto, scoprirà di essere spinto da poche altre cose. Ma ora, dottor Forester, c'è una cosa di più vitale importanza che deve fare prima che il sole tramonti». Indicò la base dello scaffale più vicino. «Per favore, metta sulla scrivania quel contenitore».

Nate si alzò e prese la logora scatola di legno per sistemarla sulla scrivania. Non era più larga di una gamba e alta quasi quanto Nate. Era allacciata ben stretta con cinghie di pelle scura.

«E ora, dottor Forester», disse il vecchio cautamente, «le dispiacerebbe sciogliere le cinghie?».

CAPITOLO 48

Considerata da molti il luogo più sacro della cristianità, la Chiesa del Santo Sepolcro si trova all'interno delle mura della Città Vecchia di Gerusalemme nella parte nordovest della città, conosciuta come il quartiere Cristiano. La chiesa si trova sopra il Golgota, dove Cristo venne crocifisso e infine sepolto. Al tempo della crocifissione il Golgota, che significa "luogo del teschio", si trovava fuori dalle mura cittadine, ma nel 41 d.C. Erode Agrippa fece estendere le mura includendo quell'area.

L'imperatore Adriano fece distruggere tutti i siti cristiani nel 135 d.C.:, e sul Golgota eresse il Tempio di Venere, ma l'imperatore cristiano Costantino costruì nello stesso posto la Chiesa della Resurrezione duecento anni più tardi. Nel corso dei secoli, la guerra devastò la zona e la chiesa venne ricostruita molte volte. L'attuale struttura fu eretta dai crociati nel 1149. Nella Chiesa del Santo Sepolcro vi sono molte cappelle dedicate a quelli che testimoniarono gli eventi di Giudea due millenni prima. Non attraente come tanti altri celebri e ampiamente riconosciuti resti del mondo cristiano, la Cappella di Longinus nell'angolo nordest della chiesa passa spesso inosservata. In quel tardo pomeriggio di mercoledì, due uomini parlavano a disagio fuori dalla cappella, mentre fingevano di leggere la guida che ciascuno aveva con sé.

«Il sole sta scendendo troppo, Émile», sussurrò uno dei due all'altro. Era più grosso e indossava una camicia marrone a collo aperto e un paio di jeans. L'uomo più piccolo, invece, indossava ampi pantaloni neri, una camicetta fantasia e una bandana di seta rossa sbiadita intorno al collo. Il suo inglese era decisamente accentato da una delicata inflessione francese.

«Stai diventando ansioso, Charles?», disse con un ghigno crudele.

«Stammi a sentire, Émile, devo assicurarmi di essere tornato prima del dannato tramonto. Questo è tutto quello che devi sapere». Si guardò nervosamente intorno, sincerandosi che il suo tono di voce non avesse distratto i pochi visitatori, benché quella fosse una delle sezioni della chiesa meno frequentate. «Inoltre, questo non è uno dei miei posti preferiti». Riprese a maneggiare in modo maldestro la sua guida.

«Neppure il mio, *mon ami*. Pensi che mi piaccia quello che vedo intorno a me?».Tremò visibilmente. «Ricorda, tu sei nuovo a questa esistenza. Io ho servito il mio Signore per molti, molti anni. E con il tempo non diventa più facile guardare questi posti», disse, sollevando le sopracciglia. «Aspetto con ansia il momento in cui avrò anch'io il mio *amicus* per fargli fare queste sporche faccende».

«Be', almeno non devi rispettare severamente i tempi come me. Il tuo Signore è ancora in Francia. La mia Signora è qui vicino. Riposa a pochi chilometri da qui».

Il francese fece una risata sarcastica. «Il timore che provi nei confronti della tua Signora sarà un giorno rimpiazzato dal rispetto. Sei soltanto all'inizio. Sii paziente…».

«Aspetta», lo interruppe l'altro, afferrando il francese per la manica. «Sta arrivando qualcuno. Passeggia. Fai finta di essere un turista».

Si divisero e vagarono in direzioni diverse, ciascuno intento a studiare la propria guida. Da destra, dalla fila di cappelle che occupavano la parete semicircolare della chiesa, giunse un vecchio che camminava con un bastone a quattro punte. Era assistito da un'attraente giovane donna di molti centimetri più alta della figura china che teneva sotto braccio. Dietro di loro camminava un altro uomo. Era anziano, ma non quanto il vecchio col bastone. Il trio si fermò e guardò solennemente la Cappella di Longinus.

Il francese era a dieci metri di distanza, lungo il corridoio che riportava verso la rotonda principale, e aspettava che il suo compagno lo raggiungesse. In pochi minuti lo vide arrivare.

«Allora, Émile?», chiese ansioso.

Il francese continuava ad annuire eccitato. «Sì! Sì, Charles», sussurrò mentre si muoveva verso l'uscita. «Vieni. Ora ce ne andiamo». Oltrepassarono in fretta la rotonda e uscirono nella calda luce del pomeriggio.

«Sei sicuro Émile? Non possiamo permetterci errori». Era in uno stato di tensione acuto mentre camminavano rapidamente verso la Porta di Damasco che conduceva fuori dalla Città Vecchia.

«Oui. È lei. L'ho vista rendere omaggio alla Maddalena con i miei occhi». Poi, con un ghigno aggiunse: «La sua odiosa antenata. Si è inginocchiata sulla tomba di quella prostituta. Nessuno che non abbia dentro di sé il Sang Raal si sarebbe abbassato in maniera simile».

Si fermò e mise il dito sul petto dell'altro uomo. «Ora va', Charles. Torna a riferire le novità in tempo per il risveglio della tua Signora. Senza dubbio ricompenserà la tua diligenza. Vorrà conferire subito col Primum

Malum». Tornò a guardare la chiesa, la sua grande cupola rotonda e la torre adiacente che si stagliavano chiaramente contro il cielo blu d'Israele. «Di certo è troppo orgogliosa per ignorare il luogo in cui il suo antenato fu condannato». Guardò l'uomo che stava immobile e muto di fianco a sé. «Dì alla tua Signora che stanotte porterà il Sang Raal all'inespugnabile dominio del Primum Malum. Ora vai, io tornerò immediatamente ad Arques con le portentose novità».

Nella cappella, il vecchio si appoggiò al bastone con entrambe le mani e guardò la ragazza. «Penso che gli eventi siano stati messi in movimento, dottoressa Norwich». Poi, rivolgendosi all'altro uomo: «Custos, incontreremo il dottor Forester all'hotel per i preparativi finali. Adesso andiamocene».

All'American Colony Hotel, i due uomini più anziani occupavano le sedie di calamo mentre Helen sedeva di fronte a loro sul bordo del letto e Nate era in piedi, con le mani in tasca.

«La scatola è al suo posto?», chiese il vecchio.

Nate annuì solennemente. «E le cinghie sono sciolte. Basta semplicemente spostare di lato il coperchio, una questione di secondi».

«Pochi secondi potrebbero essere tutto ciò che avremo», disse Longinus a Helen. «Quando Primum Malum svanisce, non lo fa così in fretta. Inoltre, non si aspetterà che tu lo colpisca. Non esitare. Può sembrare una cosa disgustosa, ma è cruciale. Avete qualche domanda?».

Helen si piegò in avanti e appoggiò i gomiti sulle ginocchia. «C'è una cosa che ancora non quadra, Longinus – almeno non nella mia mente».

«Questo è il momento», disse il vecchio. «Al palazzo sarà troppo tardi. Di che si tratta?».

Fece un gesto verso Lynus. «Steven ci ha detto – a me e a Nate, quando eravamo negli Stati Uniti – che il vampiro potrebbe o vorrebbe attaccare solo qualcuno le cui intenzioni fossero malvagie, e che il male deve derivare da uno dei sette peccati capitali».

Il vecchio rispose in fretta. «Accidia, ira, superbia, gola, avarizia, invidia, lussuria. Proprio così, dottoressa Norwich. Il *revenant* è attratto dal male come le mosche da ciò che marcisce».

«Allora che cosa condurrà il Primum Malum da me – nientemeno che in una chiesa?».

Questi sollevò il suo lungo, esile dito. «Per prima cosa, non entrerà nella chiesa. Questo lo indebolirebbe. Egli giungerà sul sito del suo antico palazzo. La chiesa si trova sopra le rovine del palazzo. Lei, naturalmente, raggiungerà tali rovine attraverso la chiesa. Primum Malum, invece, viaggerà fino a lì sottoterra, convinto di trovarla là. E noi sappiamo che ha ragione. Per quanto riguarda il peccato, mia buona dottoressa, esisterà soltanto nella percezione del Primum Malum. Crederà di sentire che lei è rea del peccato d'orgoglio, in quanto discendente di Cristo».

«Non dimenticare Helen», s'intromise Lynus, «che Cristo era considerato estremamente orgoglioso dai suoi nemici. E noi abbiamo a che fare con l'Anticristo. Primum Malum pensa che la linea di sangue sia profondamente intrisa di quell'antico orgoglio. Questa creatura conosce le Scritture, in particolare i proverbi di Salomone».

«Prima della rovina viene l'orgoglio», recitò Longinus.

«Allora gli faremo una bella sorpresa», disse lei con sicurezza. «Oh-oh», si portò una mano sulle labbra. «Sbaglio o ho appena ostentato il mio orgoglio?».

Il vecchio scoppiò a ridere. «Fintantoché lo ostenta non ci saranno problemi. L'importante è che non lo *senta* troppo. Questa non è che una farsa. Lei ovviamente non ha dentro di sé il Sang Raal. Il vero Graal è ben al sicuro in questo momento». Mise entrambe le mani sul bastone e si alzò in piedi. «Il sole comincia a tramontare. Che cosa stavi dicendo, Custos?».

Lynus si schiarì la voce: «Che faremmo meglio ad arrivare alla chiesa in tempo».

CAPITOLO 49

«Hai agito bene, Charles». La piccola donna parlò rapidamente.

«Grazie, mia Signora».

«Tra pochi minuti sarò con Primum Malum», disse lei. «Etta», si girò verso l'altra, «torna alla tua postazione. Senza dubbio, presto vedrai avvicinarsi alla chiesa colei che porta in sé il Sang Raal. Verrà a far visita al luogo della vergogna del suo antenato, e di certo lo farà col buio, come fece il suo antenato». Gettò la testa indietro. «Quali arroganti orgogliosi stupidi produce questa linea di sangue».

Etta corse all'istante su per le scale e uscì nella notte, diretta a nord verso le antiche catacombe che proteggevano il suo Signore.

Un minivan viaggiava nell'oscurità diretto alla Chiesa dell'Assunzione. Trasportava solo due passeggeri. L'uomo alla guida si girò verso la donna, che era assorta nei suoi pensieri.

«*Nemo repente fuit turpissimus*», disse lui con noncuranza.

«Che significa, Steven?». Si girò verso di lui che riuscì a scorgerne il sorriso anche con quella poca luce.

«Sto cercando di alleviare la tua apprensione, Helen».

«Quale apprensione?»

«Riguardo l'orgoglio. Non ti preoccupare. *Nemo repente fuit turpissimus*». Guardò dritto davanti a sé mentre affrontava le curve di quella strada deserta. «Significa semplicemente "Nessuno diviene malvagio all'improvviso". Sono certo che è quello che avrebbe detto Longinus se fosse stato qui in questo momento».

«Be'», disse lei con finto sarcasmo, «mi sento già meglio».

I due risero mentre passavano a sud della periferia araba di Sliwan, avvicinandosi alla loro destinazione. Di lì a pochi minuti sarebbero entrati insieme nella chiesa, ma Lynus avrebbe aspettato lì. Con una lanterna, Helen sarebbe scesa giù lungo la scala in pietra. Là in fondo avrebbe trovato i resti di una grande sala per le udienze, con i resti dei seggi in pietra ancora visibili. Avrebbe preso posto il più in alto possibile per avere una migliore visuale del luogo in cui un tempo i giudici sedevano per deliberare.

Una figura solitaria osservò il van che si fermava di fronte alla chiesa. «Stupida presuntuosa», si disse mentre guardava la coppia entrare dalla porta principale. «Questa è la nostra notte. Il sangue reale verrà versato, ancora una volta per mano nostra».

All'interno, Lynus porse a Helen la piccola lanterna. «Troverai i gradini dietro l'altare», indicò verso la sinistra della chiesa. «Come ti abbiamo spiegato, devi andare direttamente alla piattaforma e assicurarti che la scatola si trovi là. Controllane in fretta il contenuto, poi rimetti a posto la copertura. Se qualcosa non è come ti aspetti, vieni subito via».

«Capisco, Steven. Sono certa che Nate abbia messo tutto dove dovrebbe essere». Si toccò la guancia con la mano, poi lo abbracciò delicatamente. «Ci vediamo presto».

Mentre lui si spostava verso una delle panche per inginocchiarsi, la osservò camminare verso l'altare e sparire dietro quest'ultimo.

Helen accese la lanterna e non ebbe problemi a scendere gli antichi gradini in pietra che conducevano sotto la chiesa. La luce proiettava un fascio grigio sulle pareti e lei si mosse come le era stato detto di fare, verso sinistra, dove il terreno si alzava di circa mezzo metro formando una piattaforma. La logora scatola di legno era lì, col coperchio intatto e le cinghie sciolte. Ne controllò rapidamente il contenuto. Sembrava tutto com'era soltanto poche ore prima nello studio di Longinus. Rimise il coperchio e fece un passo indietro.

Teneva la lampada all'altezza degli occhi, guardandosi intorno. Le parve di aver visto della polvere cadere dal muro di fronte a lei. Si allungò per guardare meglio. Stavolta ne fu certa. Il muro si stava sbriciolando e la polvere cadeva sulla piattaforma. Sempre di più, sempre di più, finché quella nuvola di polvere cominciò ad assumere una forma riconoscibile: quella di un uomo.

Per un istante rimase ipnotizzata da quell'apparizione che stava delineandosi davanti ai suoi occhi. La sagoma teneva le braccia piegate in avanti, il volto era nascosto da un cappuccio. La veste nera, lunga, strusciava a terra. Vide che la figura stava puntando un braccio, avvolto da una pesante manica, dritto verso di lei. Nel sotterraneo faceva sempre più freddo, tanto che Helen vedeva il proprio respiro condensarsi davanti ai suoi occhi. Sentì tremare lievemente la terra intorno a sé.

Nell'oscura caverna, da sotto quel cappuccio nero, giunse una voce che portava in sé tutto il peso di una condanna. «Sei giunta di fronte all'alto sacerdote di Sinedrio, condotta qui dal tuo orgoglio come il tuo avo fu condotto qui ai tempi di Tiberio. Sei tu carne di quello che si faceva chiamare benedetto?».

Helen avanzò di poco e mise la lanterna sulla piattaforma, senza mai distogliere gli occhi da quell'oscura figura. Come le avevano detto Longinus e Steven, proclamò con decisione la sua risposta. «Queste sono le tue parole, Caiafa. Tu vedi il seme di Dio che è salito al cielo e siede alla destra del Padre». Lentamente si avvicinò alla scatola che giaceva in terra.

«Blasfema!», gridò il volto coperto dal cappuccio. Si avvicinò, col braccio sinistro completamente disteso verso di lei. Il volume della sua voce diminuì, ma non il trasporto con cui parlava. «Come ho condannato il tuo antenato, ora condanno te. È necessario che uno venga sacrificato affinché la nazione possa sopravvivere».

Lei si spostò impercettibilmente verso destra fino a sentire la scatola contro la punta del piede, sempre con gli occhi fissi sull'alto sacerdote Caiafa che stava rivivendo il dramma di duemila anni prima.

«Sono nato nell'oscurità che seguì la crocifissione dell'eretico», proseguì Caiafa in tono severo, «e in questa oscurità ristabilirò il mio diritto sul destino dell'umanità. Il sangue del tuo avo ha salvato gli uomini, e adesso il tuo consegnerà il loro destino nelle mie mani. Io berrò il Sang Raal, e tu sarai per sempre sotto il mio dominio».

A quel punto sollevò lo sguardo al soffitto, muovendo entrambe le braccia per stringersi la veste sul petto. Era l'indicazione che Helen stava aspettando. Si chinò rapidamente, tolse il coperchio dalla scatola e afferrò lo strumento. Salì sulla piattaforma avvicinandosi all'oscuro sacerdote ancora intento a fissare il soffitto, pronto a strapparsi di dosso gli indumenti che lo coprivano.

Subito dopo averli fatti a brandelli, la figura proclamò a gran voce: «Che bisogno abbiamo di altri testimoni? La bestemmia è stata pronunciata».

Helen sfrecciò verso quella figura il più rapidamente possibile, eppure era come se tutto stesse avvenendo in un sogno, al rallentatore. Quando il sacerdote si fu strappato di dosso la lunga veste, nessun corpo si offrì al suo sguardo. Restava visibile solo il cappuccio, che si voltò proprio in quel momento in direzione di Helen. Paralizzato nel vedere quel che lei stava facendo, cominciò a indietreggiare verso il muro. Helen aveva una lancia sotto il braccio destro, che teneva stretta con entrambe le mani. Puntava la lama al fianco sinistro di quel torace invisibile davanti a lei. Mancavano solo pochi passi perché riuscisse a colpirlo, ma la sagoma parve scomparire nel muro dal quale era apparsa. Lo spettro non aveva emesso alcun suono, ma lei percepì ugualmente la sua paura. Era ormai quasi completamente confuso con la polvere della parete quando Helen sentì la punta della lancia toccare qualcosa. Le sembrò di aver trapassato la polvere e di aver affondato la lama. Si sentì un sibilo simile a quello di un contenitore pieno d'aria che si sgonfia.

E in quel momento lei recitò la sua proclamazione: «*Pulvis es et in pulverem reverteris*».

Un grido doloroso echeggiò attraverso il sotterraneo mentre lei restava ferma in piedi con la lancia ben conficcata nel muro. L'intensità di quel grido la costrinse a lasciare la presa e a cadere in ginocchio, prendendosi le mani sulle orecchie. Sentì la terra tremare violentemente, e non riuscì a vedere altro che una spessa, fredda foschia che riempiva lo spazio intorno a lei.

Poi, vi fu silenzio.

Si tolse con cautela le mani dalle orecchie. La foschia era scomparsa. Helen alzò lo sguardo e nel mite bagliore della lanterna vide la sua stessa ombra proiettata sul muro. A sinistra di quell'ombra, era conficcata la lancia. Inchiodate al muro dalla lunga punta di metallo c'erano le ossa di un essere umano – uno scheletro parzialmente coperto di polvere, con i piedi che non toccavano terra. La punta della lancia aveva attraversato il lato sinistro del petto, approssimativamente dove un tempo doveva essere stato il cuore. Intorno alla figura non c'erano indumenti. Il teschio non era coperto da nessun cappuccio. Il volto, ora visibile, era congelato in un'espressione di disprezzo, per quello che si poteva vedere.

La serenità della scena fu interrotta da un grido alle sue spalle. «Helen!». Lynus era ai piedi della scala si affrettava a raggiungerla, con una torcia in mano. Lei si raddrizzò, sempre di fronte alla vuota sagoma che penzolava in maniera quasi grottesca dal muro. Lynus arrivò e si fermò al suo fianco, puntando il fascio di luce contro il teschio.

«*Vultus est index animi*», disse tristemente. Poi, cingendola con un braccio sussurrò: «Il volto di una persona è lo specchio della sua anima».

Helen inspirò profondamente e abbassò il capo, massaggiandosi la parte posteriore del collo. «Non credo di essermi mai sentita tanto stanca in vita mia, Steven».

«Oggi hai svolto un lavoro davvero eccezionale, Helen. A dire il vero, oggi hai fatto il lavoro di una vita». Raccolse la lanterna e gliela porse. «La parte più difficile è fatta. Abbiamo soltanto un altro compito da eseguire. Vieni. Longinus e Nate stanno aspettando al parco acquatico».

CAPITOLO 50

Le lampade che illuminavano la scrivania e le mani del vecchio offrivano un bagliore rassicurante. Longinus sollevò il suo bicchiere. «*Macte virtute*», disse brindando. «Per risparmiare fatica a Custos», aggiunse, «significa "ben fatto", letteralmente "si accresca il merito"». Sorrise e sorseggiò il brandy, come fecero gli altri. L'atmosfera era ovviamente di sollievo.

Nate guardò il dipinto di Poussin sopra la scrivania. «Quando tornerò dagli Stati Uniti, mi piacerebbe vedere la tomba di Maria Maddalena».

Lynus gli toccò la spalla. «Lo raccomando di cuore».

«Io verrò con te», disse Helen. «Se vorrai aspettare».

«Assolutamente», replicò Nate.

Longinus depose il bicchiere. «Per entrambi è stato prenotato un volo dopodomani sul presto. Una macchina vi aspetterà davanti all'hotel alle otto». Guardò Nate. «Noi ci vedremo qui, prestissimo».

Nate annuì. «Credo tra tre settimane». Si girò verso Helen. «A differenza di Helen, non ho un semestre da completare».

«Io ho intenzione di arrivare in tempo per le vacanze», disse Helen.

«Il momento in assoluto più bello per la Terra Santa», suggerì Longinus. «Specialmente adesso che il Sang Raal è al sicuro». Poi, in tono più triste, aggiunse: «Almeno per il momento».

«Longinus», disse Helen, «da quel che ho capito il vero Graal è ben al sicuro». Guardò gli altri, poi nuovamente il vecchio. «Dove si trova questo Graal che sorvegliamo?».

Il vecchio sorrise appena, guardando prima Helen e poi Nate, e infine la scatola di legno sulla sua scrivania. «Spesso, miei cari Custodes, il posto migliore dove nascondere qualcosa è proprio all'aperto. Scoprirete che se c'è un posto che il male evita, è la piena luce del giorno, i fastidiosi raggi del sole. La verità germoglia alla luce, l'inganno nell'ombra».

Fece un cenno del capo che mostrava la sua soddisfazione, molto simile a quello che aveva fatto un'ora prima quando Lynus e Helen erano arrivati al parco acquatico con una grossa sacca da viaggio di nylon che conteneva i resti del non morto.

«Sono stati presi degli accorgimenti per consentirci accesso alla cava», aveva detto loro mentre entravano nello scavo recintato. «Non siamo privi d'influenza, come vedete».

Avevano restituito le ossa all'ossario, poi rimesso a posto il pesante coperchio, sigillando il deposito con il cemento. Mentre lasciavano quel luogo isolato, Nate aveva sostituito i lucchetti della recinzione, e consegnato le chiavi a Longinus. «Queste le restituirò all'assessore per l'urbanistica», aveva detto il vecchio. «Quest'area dev'essere designata di interesse storico a causa del ritrovamento archeologico. Verrà chiusa dietro una barriera di vetro in modo che i turisti possano vedere l'ossario di Caiafa, l'alto sacerdote del Sinedrio che condannò Cristo duemila anni fa. Speriamo», aveva aggiunto, «che passi molto tempo prima che venga nuovamente disturbato».

«Si tratta di un ottimo posto per rinchiudere il male, Magister», aveva sottolineato Lynus mentre uscivano dalla caverna nella calda notte israeliana. «Proprio all'aperto».

«Sì, Custos», aveva replicato il vecchio. «Quando domani il sole sorgerà nuovamente, i *revenant* torneranno alle loro cripte, sconfortati al pensiero che il Primum Malum è ancora una volta rinchiuso nella sua tomba, e fintantoché sarà così, nessun nuovo adepto potrà essere portato tra le loro schiere. Ma comunque si aggireranno nell'oscurità, cercando di allettare quante più anime ribelli con le loro abilità seduttive, attendendo che venga un tempo in cui il male supremo possa levarsi nuovamente, e cercare ancora una volta di prendere il controllo del destino dell'umanità». Il vecchio era sembrato a quel punto quasi triste, come se il ritorno del Primum Malum fosse inevitabile.

Adesso, sotto la luce delle lampade sulla scrivania, sembrava più a suo agio, e più tranquillo al pensiero che i suoi nuovi custodi avevano sconfitto il nemico. Si piegò in avanti e afferrò quello che si trovava nella scatola di legno. Toccò la lunga lama di ferro e la base, legata con fili d'argento all'antica asta di legno.

«Longinus era un uomo solitario», disse con aria assente. «Finì la sua carriera in Giudea, un legionario veterano che aveva servito con onore, ma che aveva anche visto l'ingiustizia del processo di Cristo e la condanna. Era stato assegnato a predisporre i dettagli della crocifissione, ed è così che giunse alla base della croce con la sua lancia migliore – la sua lancia da cerimonia con la punta di ferro leggermente placcata d'argento».

Alzò lo sguardo verso i suoi attenti ospiti. «Ecco perché l'argento è così odioso per il *revenant*. Longinus trafisse il fianco destro di Cristo con la lancia, ponendo così fine alle sue sofferenze. Non sapeva che Caiafa stava mandando le guardie del tempio a spezzare le gambe di Cristo. Questo gli avrebbe impedito di essere il Messia. Ogni ebreo a quel tempo era a conoscenza della profezia di Isaia che "nessuna delle gambe del Messia sarà spezzata". Caiafa voleva che Gesù fosse marchiato come eretico».

Tornò a guardare l'antica lancia nella scatola. «Questa lancia – la lancia di Longinus – era al fianco di Costantino nella battaglia di Ponte Milvio del 312. Fu portata da Carlo Martello quando fermò l'avanzata dei mori nel 732 alla Battaglia di Poitiers, e fu con Goffredo di Buglione durante la crociata che lo proclamò Re di Gerusalemme nel 1099.

È sempre stata custodita da noi. È scritto che chiunque rivendichi la lancia, può usarla tanto per il bene quanto per il male. Perciò la teniamo stretta per salvaguardare la discendenza di sangue – una discendenza che è a voi più vicina di quanto immaginiate.

E adesso, amici miei», disse sollevando il bicchiere un'altra volta, «riposiamoci. Presto voi partirete e vi auguro un ritorno senza intoppi».

Nate e Helen trascorsero il giorno seguente ad accordarsi con Steven, e in generale a prepararsi per il loro volo di rientro negli Stati Uniti. Non videro più Longinus, ma cenarono con Steven la sera prima del viaggio. Fu in quel momento che Steven disse loro di attendersi un cambiamento per quando sarebbero tornati.

«Per quando sarai nuovamente qui, Helen, e forse anche per quando sarai tornato tu, Nate, io avrò il titolo di Longinus». Abbassò la testa e guardò il tavolo. «Credo che la ferma determinazione sia tutto ciò che l'ha mantenuto in vita in questi ultimi mesi. A questo punto si sente soddisfatto. Sente che la lancia si trova in mani affidabili, ora che voi due siete dei nostri».

Le emozioni erano perciò miste quando Helen e Nate salutarono la loro amichevole autista yemenita il venerdì mattina fuori dall'hotel.

«Buongiorno», disse Shara mentre aiutava a caricare i loro bagagli. «So che tutti e due tornerete da noi a breve».

«Sì», rispose Helen. «Noi, ah...», guardò verso Nate, «...abbiamo deciso di fare di questa terra la nostra patria».

«Non avete idea di quanto mi renda felice questa cosa», disse l'autista mentre si metteva al volante e allacciava la cintura. «Forse una sera potremo cenare tutti insieme. Mi piacerebbe moltissimo mostrarvi alcuni dei posti di Gerusalemme. Molti turisti vedono soltanto il Muro del Pianto e Masada».

Helen si girò verso Nathan, il quale sorrise timidamente.

Arrivarono all'aeroporto Ben Gurion un'ora prima dell'imbarco e mentre Nate aiutava un facchino a caricare i loro bagagli su un carrello, Shara si sporse dal finestrino del van e salutò Helen.

«Dottoressa Norwich... Helen, se posso», farfugliò con timidezza.

«Oh, nessun problema», insisté Helen.

«Io... volevo solo ringraziarti per quello che avete fatto, tu e il dottor Forester. Voi... non avete idea di quanto questo significhi per me. Quanto significhi per tutta la mia famiglia». Sorrise con grande umiltà, poi partì lentamente, mentre Helen continuava a fissare il retro del van mentre questo spariva nel traffico.

«Helen?». Nate era di fianco a lei, e la destò da quel torpore. «Ho detto, sei pronta? Abbiamo meno di un'ora».

«Eh? Oh, sì. Sono pronta. Andiamo». Gli afferrò il braccio e seguirono il facchino all'interno. «Penso che questo volo sarà molto più interessante dell'altro».

«Sì», convenne Nate. «Avremo molto di cui discutere, molto da pianificare, ora che sappiamo così tante cose che prima ignoravamo».

«E quando saremo sull'aereo», disse lei, «e i motori cominceranno a fare tanto rumore che nessuno ci potrà sentire, penso di avere qualcosa di affascinante da condividere con te».

«E di che cosa si tratterebbe?», disse Nate.

«Be', ha a che fare con la famiglia di Shara». Guardò Nate di sbieco e sorrise. Lui semplicemente corrugò un sopracciglio.

«E adesso che cosa mai puoi sapere della nostra autista che io non so? E cosa c'è di tanto affascinante?».

Helen si piegò, lo baciò sulla guancia e disse: «Penso che mi abbia appena rivelato il segreto del suo albero genealogico».

CAPITOLO 51

Le dimissioni di Nate colsero tutti di sorpresa, tanto all'ufficio di medicina legale quanto al dipartimento di polizia. Il dottor Gambuzzi era perplesso perché questo significava dover coprire un altro posto vacante. La patologia non era un settore che prometteva grossi guadagni e i medici legali non uscivano a fiotti dalla facoltà di medicina.

Teddy Lunt, assistente di Nate, era ancora più perplesso perché non c'era tempo a sufficienza per organizzare un party di addio decente.

«Due settimane!», esclamò. «Ci dà solo due misere settimane di preavviso?»

«Spiacente, Ted», si scusò Nate. «Questa opportunità si è presentata su due piedi. Ora o mai più».

Le dimissioni di Helen dall'università furono meno traumatiche. «Direi che gli accademici sono più freddi, Nate», gli aveva detto un giorno in cui pranzarono insieme, raccontandogli la reazione del preside di facoltà. «Credo che l'abbiano interpretata come una rinuncia alla competizione». Si strinse nelle spalle. «Il che rende le cose più semplici. Sai che cosa intendo, niente legami da spezzare».

Nate trascorse la settimana seguente a sistemare tutte le sue giacenze amministrative, e a fissare un altro appuntamento per pranzo. Incontrò il detective Farrell e si fece aggiornare sul caso dell'attentato al Fisk.

«Abbiamo proprio finito, Doc», gli disse Farrell mentre erano seduti a tavola. «La Hillmond ha agito da sola. L'Ordine per l'Equilibrio Terrestre ha chiuso la sua filiale all'università e smentito di avere qualcosa a che vedere con lei o con la sua falange terrorista». Rise mentre sollevava la sua tazza di caffè. «Dicono che una cosa è attaccare i balenieri, un'altra minare un edificio di città. Credo che alcune vite valgano più di altre per loro».

«Nessuna traccia della ragazza allora?».

Farrell scosse la testa. «Nessuna. È come se si fosse rintanata in un buco da qualche parte. La cosa più stramaledetta che abbia mai visto. Molti di quelli come lei saltano di nuovo fuori col tempo, prima o poi. Di solito più prima che poi. Non si preoccupi, Doc. Se è viva, alla fine la incastreremo».

Nate ridacchiò senza volerlo. «Dio, spero ci riusciate».

«Ci riusciremo», lo rassicurò Farrell, mentre masticava un boccone di pollo. «Non può restare sottoterra per il resto della sua vita».

«E così sia», disse Nate mentre la cameriera portava dell'altro caffè.

Il volo di Nathan per Gerusalemme partì alle sette del pomeriggio, e Helen guardò l'aereo scomparire nel cielo prima di lasciare l'aeroporto. Sarebbe trascorso un altro mese prima che potesse raggiungerlo, ma si sentiva contenta e soddisfatta del modo in cui si era sviluppata la loro relazione. Mentre guidava verso casa nell'oscurità della prima sera, aspettava impazientemente e con grande speranza la nuova vita che si sarebbero costruiti in una terra così antica.

Più tardi quella stessa notte, mentre Helen finiva di classificare l'ultima di una serie apparentemente interminabile di tesine, una donna alta, con un elmetto, lo sguardo torvo e un pesante cappotto di pelliccia entrò in una piccola taverna alla periferia di Harmonyville, un centinaio di chilometri a nord dalle rovine del Fisk. L'unica struttura che dava veramente lavoro alla città era la raffineria di petrolio appena fuori dalla cittadina.

La donna si lasciò cadere su uno dei tavoli in fondo, dove due giovani, anche loro con l'elmetto, si dividevano una caraffa di birra.

«Claudette», disse uno degli uomini quando questa si sedette, «questo è Bert Ester. Bert, Claudette Hillmond. È una dei nuovi assistenti al serbatoio numero sette».

Si strinsero la mano attraverso il tavolo, e l'altro ragazzo andò al bancone a prendere da bere.

La donna si guardò intorno sospettosa. «Sam mi ha detto che non sei una grande sostenitrice delle compagnie petrolifere».

«Sono la causa di gran parte del maledetto inquinamento nel mondo», aggiunse riempiendosi il bicchiere dalla caraffa.

«Be', in fondo ci pagano lo stipendio, no?», disse lei scettica.

Lui sorrise. «Direi che sembra una cosa ironica».

L'altro uomo tornò, riempì un bicchiere e lo porse alla donna.

«Senti», disse lei mentre riappoggiava il bicchiere sul tavolo senza averlo nemmeno toccato. «Ho degli amici che vorrei farti conoscere».

«Sono persone fidate?», chiese Bert.

«Certo», disse lei. «Mi sono messa in un pasticcio alcune settimane fa, e loro mi hanno accolto».

«Come fai a sapere che ti puoi fidare di loro?»

«Me li ha presentati un mio amico. Mi ha detto che se avessi avuto bisogno di un posto dove andare, avrei dovuto cercare loro». Piegò la testa e guardò entrambi gli uomini. «È come ho detto a Sam, queste compagnie petrolifere sono il vero nemico. Se volete vedere quello che alcuni di noi stanno davvero facendo in proposito, dovreste venire stasera a sentire cosa hanno da dire queste persone. E dopo aver avuto un assaggio di ciò che hanno da offrire, sono certa che non sarete delusi».

I due uomini si guardarono. «Ci stiamo», disse Sam mentre si girava verso la donna.

«Bene», disse lei sollevando il bicchiere. Si fermò prima di portarlo alle labbra. «Vi do l'indirizzo, ma prima voglio che memorizziate una cosuccia – le nostre parole d'ordine».

«Parola d'ordine?». Bert stava cominciando a sorridere.

«Senti, amico», disse lei, «queste persone non scherzano. Sono molto prudenti. Allora volete sentire oppure no?»

«Certo, certo», disse Sam amichevolmente. «Non ti scaldare per nulla. Quali sono le dannate parole d'ordine?».

Lei si piegò per essere più vicina. «Ripetete queste parole fino a quando non saranno impresse a fuoco nella vostra testa. *Hostis humani generis*».

Loro ripeterono in un sussurro. «Che diavolo è?», chiese Bert.

«È latino, somaro», disse la donna. «Significa "nemico della razza umana"».

Gli uomini si guardarono, poi guardarono la donna. «Sì», disse Bert, facendo un cenno del capo. «Io ci sto».

Tutti portarono il bicchiere alle labbra, ma solo gli uomini bevvero.

FINE